H I

在
每一座城市
短暂驻留

安石榴 著

GUANGXI NORMAL UNIVERSITY PRESS
广西师范大学出版社
·桂林·

策 划 人/ 刘 春
责任编辑/ 郭 静
助理编辑/ 吴福顺
责任技编/ 李春林
装帧设计/ 潘漠子 唐秋萍

图书在版编目（CIP）数据

在每一座城市短暂驻留 / 安石榴著. 一桂林：广
西师范大学出版社，2020.6
ISBN 978-7-5598-2787-6

Ⅰ. ①在… Ⅱ. ①安… Ⅲ. ①随笔－作品集－中
国－当代 Ⅳ. ①I267.1

中国版本图书馆 CIP 数据核字（2020）第 058626 号

广西师范大学出版社出版发行

（广西桂林市五里店路 9 号 邮政编码：541004）
网址：http://www.bbtpress.com
出版人：黄轩庄
全国新华书店经销
广西广大印务有限责任公司印刷
（桂林市临桂区秧塘工业园西城大道北侧广西师范大学出版社
集团有限公司创意产业园内 邮政编码：541199）
开本：890 mm × 1 240 mm 1/32
印张：11.75 字数：270 千
2020 年 6 月第 1 版 2020 年 6 月第 1 次印刷
定价：68.00 元

如发现印装质量问题，影响阅读，请与出版社发行部门联系调换。

目 录
Contents

序 言

深圳私人地图

宋庄生活笔记

桂林一年

序　言

在离乡迄今近30年的人生行旅中，我或长或短驻留过的城市包括深圳、广州、中山、佛山、南宁、桂林、贵阳、北京、银川、沈阳等，这里所指的驻留并非浮光掠影的路过、观光，而是契入时间与生命的生活、工作或者盲目、自由的居住。

我驻留过的城市，
我经历过的异乡

~~~~~~~~~~~

1

多年以后，说起我驻留过的城市，我将会回想起从石榴村走出的那个遥远的年头……请原谅我又一次套用《百年孤独》这个经典的开头句式，自 1991 年高中毕业离开我出生长大的石榴村算起，至 2019 年，时间过去了 28 年，我也由当初那个对世界和岁月茫然不明的少年，成为一个备经游历与成长的开始走向衰老的男人，而生活或生命的状态依然是"在路上"。人生注定是一场有终点的旅行，只是无人能够预知自己终将会在哪一个点消失，我们所能做的不过是努力记取沿途的景致，为越来越多的流逝及湮没留下一丝自己的见证。

在童年和少年时期，我无数次设想过长成之后的远行，但那时出行的念头总是跟返回牵连在一起，万万想不到会有难以返回甚至不可返回，再或是在命运的驱使之下越走越迷失归途。在离乡迄今近30年的人生行旅中，我或长或短驻留过的城市包括深圳、广州、中山、佛山、南宁、桂林、贵阳、北京、银川、沈阳等，这里所指的驻留并非浮光掠影的路过、观光，而是契入时间与生命的生活、工作或者盲目、自由的居住，另外，以这些城市为轴点而展开的辐射游走，我已经无法调动残损的记忆将之逐一说出。

上初中之前，我从未走出过山村的四周，连汽车都没有亲眼见过，远行不过是无端的想象。小学教育是在村里一个仅有十几名学生的复式学校潦草完成的，上初中时去到三十公里外的乡上，高中则转到另一个离县城更近的镇。初二开始，我不知受到了什么冥冥指引，无师自通地写诗作文并自发投稿。高中期间，由于我连续有诗文变成铅字，在县、省的文艺报刊《紫藤》《南国诗报》《广西文学》以及江苏的《春笋报》、上海的《少年文艺》发表，两次被邀请参加中学生作文夏令营，一次是在湖南韶山，一次是在河南安阳。神奇的是，其时仅有过从乡上坐班车到县城经历的我，竟然一个人从家里出发，到县城坐汽车去桂林，又从桂林转乘火车，一路上不出丝毫差错。或许，正是这两次少年时的单独远行，埋下了我此后无数次抽身上路、毫不犹豫奔赴远方的伏笔。

1991年夏天，我高考落榜，回石榴村待了两三个月后，不甘心就此成为一个屈居山中的农夫，于是收拾行囊投奔在省城工作的大哥。大哥托人帮我在南宁找了一份临时的工作，虽然每月工资不足 200 元，由此展开的也未必是希望的道路和方向，但是对当时的我来说无异于打开了一扇通往另一个世界的门。在南宁，工作对我而言只是慌乱的开始，值得一提的是我加入了其时在广西颇具活力的"自行车"现代诗群，在写作上获得了有效的启迪，在见识、视野及观念各方面骤然产生转变。

2

1993 年春节，回乡下过年的我听到几位初中同学描述他们到深圳打工的图景，诸多渲染，当即决定不再返回南宁。待节后重返广东的人潮一过，我便跟随同村一位小伙伴踏上前往深圳的未卜之途，最先抵达的是二线关外的龙华，一边在老乡的出租屋东一晚西一晚栖身，一边按照公告栏或报纸上的招工启事找厂。记得我头次进入的工厂，是横岗某工业区的一家港资皮具加工厂，做流水线工人，但我第一天就忍受不了那冗长无味的工作方式，不到一周就跑了出来。好在那时的高中学历对出来打工还派得上用场，且我又会说白话，不久又进入了布吉的一家纸品彩盒厂，担任仓库管理及货物运输的文员，算是跻身了白领阶层。

然而我注定是一个不安分的人，尽管折腾的结果往往事与愿违，但总是抑止不住内心的躁动。一年之后，由于在有意无意间赚了一点小钱，我辞去了那家港资纸品厂运输部主管的职务，出来自己从事小生意。那时候我就这样想，在工厂打工，只能作为一时的谋生之策，终究不是发展之计，因为那样的一个生存空间和我所渴望的社会、时代是脱节的，更主要的是与我的愿望、志趣毫无相关。只可惜行动并不能印证想法，我的小生意维持了不到一年就惨淡收场，不得不背负债务再次遁入龙华，又因与聚拢在龙华的几位自由撰稿人相遇，而深圳当时报刊兴起，稿件需求量大，遂于黯然无奈之际执笔造文，换取稿酬聊以维系生活，伺机寻求出路。

1995 年 5 月，宝安文化局主办的杂志《大鹏湾》由双月刊改为月刊，并开始由内部赠阅走向公开市场，蒙该刊编辑郭海鸿的推荐，我进入杂志社担任发行员。《大鹏湾》有"中国最早的打工文学刊物"之称，刊物定位非常明确，即直面前来深圳、珠三角、广东打工的广大外来务工者，营造一个"创世界者的港湾"。我算得上是《大鹏湾》的市场开拓者和内容缔造者之一，见证了这本杂志从零起步到发行量达十几万册、由无人问津到备受追捧的历程。事实上我做发行员不过是半年的时间，第二年，由于有期刊发行商兼广告商承包了杂志的市场业务，我随即进入编辑部担任记者、编辑，同时还兼任编辑部举办的文学培训班的辅导老师。说起来，一些后来声名渐起乃至在全国形成影响的打工作家，有不少都是《大鹏湾》早期的骨干作者或者是从《大鹏湾》文学培训班走出来的。

1998 年秋天，在《大鹏湾》杂志影响力达到巅峰的时期，我选择了离开。离开的理由，在旁人看来或许有些费解，却是我真实的心声。因为杂志社在宝安区，可以说是远离深圳城市中心，我的活动和交往范围大多在二线关外，而触摸这座城市富有代表性的繁华和内敛部分，在那段时间是我强烈的愿望。随后，我转到位于市区心脏地带的《深圳人》杂志社，仍然从事记者、编辑工作，但所面对的环境和人群迥然不同。在此期间，我还和潘漠子、谢湘南等人创办了民间诗报《外遇》，率先掀起接下来在国内波澜起伏的"70后"诗歌运动。不能不这样认为，随着我进入《深圳人》杂志社上班，也展开了我在这座城市之中从住所到际遇、从身体到心灵的搬迁历程，我与深圳的一个个地点不断地遭遇、纠缠，产生种种莫名的回响，以短暂又漫长的亲历和所见描绘了一幅绝无仅有的深圳私人地图。

1999年底，因为全国报刊大幅度裁减，《深圳人》杂志宣告停刊。或许不少当年的业内人士还有着记忆，那一时期，一方面是一批报刊停办或被取消市场经营，另一方面是各地一些具有统一刊号而又欠缺办刊经费的刊物被人承包，拿到经济发达城市改头换面进行市场化操作。广州就集中了多家这样的刊物，《深圳人》杂志社一解散，我就被一位朋友邀请到广州出任一家"改良"杂志的执行副主编，但又不想彻底离开深圳，由此来回奔走于广深两地之间。2001年元旦之后，我彻底搬离深圳，正式投入广州。

实际上，进入世纪之交，受出版周期的局限，杂志在报刊市场上已经式微，那些被异地承包并以赚取市场利润为主要方式操作的杂志，在大势面前根本不可能维持多久，我到广州接手的杂志也逃避不了这一命运，在第二年承包合同到期即放弃经营。随后，我搬到广州白云区一个名叫"圣地"的地方暂住，过了不久，受到中山市一家广告公司邀请，前去出任副总经理。中山尽管也是珠三角的重要城市，但是比起深圳和广州，无疑显得欠缺生气，主要是没有我所渴望的文化活力，因此我很快就感到窒息的逼近。恰在此时，深圳的一家影视文化公司又向我抛出橄榄枝，邀请我过去担任策划人和撰稿人，然而中山的公司一再挽留，后来协商的结果，是在中山、深圳两边均采取半职的方式。这样，在2002年底至2004年上半年那一段时间，我基本处于这样的状态，每月在中山、深圳各上班10天左右，余下的日子则返回广州圣地。我成了一个珠三角的游走者，一次又一次乐此不疲劳地交叉走动。我常常会在这三个地方以及那里的朋友们中间适时出现，仿佛从未离开过。

2004年夏天，深圳的一个影视公司与香港某有线电视台合作，承接了一个旅游文化项目，到贵州少数民族地区拍摄地方风情系列纪录片。经受不住这样的"出走"诱惑，我果断辞掉了中山广告公司的职务，作为摄制组的策划人和撰稿人随行西南地区。其后，我和摄制组多次深入贵州，拍摄了一系列的地方纪录片，有时耗上半个月甚至一个月。这一经历使我对贵州产生了不明的情愫，再后来，我还会一个人奔赴贵阳，无所事事地小住一阵。

2005年9月，我出版了专题散文集《我的深圳地理》，这部书以个人的视角记录了我在深圳几近全部的生活及心路历程，内中关于青春、寻梦、理想、激情和失落、不安、混沌、破碎种种，以及对一座城市的指认、介入、隔阂、热爱等，引发了广泛的共鸣，被媒体称为"一个人一座城市，一部书一段青春变迁史"。书出版后，我还以个人的名义在酒吧举行了一场分享会，现场演绎观念行为艺术《泡在深圳》，对"混在深圳"普遍遭遇的种种状态作出艺术化的诠释。借助这个行为艺术，我发出了这样的声音："我终于走到了这座城市的尽头！"

3

既然觉得走到了这座城市的尽头，那么接下来就只能是彻底离开。2006年春节，我到粤西的一所寺院居住了将近一个月，便返回深圳处理离开的事宜。4月初，我从广州乘坐火车从头至尾穿越京广线，来到陌生而无着的北京，随即入住京郊与河北省相邻的宋庄艺术家村。

我之所以选择来到北京并进入宋庄，无论如何都有着一点文化奔赴的意味，也为了顾全内心那点一直固执存在的对艺术的偏好及热爱。那时的宋庄，聚居了数千名来自全国各地的囊括各种门类的艺术家，正处在由自由松散而接受艺术产业化主导的风口，各式艺术区、美术馆、画廊、文艺空间相继崛起，带动着各类活动、展览及商业的开展，此外村庄也正在进行改造美化。我就在这样一个被赋予了艺术之名、涂抹着文艺色彩并滋生着各种可能的地方落下脚来，漫无目的地展开自己的生活，跟众多画家、雕塑家、作家、导演、歌手、摄影师为邻，与游荡者、寄居者、小生意人、村民等厮混在一起，自由交往，平淡相处，间或高谈阔论，诗酒唱酬，更多的时候各安状态，闭门创作，种菜养花，逗猫弄狗。整个 2006 年，我几乎就在这种状态中度过，充当着宋庄艺术家村的一个观察者、见证者、亲历者，在置身其间的同时，不时用文字记录那些真实而又恍惚的生活与情景，写下了有 10 余万字的日记及一批诗歌、小说、艺术评论。

然而生活毕竟是需要物质支撑的，即使你甘于清贫，乐于享受简单和孤独，并且善于自我消遣，物质仍然是一道门槛，总会在某个时刻或轻或重地绊你一下。在宋庄进入第二个年头，我的生活捉襟见肘，于是应北京一家专门从事房地产广告和销售代理的机构邀请，过去做策划、文案工作，入职两天即被派往宁夏银川的项目组，驻地上班。记得我第一次飞往银川时，正遇上当地的一场大雪，飞机靠近地面便看到一片苍茫的白色，由此我还写了一首诗《大地上的白色》，描述了初见西北大地的感受。

在银川，我以工作的方式驻留了差不多一年，大抵是每月返回北京几天，其余时间留在银川，节假日则趁机漫游西北大地，足迹涉及几乎整个宁夏以及周边甘肃、青海、陕西的一些地方。记得 2007 年国庆长假前夕，由银川直达敦煌的专线火车开通，我当即买了一张票，趁假期游历了敦煌、雅丹、嘉峪关、兰州、青海湖等地。作为一个正宗的南方人，西北大地给了我非常强烈的冲击与震撼，可以说，那一段经历，使我真正体会了"读万卷书，行万里路"这句话的含义，于我黯淡的人生无疑是弥足珍贵的。在工作方面，我和同事曾结合楼盘销售策划过一个"西夏啤酒文化节"，将原本应该是商业行为的活动操办成一场文化盛典，在当时的银川引起了较大的轰动，其间由苏阳等新锐音乐人共同演绎的"宁夏本土摇滚之夜"掀起了高潮。

银川由此成为我生命中一个无法抹去的地点，在那里，我还结识了一帮志趣相投的朋友，他们使我对那座城市滋生了更多温暖、深刻的记忆和怀念。2008 年元旦之后，银川项目结束，我返回北京，在总公司上班不到两个月又被派驻沈阳，这样，我又一次得以借工作的名义领略从未切身感受过的东北。在沈阳，我驻留了半年多的时间，因为那边的项目不止一个，工作较为忙碌，我仅有一次往周边游历的机会，一个人跑到丹东，去看了鸭绿江和明长城的东端虎山长城。同样，在此期间，我又结识了沈阳多位志趣相投的朋友，增添了对那座城市温暖、深刻的记忆与怀念。

4

2008 年 8 月，我的家庭发生变故，母亲被确诊为癌症晚期，医院诊断仅能维持三个月的生命。我的父亲已于 2003 年病逝，长期的奔波在外和经济上无法助力的困顿，使我对家庭怀着深深的歉疚。乡家遥远，我当即辞去北京的工作，回到南宁，和哥哥一起按照母亲的意愿将她送回石榴村。虑于现实状况，我必须维持工作赚钱而又不能离家太远，由此我选择来到桂林，经朋友的引荐到一家房地产开发公司担任策划总监。离过年还有十三天，母亲在石榴村与世长辞，办完丧事，我留在家中迎接了一个没有快乐的春节，而后便孤身避往桂林莲花塘的居所，无论如何再也提不起继续上班的心情，索性又到公司把工作辞了，决意在莲花塘度过一段无所事事且心无旁骛的日子。

莲花塘村位于桂林市区向西十余公里开外，是一个有着上千年种藕传统的村庄，周边保留着绵延数千亩的荷塘。我居住的小院落，是在北京时一位同事的乡下旧居。同事早已举家迁移，恰好为我提供一个可以免费暂居的安静隐逸的居所。遗憾的是，这个村庄正处在桂林市区向西规划的发展带上，面临着彻底的搬迁拆除，2009 年算得上其作为村庄存在的最后一个年头。从 2008 年底算起，我在莲花塘村潜心闲居了一年有多，除了读书写字，吃饭睡觉和间或外出，基本上就是在村落及田野间转悠，与乡村、自然、草木、作物等对话交流，而在实际生活中显得笨拙而寡言。后来，我为莲花塘写下了几万的文字，至此，我才明白，命运促使我在这个村庄的最后一年不期而来，或许就是为了见证它的消亡。

2010 年元旦前不久，广州的一位朋友得知我在莲花塘"荒废时光"，便推荐我到广东新快报社任职，因为报社的副刊部急需一位有经验的文化版编辑。这样，我在国内各地辗转几年之后，终于又返回了广东。广州恰好是我的户口所在地，2005 年，我作为文化引进人才入籍增城（时为广州辖县级市，现为广州市增城区），或许这一次才算得是落户了。

也许我始终是一个不会受工作、地点这些现实因素束缚的人，更准确来说应该是性格和命运使然。这么多年来，我一直信奉随遇而安，又一直飘浮不定，所幸的是越来越淡然与从容，越来越笃信人生总会有属于自己的容身之处，也会有心灵的归所，尽管现世苍茫流离，内心常有悲凉。实际上，我在新快报任职也不过三年的时间，2012年底又选择了离开，接着又到另一家报社工作了一年，便放弃了上班。我知道，进入这个年龄，面对变幻的时代和社会，从此我可能要彻底告别职场了，余生必须得依靠命运的馈赠。但能够在有限的人生中拥有自由的状态，使困倦的灵魂获得释放、松弛，又没有更多值得顾虑的，每个人都必将为自己的选择付出或多或少的代价，有时刻意争取未必如愿以偿，有时知难而退可能绝路逢生，关键是不能在现实中泥足深陷，进退维艰。

2014年之后，我真正过上了一种听任自如又无从把握的生活，没有固定的工作，没有既定的生活，没有必然的追求，没有明确的目标，一切顺其自然，或者也可以说是得过且过，好在似乎还过得安稳无虞，并伴随着一些小小的欣喜。2017年初，我搬离了广州市中心，到广佛两城交界之处，在隶属南海大沥镇的一处农贸市场打造了一个称得上诗意的栖居之所，并将之命名为"南风台"。自此，我在俗世和市井的缝隙之间读书写作、养花种菜，又不忘呼朋引友、诗文唱酬，当然也免不了寻求活计赚钱糊口，生活有安静、满足，也有忧思、顾虑，偶尔还有迷茫、慌张，但我更愿意活在当下，将今后交还未知。我觉得，自我本身就应该是一部可能之书，人生每一步并不能提前写下，但既然我能够书写过去，就一定能够书写将来。

多年之后，回望那些我驻留过的城市，回味那些我经历过的异乡，我仅有的一点收获就是能够用文字做出适时的记录，并能够坚持从中审视自己。时光流逝，路途堆积，随着年岁的增长和经历的增多，人生本该越来越丰富、越来越深邃，然而我愈加看到的却是自身的单薄不名。

2020 年 1 月，南风台

深圳私人地图

从1993年那个跟随流水方向展开追寻的春天开始，到
2000年底迁移广州为止，我在深圳驻留的时间超过七
年。如果说深圳是我人生地图上一个醒目又深刻的注
点，那么我在深圳七年间留下印记的各个地点，则是这
个着重标记的注点下一个个无序的小注点。我明白这是
一张纯私人的地图，只在我的头脑和内心显示，它所指
向的注释也只对我个人有效，但那些地点却是公开的，
在深圳行政区划地图中真实存在着的。

在一座城市中
搬迁自己

〰〰〰〰〰〰〰〰〰

　　人生就像一张在各人生命中持续填充的地图，按照经历分布着一个个若明若暗的地点，每个人就在这张地图上进行命运和记忆或长或短的旅行。在我迄今描画的个人地图上，有一个地点异常鲜明，堪称一枚嵌入我青春时期的锈紧的钉子——这个地方叫作深圳。

　　众所周知，深圳是一座富有传奇色彩的新兴城市，在 20 世纪 70 年代末之前，还是中国南部海岸线上一个寂寂无闻的小城镇，随后在几年之间迅猛崛起，成为国内经济改革开放光环夺目的前沿阵地，也成为全国各地庞大人群纷至沓来的寻梦之城。1979 年，广东省设立深圳市；1980 年 8 月，国务院在深圳设置经济特区；1981 年 3 月，深圳升格为副省级市。

　　1993 年春节过后，我怀着对深圳的满腔憧憬，坐上从家乡广西梧州开往东莞虎门的"飞跃号"客轮，又从虎门搭乘中巴来到深圳龙华，由此开启我在深圳长达七年多的生命历程。其时，我高中毕业近两年，在乡村短暂务农后又到省城南宁游逛了一段时间，正处在不知何去何从的青春彷徨时期。那个春节，村里几个先行"落广"（即去广东）的伙伴争相向我描述他们在深圳的打工生活，使我瞬间对那座相距不算遥远却犹如在云端中的城市产生了热切的向往。说起来，那时我连"圳"字的读音都不知，更不知字义为何，于是特意去查了字典，才知道"圳"原指田边水沟，"深圳"就是"深水沟"。我要奔赴的去处，竟然是一个昔日的"深水沟"。但不得不说，这个原意上显得土里土气的"圳"字，在感觉上却散发着无比神秘而时尚的气息。

从1993年那个跟随流水方向展开追寻的春天开始，到2000年底迁移广州为止，我在深圳驻留的时间超过七年。如果说深圳是我人生地图上一个醒目又深刻的注点，那么我在深圳七年间留下印记的各个地点，则是这个着重标记的注点下一个个无序的小注点。我明白这是一张纯私人的地图，只在我的头脑和内心显示，它所指向的注释也只对我个人有效，但那些地点却是公开的，在深圳行政区划地图中真实存在着的。

多年之后，回望深圳那段占据了我青春黄金阶段的时光，我已淡失了当初的冲动和激情，也消解了当时的迷惘与慌张，然而随着追忆的展开依然止不住心潮澎湃。假如一定要为这一段挟带着盲目和凌乱，却又显现出觉醒与成长的岁月提炼一个关键词，我想最适合的莫过于"搬迁"——在一座城市中搬迁自己，在被动或主动的搬迁之中认清自我，在无奈、机遇与觉悟之间寻求生命的安定。

那些年，我把对深圳的投入与热爱表现在连续的搬迁上面。这种搬迁除了生计、生活的奔走，更重要的是灵魂的撞击和激情的煽动——我太喜欢那种到达与未知的感觉了，它使我觉得好生活正等待着我。七年多我住过多少地方啊，几乎每隔几个月我就要换一次住处，每到一个新地点我都会兴奋莫名，充满干活和做大事的冲动。老实说，好几件可能会让我回味一辈子的事都是在搬迁过程中酝酿成功的，我确实算得上是个一边行走一边思考的人。

我几乎为自己住过的每一个地方都赋过热情洋溢的诗篇。我熟悉深圳的每一处角落，可以说是深圳的活地图，在大街上给别人指路比交通警察还要老练和热情。毫无疑问，那时我热爱深圳，尽管这座漂亮的城市一再将我拒绝，但这有什么要紧呢？说实话，我从未在乎过自己是不是深圳人，生活的过程才是重要的。很多人一生都弄不懂自己置身何处，弄不懂在那里生存的意义。我也不知道，但我至少还保持着追问和寻找。

以前，应该说在我更年轻的时候，我设想在一个城市到另一个城市之间搬迁自己，那时候我想奔赴的是像文艺复兴时期的巴黎那样的都市，我总觉得有一种隐约的、像迷香一样的文化气息在远方召唤着我。后来我明白了一个道理：最真切的、最令自我迷醉的文化气息是从自己身上散发出来的，每一个人、每一个地方都是一个磁场。

买房子真是一件大事。我不知道对诸如此类的误解该说些什么，有太多的人几乎一生都在为房子奋斗，好像活着的意义就是为了找一个洞穴钻进去。而我多么渴望能够彻底地敞开自己，多么渴望能够摒除门户与偏见，自由、快乐地生活在美丽的广袤的大地上。是的，我以后也有可能会不得不为房子而呕心沥血，或者会为今天的搬来搬去，把有限的血汗钱贡献给无限的房东而后悔。但我确实在搬迁之间得到了快乐与激情，我确实在连续的调整之中一次次地提升了自己，更重要的是，我确实需要通过多种挪动和激励来削弱甚至消除体内潜伏的惰性。

虽然我说的搬迁不仅仅是搬家，但搬家给我的体会更加真实和直接一些，唯有无家可归的人才能真正体会到关爱的分量有多重，唯有把家背在身上的人才真正明白安顿下来的快乐有多深！每次搬家，我都累得够呛，我往往要花上至少一天的时间先收拾好，然后到街上随便请两个人来搬，到货场请一辆人力货车来拉。我从不请搬家公司的人，他们总以为人人都认为搬家是大事所以漫天要价。我也从不请朋友来帮忙，那样不光累了朋友，还得我扮出一副感激的表情请客吃饭，假情假意不说，反而要花更多的钱。

我租住的地方多是深圳本土人的私人住宅，俗称民房，屋子里大都空空荡荡的。因为租房子的历史越来越长，我的家当也越来越多。每次搬走，想扔掉它们又觉得可惜，因为到新房子后照样得购置，所以我越来越像一只蜗牛，背负的壳越来越重。我最向往的是能够有这样的房子，屋子里所有的生活用品一应俱全，只需要带上自己的私人物件就可以入住，离开时也只需背一个包袱，就像出门到别处小住几天一样。后来真的有了这样的房子，但基本上是价格昂贵的酒店式公寓，对我这样纯粹为栖身图谋的租客来说实在是可望而不可即。

搬迁还能带给我种种真实的、置身于生活温情之中的感受，包括那些值得回味的生活情节、细节的创造。每搬到一个新住处，我都会充满兴致，盲目地把自己的东西挪来挪去，像第一次得到一个单独房间的孩子一样兴奋地布置自己的居所，有时甚至会在半夜醒来，打量四周，觉得某件饰物摆放得不好，爬起来重新安排一个位置。而每一次，我都等不及安排就绪，就打电话给朋友们，邀请他们过来，趁机把所在的地方渲染一番。朋友们都熟知我这一点品性，有人开玩笑说我就像一个城市的导读者，去到一个地方，相识不相识的人紧跟着都会熟悉那里。有好几次我住的地方相当偏僻，朋友们来时，我一个一个出去接。我每次站在路口，看到朋友们展开着笑容走近时，都会感到一种幸福与满足。是的，我并不是孤独的，尽管我寄身异乡，屡屡流离失所，但不管在哪里安顿下来，也不管是多么短暂，都会生出一种做主人的感觉，获得"有朋自远方来"的喜悦。这与我对自己的要求是相符的，我曾经说过这样一句话："无论去到什么地方，都要像主人一样活着。"

我把自己在深圳居住过的地方一律命名为"边缘客栈"（这个名字缘于1996年我组织出版的一部诗歌合集《边缘》），并写了一首算不上工整的古体诗："边缘唯一栈，去留两相难。此身终是客，浪迹不知还。"请相识的书法家刘大明将"边缘客栈"四个字连同这首诗写成条幅，装裱了，配上镜框，我去到哪里，这面牌子就挂到哪里，真像是一面悬在愿望与梦想之上的旗帜。我印制过"边缘客栈"的名片，像传单一样散发出去。我曾在一家内部发行的文艺小报上举办过一次"边缘客栈诗展"，前言中列举了一大堆经常出入"边缘客栈"的朋友的名字，后面是朋友们写的诗，其中也有专门为"边缘客栈"而写的。我有很多关于"边缘客栈"的场景及活动的记述文字，所有的场面就像家具一样永远存放在我记忆的大厅。

除去居住地的搬迁，我还到过深圳不少隐秘的去处，被种种来路不明的情愫所触动。我甚至两度探访一个处于半山，几近与世隔绝的村庄，村庄叫"半天云"，隐藏在南澳海边的悬崖深处，终日云雾缭绕，硕大的老藤和参天的古树神秘诡异；我曾从蛇口大新码头出发，沿深港之间的边防范围管理线一路东行至盐田港避风塘，其时这条线路仍属军事禁区；我曾在一个静寂无人的深夜，独自在泛着各种松懈气息的街道上漫无目的地徒步……是的，我曾经是深圳这座城市每一个明亮和阴暗之处的游走者，一个身体和灵魂都在不停搬迁和奔突的人。我明白，不管我获得怎样的安顿和快乐，搬迁的念头总有一天又会从我心底泛起，我依然愿意做一个一边行走一边塑造自己，并且永远都不会终止思考的人。

1999 年，与谢湘南（左）、黄廷飞（右）在下梅林的出租屋

岗头的
工厂往事

〰〰〰〰

　　自从中国经济改革开放的浩荡春风从南方沿海吹起，全国各地大批大批的寻梦者纷纷涌向深圳、东莞、广州等珠三角城市，有一个词便应运而生：南漂。通常来说，"南漂"指的是到南方广东闯荡。但在我的家乡广西梧州，这个词是不适用的，我们称之为"落广"，因为两广一水相通，梧州位于西江上游。据我所知，还有一些地方的人也不用"南漂"这个词，例如贵州、四川部分地区，他们称之为"杀广"，听着有点狠，却又透着决心和勇气。

　　1993 年春节过后，我跟随同村一位伙伴前往深圳，那时节后重返广东的人潮已归于平息，剩下的都是些初次前去或者工作无着落的人，我的同村伙伴虽然已在深圳打了两三年工，但恰好在过年前被工厂"炒了鱿鱼"，因此推迟了行程。我们并没有像大多数"落广"的人那样搭乘长途大巴，而是心血来潮地选择走水路。其时，西江上每天仍有客运轮船来回走动。记得我们是在傍晚时分从梧州上船的，不久天就黑了下来，只能窝在三等舱内听着外面哗哗的水声，内心一片迷茫无绪。更为意想不到的是，轮船从傍晚开至凌晨，遇上了罕见的大雾，不得不在江心停泊，到天色转明时又因航道问题将所有乘客抛在顺德容奇。我们就在容奇凄清的码头上默默坐至天亮，然后转乘到虎门的木船，再由虎门上岸，到客运站乘坐开往深圳龙华的中巴。我的首次奔赴深圳之旅，就在这样的波折重重之中展开。

在同村人于龙华的出租屋稍作落脚，我开始按老乡们的指引找工作，方式无非如下几种：一是通过熟人介绍；二是到附近的工业区转悠，留意公告栏或工厂门前的招工启事；三是带着简历、毕业证等资料去人才市场；四是查找报纸上的招聘信息，看到合适的就直接上门应聘。这几种方式我都多次尝试，屡屡碰壁，经过一个多月的奔波，我终于进了布吉镇岗头工业区的一家港资纸品厂，成为运输部的出货员。可别小看出货员这个职位，这可是属于白领的一个工种，是在写字楼而不是流水线上班的。说起来，那个时候，我的高中毕业证书还派上了用场，一般写字楼文员之类的职位高中以上的学历就可应聘。

不能不说我应该还算幸运，没有多久就摆脱了不能进厂的担惊受怕的日子。初来乍到的一个多月，与几位老乡挤在一间狭小的出租屋内，这倒没有什么，最为担忧的是出租屋隔三岔五就会有治安员来查"暂住证"。"暂住证"是一种证明拥有短期合法居留权的证件，没有用工单位收留的人一般是办不了的，一旦被查到没有，就会被视作"三无人员"（往往指无身份证、无暂住证、无业的人），轻则罚款后责令走人，重则带到派出所，统一赶上大卡车拉到收容站。记得有好几次，我在半夜听到查暂住证的治安员到了附近，赶紧爬起床随其他人一起逃跑，有时甚至跑到山上一夜不敢回来。暂住证曾经是深圳乃至广东众多外来寻工者无法愈合的伤痛。后来，我也曾去过一度令人闻之色变的樟木头收容站，带回因没有暂住证而被遣送到那里的同乡。

岗头工业区所在的岗头村，隶属布吉镇，与龙华镇清湖村相接，地处偏远，一俟进入便仿如与外界隔绝。我按报纸上的招聘启事前往应聘时，很是费了一番功夫才找到，又几经周折才成功获聘。第一次去，人事主管看了简历，略作交谈后，叫我回去等消息。那时我并不知道叫回去等消息其实就等于拒绝，留了出租屋旁边小卖部的电话，然而连续一周都等不到电话，按捺不住又找过去，到了工厂门口，却被保安告知并不招工，心里一急，便信口说是老板约我来面试的。于是保安到写字楼通报，人事主管出来时我又傻了眼，已不是一周前见到的那位。这位刚上任的人事主管见我声称是老板约来的，但又并不知情，犹疑不决，恰好这时有一个中年人大摇大摆走到门口，人事主管赶忙上去打招呼，并指着我说了几句什么。那位中年人转头盯着我看了一下，招招手说：跟我来。原来他就是老板，竟然没有揭穿我，直接带我进了他的办公室。

不一会，我浑身轻松地走出来，那位老板居然只是随便问了几句话，便叫我三天内来上班。事情的转折很是意外，但无疑那一下在情急之中大胆的谎称产生了效果，我由此成了这家纸品厂的出货员，也就是负责安排货运的文员，月工资300元，包食宿，工作的内容是根据客户部开出的送货单，到生产部提取完成的货品，然后叫工人装车、发车。这家纸品厂生产各种包装纸盒，订单很多，每天发出的货品最少都有八九个车次，常常达到十几个车次，基本上都是发往珠三角各地的工厂。运输部有三个出货员，十多个工人，但只有一位司机和一辆三吨的货车，通常每天早上先安排厂车装货，接着便安排给外面拉货的私人货车，那时常来厂里接货的私人货车有近十辆，载重一吨半到五吨的都有。货车老板对出货员都十分友好，常请出去吃夜宵并给点好处，我因此捞了一些油水。三个月后，我提升为运输部主管，月工资加到500元，货车老板对我更是热情有加，有几位老板甚至私下约定只要保证他们的货车运输量，每月就给我一定好处费。不得不说，这是我最早接受的关于淘金的启蒙，起初还有点不好意思，后来渐渐泰然自若了。

　　岗头村闭塞落后，没有像样的街道，没有大型商场，工余唯一的去处只有工厂对面一个简易的贸易市场，市场除禽畜蔬果摊档外，还有二十余家五花八门的杂货铺，有几家只提供小炒的饮食店，有一家以出售报纸杂志为主的小书店，有一家约能容纳百人的录像厅。那时工业区的工厂几乎每晚都要加班，能够出来消遣的工人很少，即使出来的也不过是三五成群的老乡一起闲逛，或者在小食店内喝几瓶啤酒。我孤身一人，那家录像厅成了我夜间常常流连的场所，记得那时港片风行，录像厅内基本上都是播放港片，以警匪、黑帮的居多，有时也会有一些所谓的"三级片"，如我曾看到过《卿本佳人》，让我目瞪口呆。

20世纪90年代初期的珠三角，实在不愧"世界工厂"之誉，很多国际上知名的企业纷纷前来投资设厂，尤其是港资、台资工厂遍地都是，并且无一例外生意兴隆。我所在的纸品彩盒厂，每天都有货柜车从香港运来印刷好的彩色卡纸，由这边的工厂加工生产，先是按照图样啤纸，然后是粘盒、打包、出货等，两幢上千平方的三层厂房，到处都是繁忙的景象，加班更是常有的事，有时甚至需要安排三班倒。在这样的情况下，工人们一个个又累又乏，难免偶尔会发生事故。至今我依然清晰地记得，有一次，啤机部的一位工人因为太过疲劳，动作缓慢，不慎被上下起落的啤机夹住，当场被切断了四根手指，那血淋淋的场景令我每次回想起来都心有余悸。还有一次，运输部两名工人跟着外请的货车司机连夜到东莞送货，几个小时后我接到其中一名工人打回的电话，路上出了车祸，货车整个翻侧，货物散落一地，司机和另一位工人当场死亡。放下电话，我一下子手足无措，内心骤然无比地慌乱！

那次送货工人的死亡，无疑在我心里留下了阴影，之后在安排工人出去时都会心生不安。此外，由于工厂订单络绎不绝，不仅晚上常常需要加班，更难得有可以休息的假日，我能够出去转转的机会极其罕有，难免越来越感到郁闷，对工厂生活愈来愈生出抵触,然而看在有油水可捞的份上,还是多次抑制住辞职的念头,寻思着多赚一些钱再走。我的想法是多积累一点资本,然后出去做点小生意,摆脱工厂这种单调乏味的日子,况且滞留工厂根本就没有什么前途可言,这与我伺机开创事业的野心以及尚存着文艺理想的内心是冲突的。

1994 年夏天,由于我所在的纸品厂在东莞常平买地建了厂房,岗头的彩盒厂酝酿搬迁,与那边的纸箱厂合在一起,厂里提出不愿意去东莞的人员可以自由辞工,已然感到相当厌倦的我趁机递了辞呈。其时我已积累了一点钱,又仗着近一年来与同行打交道,有一些货运资源,心想可以像那些货车老板一样做"包车公"。离开岗头时,我的心情非常愉悦,设想着美好的事业和生活就在抽身去往的前方等待。

从石岩开始
"加班"

〰〰〰〰〰

　　深圳有两座最为知名的山，一座叫梧桐山，一座叫羊台山。羊台山是深圳西北部的第一高峰，山中峰石错列，溪谷纵横。相传，几百年前的某个日子，有几块乌黑的巨大岩石突然自山上滚至山下，当地村民认为是天降宝物，就用岩石建了一座庙，取名"乌石岩庙"，同时把所在地方也叫作"乌石岩村"。后来，乌石岩村扩展成了石岩镇，又在时代的变迁中蝶变，昔日乌石踪迹荡然无存，那座最初的古庙也在时光的侵蚀中颓毁不见。

　　虽然乌石滚落属于传说，但乌石岩庙是真实存在的，石岩的名字由羊台山的岩石而来，也具有可信度。羊台山还是深圳著名的革命根据地之一，抗日战争时期，当地人民配合东江纵队从沦陷的香港营救了包括茅盾、何香凝、邹韬奋等人在内的800多名文化名人和爱国人士，转移到羊台山，因此羊台山又被称为英雄山。后来石岩的不少文体活动就以羊台山命名，比如自 1997 年香港回归即开始举办的"羊台山登山节",或许与这一传承不无相关。

据我所知,石岩还是深圳"打工文化"最早兴起的街镇之一,大约在 1992 年,镇文化站就定期推出以面向外来打工者为主的文艺墙报《打工村》,发表外来工投寄的各类文艺作品。我曾亲眼见过那面墙报,就在石岩影剧院的外壁,与学校里所见的黑板报并无二致,很是惊奇在先进的深圳竟然还有如此旧式却又无比亲切的宣传形式。《打工村》引领了深圳各镇兴办打工文艺墙报的一阵热潮,龙华、松岗、西乡、沙头角各镇文化站纷纷效仿,相继办起了《打工城》《打工世界》之类的墙报式文艺园地。这一风气有充分的依据可看作是后来各镇文艺报刊陆续涌现的前奏,同时也体现了"打工文化"在深圳发源的一个进程,其在很大程度上打破了"打工文学"这一提法的狭隘。许多人习惯上将这种现象概而统之曰"打工文学",但我认为"打工文化"更贴切、自然和宽广。1997 年间,我与在石岩时结识相交,后来同在《大鹏湾》杂志做编辑的郭海鸿曾试图倡导"打工文化",以此冲淡或泛化"打工文学"无法消除的含混及薄弱,并在报纸上撰文呼吁,只可惜徒劳无功。

郭海鸿作为《打工村》的缔造者之一,当时以临时招聘的打工者身份供职于石岩文化站,充当宣传和创作的吹鼓手。《打工村》唤起了众多打工青年去土离乡的伤情别绪和郁郁不发的文学情怀,由此引发各路试探,投奔者纷至沓来,据说培养了一批文学作者。但我与郭海鸿的结识及进入石岩却完全与《打工村》无关，而是因为他与子虚、赖世业等人自办的一份文学小报《加班报》以及背后的"加班文学社"。《加班报》八开双面的有限篇幅，有一半以上用来刊登诗歌，一页手抄复印的劣质纸张，粗糙和狂热的质地，却渗透出纯真与美好。这在当时一边被嗤之为"文化沙漠"，一边又享有"不夜城"之誉的深圳，确实使见者生出意外和讶然。1993 年 5 月，在国内诗歌界颇具影响的诗刊《诗歌报月刊》特辟"诗歌沙龙"栏目介绍《加班报》，使"加班文学社"一时声名远播，石岩文化站也由此被确定为一个突现漂泊命运和生存诗意的据点。《加班报》的发刊宣言"我们刚刚结束给老板加班，现在我们开始为自己的命运加班"，则如闪电一样直击众多外来打工者的心灵，成为传诵一时的励志话语。大约两个月后，当我怀揣当期的《诗歌报月刊》，在石岩文化站后面飘散着落叶的操场与郭海鸿第一次会面时，内心涌出的命运意识难以言表。

当时我刚从家乡来到深圳，前往纸品厂应聘时便已路过最先从《诗歌报月刊》中滋生印象的石岩。当我一路打听着来到石岩文化站，又在文化站的职工宿舍见到郭海鸿时，他并没有表现出惊讶，或许在此之前，已有不少像我这样的文学青年不期而来。郭海鸿来自梅州蕉岭，其时已发表了不少文学作品，小有名气。此后，我一次又一次地掠过石岩老街的繁华景象，从文化站旁不起眼的小巷绕到后边，在无人看见的宁静与空旷中敲打郭海鸿面朝操场的木制窗门。这一情景后来延续到曾五定的身上，郭海鸿不久就离开石岩回了梅州，来自湖南的曾五定接替了他的角色，也住在那间宿舍。曾五定有着湘西土匪般的义气和粗犷，被大家亲切地称为"五爷"。记得他还同时在石岩街经营着一间裁缝铺，满身文人穷酸气的安徽人熊俊才曾在他那里做了一件旧式长袍，一度像孔乙己那样穿着招摇过市，而第一次亮相似乎就在1995年春夏之交"加班文学社"重组的那一次聚会上。

1994年夏天，一不小心赚了点小钱的我辞去某港资工厂运输部主管的职务，仗着手头有一些货运资源，自己出来从事运输业务，说白了就是与货车司机合作，联系货源赚取运费。那时候多数工厂都生意兴隆，每天有大批的货品要送给客户，尤其是我熟识的纸品彩盒行业，而工厂自己的货车根本就运不过来。我自己固定租用一部五吨的大货车，又与几个车型不一的货车司机达成合作意愿，然后按照货物数量安排出车。开始我还一边在厂里担任运输部主管，一边展开自己私下的运输生意，后来索性辞职出来，买了BB机，做起了包车老板，踌躇满志地幻想开展自己的淘金事业。

从工厂出来后，我就栖身在离石岩街不远的水田村。其时郭海鸿已经离开，但我由此又结识了曾五定、赖世业、子虚（郭金牛）、刘威、刘云、肖群英等人，《打工村》仍然吸引着众多远远近近的外来文学青年。这一年中秋，曾五定等人发起了一个中秋之夜文艺聚会，我写了一首美感泛滥的抒情诗《1994年的月亮》，兴冲冲赶到石岩文化站，似乎还在晚会上朗诵了这首诗。当晚，邻镇龙华颇为活跃的一帮自由撰稿人邓家勇、龙利民、尖山、杨怒涛、黄河、熊春花等也来到石岩，两镇的外来文学青年一同在异乡度过了一个月光和心事各自迷离的中秋。最终散去时夜已经很深了，公共汽车早已停开，街道上清冷无人，我自告奋勇地邀请龙华的一干人随我步行到大约一公里外的水田村，叫醒司机，我陪着他们坐在五吨大货车偌大的车厢内，在一路倍显凄清与寂寥的月色中晃晃悠悠前往龙华。或许这真是一次宿命的印证，几个月后的一个夜晚，生意宣告失败，生活困顿的我，终于怀着内心的失落与惆怅仓皇避往龙华。

《加班报》创办于 1992 年，由于条件制约，不过是一张八开双面的小报，还是手抄复制的，但所引起的共鸣及影响远远超出了数量及质地的局限。在连续出版三期后，由于郭海鸿的离开及其他原因，《加班报》遭遇搁置。直到临近 1995 年夏天，各自又经历了一轮命运变迁的新朋旧友们重新聚首石岩，酝酿重组"加班文学社"。其时郭海鸿已返回深圳，在宝安文化局主办的《大鹏湾》杂志上班，子虚、赖世业、曾五定等人仍在石岩，而我流落到邻近的龙华镇。这时的"加班文学社"已不可能再局限于石岩了，经过讨论推选，决定成立"加班文学社基金会"，由当时担任某厂厂长、慷慨解囊的赖世业任基金会董事长，郭海鸿任"加班文学社"社长，我接任《加班报》主编，子虚、熊俊才任《加班报》副主编，曾五定则负责整个"加班文学社"的勤务管理。接着出版的《加班报》，使用电脑打字和排版，虽然仍是打印后复印，但面貌和作品都焕然一新。《加班报》是深圳最早由外来打工者自行编辑、出版的文学报之一，其"为命运加班"的宣言影响了整整一拨身处彷徨境地的外来青年。探究起来，在深圳早期的"打工文学"潮流中，有几个标题式的词语起到了关键的渲染效果，安子的"青春寻梦"、林坚的"别人的城市"、张伟明的"下一站"和"我是打工仔"，再有就是"为命运加班"了。"为命运加班"同时喻示了一种命运观念的觉醒和抗争，相比起来更具有整体性、自发性和自足性。

于我个人而言，石岩是我在深圳第一次获得思想碰撞的地方，也是第一次深刻地领受物质和精神、梦想和现实双重质询的地方。不必讳言，我去深圳最强烈的初衷，是怀着庸俗而实际的淘金梦想的，事实也让我在短短一年多的时间内经历了淘金的起落诡谲，但物质追求的失败不过是年少轻狂的一种必然，并不需要做过多的追悔，相反到今天已成为一种人生的馈赠。作为当年《加班报》的一员，可以这样认为，我是从石岩开始"加班"的，此后，我得到了一种崭新的命运与意识的驱使，"加班"成为我精神中的一个词，一种力量在一个时期的撞入，在很大程度上培养和促进了我对生活、生命的认识和感恩。

龙华下街的
眺望

~~~~~~~~

2011 年 12 月，深圳市增设两个功能新区，其中一个叫龙华新区；2017 年 1 月，经国务院批准，深圳市龙华区正式挂牌成立。至此，这个由清同治年间客家移民"龙胜堂"迁入建墟、寄寓繁华而得名"龙华"的尺寸之地，在历史的沉浮中，终于借着中国经济改革开放的东风，不负厚望，大步跨越，扩展并升格成为副省级市的行政区。

龙华是我抵达深圳的第一个落脚点，时间在 1993 年春天，其时深圳刚刚将处在二线关外的宝安县分设为宝安、龙岗两个区，龙华是宝安区辖下的一个镇。很多人都知道，早期的深圳有"关内""关外"之分："关内"指二线关内的经济特区范围，通常也被认为是深圳市区；"关外"指二线关外的非经济特区范围，也即原宝安县或稍后的宝安、龙岗两区。龙华地处深圳市区的北面，与市区中间地带的梅林仅一山之隔，也许正是这一道山岭，使龙华被排拒在市区范围之外。但明眼人一早就能看出，以深圳市区东西狭长延伸、南面又直逼海湾的布局，北面龙华与市区的交融是迟早之事。20世纪90年代中后期，深圳市行政中心区开始由罗湖向福田偏移，地产商们闻风而动，在梅林关内外大肆造房，迁关、撤关言论愈演愈烈，一时将龙华与市区的隔阂降至最低。记得梅林检查站通关之前，从龙华进入市区，一边需绕道布吉、草埔一路进入东门，另一边则需取道石岩从白芒检查站进入西丽，而梅林则直切市区腹部，劈山开通的梅观公路使市区北面的门户一下洞开，龙华无疑是最直接的得益者，结果是其二次发展愈加风头无匹。

龙华的形象改造犹如一个青春灿烂的少女骤然转变成一个珠光宝气的美妇，使人实在无从想象她到底经历了怎样一段恋爱和婚姻。我想每一位那些年在龙华来去过的人都不免生出这样的感受，至少我就是如此。然而，在龙华愈来愈堂皇富丽的街区中，最能勾起我内心不泯怀想的，却是一块伤疤一样被避讳的隐蔽之地，这个地方叫作下街，也称老街，可以视作龙华最早的街道，也可以视作龙华在旧貌换新颜之中不经意扔掉的一块烂抹布，而这一块烂抹布实际上曾一度是龙华身上最光鲜的衣裳。

作为龙华最后的风貌仅存的老街，下街的辉煌岁月究竟可追溯或延伸至什么时候，不得而知。但可以确定，作为文化的一种踪迹，下街直到20世纪90年代中期还有迹可循，至少街口的旧文化站保存得相当完好，且气息尚存。而我恰好就是作为一个文化的灰色符号进入下街的，轻而易举地与屹立街口的旧文化站发生碰撞。大约在 1994 至 1995 年间，在下街被废置的旧文化站内，居住着一群名噪一时的自由撰稿人，这帮人在为报刊大量撰稿的同时，也一度被某些媒体当作一种文化现象炒作报道，我的撞入被视作滥竽充数的一个。1994 年底，我生意失败，落泊穷途之际，遁入下街逃避债主的追逼，却不料与这帮自由撰稿人在屋檐下相遇，无意中进入了这个圈子。只是其时我尚过分沉溺于文学理想，著文过于孤芳自赏，根本就赚不到几块钱稿酬，纯粹凑热闹而已。这些人中，后来有好几个因为采写治安事件交上好运，被各个派出所招收为内勤人员，一举达成以文章做敲门砖的理想，从此不问文学专码材料。而我在一阵潦倒彷徨之后，也进入了以"打工文学"为噱头的《大鹏湾》杂志社，好歹算是最对口的一个。

下街之所以能招揽一批人在此经营文字，归根到底与龙华的文化部门有关，龙华当时的文化气氛相当浓郁，有内部出版的报纸、文学刊物和有线电视台、广播电台、图书馆等。文化站设有专门的创作机构，为笼络作者，将弃置的旧文化站提供给几个前来投奔的自由撰稿人暂住，由当时文化站负责宣传创作的张煌新召集安置，由此逐渐聚拢成群，声名鹊起。《龙华报》据说是中国第一份镇级机关报，曾引起过一阵关注和争议，该报曾以增刊的形式办过一份四开四版的《诗特刊》，请当时在龙华的重庆诗人松籽（孙小淞）协助编辑，大约出了四期，小有影响，其中特辟的"打工诗歌"栏目，应该是最早倡导"打工诗歌"的公开阵营之一。松籽一边兼职编诗报，一边经营一个低档消费的歌舞厅，这个歌舞厅叫"打工之家"，以低廉的价格和平等亲切的姿态赢得了打工一族的情感支持。"打工之家"还举办舞蹈培训，举行文化活动，为打工者举行生日晚会。后来，深圳、东莞很多地方克隆这一模式开了无数家"打工之家"，由此迅速地兴起了打工一族一个独特的文化现象。当时，松籽的"打工之家"，也是龙华众多文学爱好者的聚会之处，镇文化站还在那里举行过几次文学交流活动，龙华的一帮自由撰稿者，自然常常流连其中。

1996年，在工业区一家专门为打工者服务的快餐店门前

龙华下街的街口，有一棵硕大而茂盛的凤凰树，开花的时候，满树满地一片火红，煞是壮观。凤凰树旁边，就是旧文化站，两层的陈旧瓦房，不及凤凰树高，但在凤凰树的映衬下，倒显得有几分古朴和苍凉。文化站的正式职工早就不再光顾此地，剩下的只有两个负责创作和宣传的招聘人员，加上数个暂住的自由撰稿人，出出入入的文学爱好者，此情此景，颇有点文学院落的意味。我当时就隐身在与旧文化站大约百米之遥的一间漆黑的破屋子里，心情失落，穷极无聊，常跑过去喝酒聊天。其时我们都穷得揭不开锅，常常是切一盘廉价的猪头肉，饮几块钱一瓶的劣质烈性白酒"一滴香"。当然，也会有一些苦中作乐的时候，尽管我当时是避难而来，但还零星做些小生意，有时还能赚上几个小钱，而他们哪一天领了一笔稿费，也会兴冲冲地跑过来叫我。生活虽然困顿无望，但我们内心的快乐与梦想并未磨灭。对于我，这一段生活是相当值得铭记的，它使我真实地体会到了物质与精神的一次交接，当时的贫穷与彷徨于我确实是一次精神回归的仪式。我由此放下了淘金的空虚梦想，重拾荒芜的文学情怀，并在思想上经历了一场深刻的洗礼。

　　到下街两三个月后，我的生活略见好转，终于得以从老乡的出租屋里撤出来，在下街的一角租了一间独立的房子。这时，恰逢文化部门开始对住在旧文化站的自由撰稿人感到厌烦，通知他们搬走，我的小屋子一下子挤进了好几个人。我本来无心写稿，但在他们直接的耳濡目染下，也不由得随手涂鸦起来，并跟着他们一起到各个报社、杂志社去跑，也发表了一些小豆腐块。1995 年元旦，文化站在龙华公园举行"龙华青年诗歌朗诵会"，我上台朗诵了一首写给 1993 年"葵涌致丽大火"死难者的诗，有点声泪俱下，由此给龙华的文学圈子留下了印象。不久，文化站组织出版龙华文学作者作品集《南漂之梦》，邀请我当编委。接下来，我刚到深圳时在石岩结识的朋友，回老家梅州做了一段时间报社副总编辑的郭海鸿重返深圳，在宝安文化局主办的刊物《大鹏湾》任职，邀请我过去协助杂志的发行。其时是 1995 年 5 月，我在龙华的"自由撰稿人"生涯由此画上并不圆满的句号。

事实上，在下街的那段日子，我交往得最多的，并不是这些自由撰稿人，而是一群形形色色的老乡。下街居住着很多我的老乡，而且几乎都是从同一个乡镇出来的，说着同一种地方土白话，他们大都在邻近的工厂里做工，然后兄弟姐妹老婆孩子一起租房子住。之后一拨一拨从家乡出来的人，大都来这里先做安顿，我得以来到下街，原因也大抵如此。只不过对比起来，我还算是一个有些见识的"文化人"，又因为跟报社、文化站有来往，因而颇受到一些尊重。后来，我和一位中学同学合伙租了一幢两层的旧楼，把在下街游手好闲的数位小老乡召集起来，鼓动他们与其坐而无望，不如去做些小本买卖。我的家乡人多有一种劣根性，就是不肯做小生意，认为一则低档次，二则不是正当职业，宁愿耗费几个月、半年甚至更久时间找工厂进去做小工。我和这位中学同学可谓开了先河，带动几位小老乡卖青菜的卖青菜，卖肉的卖肉，卖烧鸭的卖烧鸭，我还到另一个镇的图书馆弄了一批旧杂志，晚上出去摆地摊，有一阵甚至还摆了一个提供抛圈游戏的摊位。接下来，又逢龙华一家新市场开业，我通过一位经常写工商报道的自由撰稿人到工商所要了几个摊位，让小老乡们从"走鬼"正式走向公开的市场。我依然记得，那家新开的农贸市场叫华富市场，位置相对偏僻，人流不多，因而租金也较为便宜。我从龙华工商所一下拿了三四个摊位，含肉档和蔬菜档。又弄清了猪肉和蔬菜的进货渠道，让几位老乡分别开档营业。可惜好景不长，小老乡们因积习难改，并无做生意的经验及心情，稍有亏损就打退堂鼓，不久便作鸟兽散。假如坚持下来，这些人无疑都将成为那个市场的拓荒者，即使不暴富，也肯定赚得不少。

下街使我完成了人生一次重要的梳理与自省，这一段生活实际上是我的一段调息将养时光。我在后来的《下街44号》这篇小说中或多或少地阐述了当时的心境。1995年上半年前后，下街的自由撰稿人相继找到出路，渐渐离散；而被我和同学鼓动吃了做小生意苦头的小老乡们有的黯然离开，有的继续奔波找厂。我的同学却由此走上生意之路，终由一个业务员成为区域代理商，最终成了一家连锁销售公司的老板。想起来，下街之于我，如同一个业已流逝的梦中场景，在陈旧而破败的异乡屋檐之下，我像一个失去重心的影子一样四顾茫然，找不到眺望的方向。

宝安
是多少区

〰〰〰〰〰〰

　　关于深圳沧海桑田般的变迁，我们看到过太多这样的句式，例如"20 年前，它还是一个偏远落后的小渔村""由一个偏僻小渔村到国际大都市"。也难怪，2019 年，才不过是深圳建市 40 周年，但要说它之前是一个小渔村，那就大错特错了，要知道，深圳市的前身，是广东省宝安县，是一个始建于东晋咸和六年（331 年）的古县，在一千多年的历史发展中，其管辖范围曾一度包括今天的深圳、东莞和香港。

　　当然，今天所指的宝安，与古老的宝安并不可等同而语，甚至与深圳撤县设市前的宝安县都有所区别。1979 年深圳建市后，宝安县建制短暂撤销又恢复，辖深圳经济特区之外的部分，县政府驻地设在南头关外的新安镇；1992 年底宝安撤县建区，划分为宝安、龙岗两个行政区。

　　宝安是我在深圳七年多最熟悉并留下深刻印记的地方，是我的深圳私人地图上一个最为重要的注点。自 1995 年 6 月至 1998 年底，我在宝安停留了三年多的时间，占据了我在深圳整个驻留时间的一半。可以说，在宝安的生命历程，奠定了我此后人生的理念及方向，使我由一个虚妄、浮躁的青年而渐趋沉稳，更重要的是获得了学习和上升的契机。

宝安区政府所在地，也即之前的宝安县城，与特区内（通常也被视作市区）只隔着一个南头检查站，一道称之为"特区管理线"的铁丝网向检查站两边无限延伸，像连起的绳索一样将众多奔赴深圳的梦想迎头截住。像我一样，很多人在踌躇满志地到来之前，并不知道进入深圳市区还得通过需要专门通行证的检查站，往往不知所措地被截在外面。所以宝安在人们的普遍观念中，同时又等于是深圳的边缘或外围，无论任何时候，从宝安进入深圳市区，通常除司机外，每个人都得下车，从检查站的过关通道排队通过，非深圳户籍人口须交验特区内的"暂住证"或专门办理的"边境管理区通行证"，后者较为普遍，俗称"边防证"。我想每一个来过深圳的人，对于边防证都不会陌生，由边防证而衍生的五花八门的事件，一定也听说过不少，中间的哪一个说不定就是亲历者。那一张小小的纸片，沾染了多少梦想的无奈，抑制了多少激扬的情绪，真是无从得知！

因为是 20 世纪 80 年代的旧县城，宝安多少还有点内地小城的味道，显得相对安闲静谧一些，所以很适合一些残留着内地情结的人。颇有意思的是，宝安在城区规划上别具一格，仍然以"区"为划分单位，分为一区、二区、三区、四区……在宝安生活了三年多，我竟然从未弄清楚过宝安到底有多少个区，据说不下八十个，有望发展到一百多个。我内心一直盘桓着一个荒诞式的反诘提问：宝安是多少区呢？这个深圳各行政区中区域面积最大的区，与"区"当真有着纠缠不尽的牵扯，更为夹杂不清的是，宝安的"区"的划分，是按各个地方的开发先后而确定的，随着城区的整合和扩建，渐渐显得顺序混乱，使人无所适从。比如马路的这边是五区，那一边却是四十二区，本城区的居住者倒还罢了，外来者要搜寻起来，实在煞费脑筋。在宝安生活的三年多时间中，我与好几个区发生过亲密接触，并写下过一首传诵一时的诗作《二十六区》，算是对宝安的"区"做了点贡献。

1995 年 6 月，我从一场年轻人特有的淘金梦中醒转，落魄穷途之际，收拾荒废的纸笔和情怀，投奔宝安文化局主办的文学刊物《大鹏湾》。当时《大鹏湾》正酝酿改双月刊为月刊，由内部交流走向市场。我以一个失败的小生意人兼文学青年的身份，成为拓展销售业务的发行员，在书刊批发商和小书店之间遭尽白眼。《大鹏湾》号称"中国最早的打工文学刊物""创世界者的港湾"，自 1996 年起至之后几年，确也风靡一时，成为珠三角庞大的打工人群争相追捧的读物之一，最高峰时期印数达 10 万多册。而我也终由一个发行员熬成记者、编辑，参与及见证了这本刊物的光辉岁月，并由此完成了人生的一个重要转折。

《大鹏湾》杂志在公开发行之前，印数在 5000 册左右，每期印出后一部分赠阅给各单位、机构，一部分发放到各街镇的文化站，文化站又分送到各家工厂，在打工群体中形成了一定影响，收到很多来稿来信。因此，杂志社决定深化面向打工者的刊物定位，申请改为月刊，并成立发行部。那时，杂志社仅有三个编制，主编叶崇华、编辑张伟明和美编颜晓萍。郭海鸿作为一个编制外聘用的编辑，理所当然地接受了组建发行部的任务，我和在石岩组织"加班文学社"时结识的四川人刘云，就这样来到宝安，成了《大鹏湾》杂志的首批发行员。

我至今依然清晰地记得，由于《大鹏湾》从未进入过市场，几乎所有的报刊代理商都不愿意接受批发，我和刘云只好一家家书店去跑，说动书店老板按当月代销、下月结算的方式以5本、10本的数量尝试销售。考虑到杂志的定位和在打工群落中的已有影响，我们的目标最先是工业区的小书店，从深圳关外的工业区开始，再到关内的工业区，又到东莞、中山、珠海、惠州等地的工业区。杂志印出后，我们又一家家去送，令人兴奋的是首期杂志甫一下去即收到了良好的效果，第二期开始便有不少书店主动增加数量，一些报刊批发商也找上门来要求代理，到第二年（1996年）第一期杂志开始发行时，印数已达到3万册。不久，一家颇具实力的发行商通过洽谈，承包了全部的发行及广告代理，发行部随之解散，刘云离开杂志社，而在此时，张伟明恰好要到西北大学作家班进修，于是我顺理成章地进入编辑部当了编辑。

在从事发行工作期间，我一边还担任着编辑部举办的文学培训班的辅导老师，主要负责诗歌、散文的批改。文学培训班以函授的方式举办了六期，每期半年，不少后来声名鹊起的打工文学作家，都曾参加过这个培训。当时编辑部在二区的文化大楼内，这座大楼是宝安最早的文化机构所在地，四方形的旧式内庭院建筑，早就残旧不堪了，文化局的其他部门也早已撤走，搬至新的办公大楼，留守的《大鹏湾》编辑部就像是一件被扔下的破旧家具。实际上，编辑部所占据的空间，也仅有三楼一角的几个房间，再有就是五楼的两间宿舍。起先，就我和刘云住在五楼，后来，编辑部新来了一位美编罗向冰，也住到了五楼。

文化大楼的一楼，有一个很知名的发廊，有"发廊培训中心"之称，据说宝安许多发廊的大牌发型师都从那里出身。发廊生意素来非常红火，里面光是洗头妹就有十几个。而大楼内那些弃置的房子，则租给了旁边一家酒店用作员工宿舍，这样，每天在文化大楼进进出出的，几乎都是一些身着酒店工装的花枝招展的女孩子，楼层的窗口及走廊上，成天飘荡着旗袍、乳罩等五花八门的服饰。我们几个住在里边的"文化人"，常常在这种景象中抬不起头来。有一次，我们在外面和前来拜访的作者聚会，酒量欠佳的罗向冰喝醉了，散场时已不省人事，深夜寻不着的士，被我们用饭店的一辆板车拉回文化大楼，竟招来不下二十个女孩子的围观，一时传为笑料，我们也算是颜面尽失、斯文扫地了！

离文化大楼不足千米之距，四周楼房遮挡与围绕之间，隐藏着一片低矮的小树林，种着月桂、夹竹桃、番石榴、垂柳等树木。小树林旁边，是一个两百见方的池塘，大大小小的荷叶铺满了水面，荷塘中间，居然还有一道九曲桥。这一块闹市中罕有的风水宝地，被人充分利用开了一家饭店。我来到宝安的第一个晚上，郭海鸿就在这里为我设宴接风，之后，这个地方理所当然地成为我们的聚会交饮之所，成为我们工作之余一个最重要的生活舞台。饭店名曰"桂香园"，不怎么形象，但也算适得其所了。夏夜的荷塘中蛙鸣阵阵，明月从枝叶细密的缝隙中洒下来，悬在枝条上的灯泡发着散淡的光，一派婉约和朦胧，我们通常就在这样的氛围中长久地饮酒，度过在异乡的一个个失魂落魄的夜晚。桂香园饭店也因我们频繁的光顾流连而声名渐播，终至成为宝安一个私密的文化盘桓之处。想起来，我们对"桂香园"的渲染的确不遗余力，郭海鸿甚至写过一篇就叫《桂香园饭店》的文章，在当时文化圈中影响一时的《深圳商报·文化广场周刊》刊发出来，使宝安之外的许多人都目睹和聆听了桂香园的月色和蛙声。

桂香园带给我们的快乐是具体和有声色的，我们就像是一帮驻店的酒客，每日在此专事饮酒和谈论。我眼中历历再现一个个谐趣的场面：满腮胡子、虎背熊腰的美术教师李新风，"嗖"的一声跳到树上去扮猴子；叶增从窗口爬出去想捉迷藏，一不小心"咕咚"一声跌进水里；周涛平又举起酒瓶唱《潮湿的心》；郭海鸿在叶汉东的旁白中，得意扬扬地表演青蛙被水蛇追赶的叫声……1996年6月和1998年6月，诗合集《边缘》和《外遇》诗报筹划出版的第一次聚会均在这片小树林的掩映中进行，《深圳商报》1998 年 10 月份对"外遇"诗群的追踪采访也在这个荷池边上画上句号，包括《西乡文艺》出版的数次稿件讨论，都是在树林间的觥筹交错中完成的，《西乡文艺》的主编、《调到深圳又如何》这部小说集的作者孙向学，恰好就是我们的铁杆酒友之一，他为我们贡献了不菲的快乐与酒钱。

二区、二十六区、七十四区是宝安曾给予我亲密时光的三个区。1997 年 6 月，为了建立一个更自由和广阔的交往空间，同时为了回避一场盲目恋爱余下的惆怅失落，我撤离文化大楼五楼的单身宿舍，到城区靠山一隅的七十四区租了一套两室一厅的房子，一个人离群索居。这套处在一幢民宅顶层的房子，就是"边缘客栈"的第一个据点，此后，我将所有租住的房子一律命名为"边缘客栈"。因为朋友和诗歌，"边缘客栈"最终被赋予了种种意蕴，这是我始料不及而又在意料之中的。七十四区很快发展成我和朋友们聚会活动的一个重要地点。每天早上，我从七十四区出发，坐五路公共汽车到二区文化大楼上班，傍晚再从二区坐公共汽车返回七十四区。在这样的循环往复中，我穿越了宝安多少个区，无法说清，值得说明的是这一行走过程意味深长。这一淤积于心的感受在《二十六区》这首诗中得到了体现。二十六区是我当时夜间出没频率较高之地，朋友叶汉东在那里开了一间小杂货店，我们一干人常常坐在小店门口无所事事地饮酒。有一个晚上，一位新加入的好事者听说我写诗后感到好奇，怂恿我即席赋诗，喝得已有点状态的我当即站起来，大声"写"出了《二十六区》这首诗。追究起来，这完全是我与宝安特有的"区"在冥冥中相撞的结果。

　　宝安给了我随处闪出的遐想和恍惚。有一个晚上，我和一帮朋友照例在桂香园饮酒，到最终各人散去时，已是夜阑人静了。我抑制住心头的酒意，慢慢走回住处，当我站在文化大楼五楼的宿舍门口，掏出钥匙要开门时，才恍然醒觉原来自己已经搬到七十四区去了，不禁哑然失笑。那晚我一个人在街上游荡了很久，徒步丈量了一个又一个区，直到天色将明才回到七十四区。此后，类似这样的酒后游荡，在我于宝安三年的栖居生活中发生过多次，我相信当时我的灵魂是超出体外的，与这个小城、这些街道的灵魂在寂静和漆黑中结伴而行，碰撞出灵感与火花。

1997 年，在宝安七十四区的出租屋，也即"边缘客栈"
第一个据点，这三个墩子至今依然没有丢失

我在
暧昧的
梅林

~~~~~~~~

    深圳绝对是一个暧昧的城市，这个地方有太多的东西令人揣测和迷糊。在泡沫般巨大而炫目的背景之下，经济、环境、观念、工作、生活、性这些易于迷惑及纠缠不清的事物若隐若现，把城市和人神秘地抛出和藏匿。我觉得，要形容一个在现代背景下快速生长的地方，用"暧昧"这个词再合适不过了，因为我们无法预知，而这个词却带着广泛而宽阔的预示性，意味着一个全新领域将随时在期待中呈现。

    在无法找到准确而合理的阐释之前，暧昧不失为最好的指代。1998 年底，我在深圳女作家缪永的长篇小说《我的生活与你无关》中也抓出了"暧昧"这个词，缪永直截了当地把深圳称为"暧昧的城市"。我想在深圳生活浸染过的人们会有同样或者更加强烈的感受，至少我觉得自己看到了暧昧的呈现。在深圳，我居留过的地方太多，每一个地方都在记忆中明明灭灭地闪烁着。梅林是我在深圳市区居住的第一站，我最先在那里发现了生活的暧昧提示，这种暧昧自然缘于一种也许算得上是背道而驰的复杂的表达不清的热爱。

梅林在深圳市区中部的北面，靠山狭长的一块，隐现着整洁堂皇的政府住宅区、低矮凌乱的私人出租屋、工业区、市场、酒店和医院等，有上、下梅林之分。梅林的名字美得飘忽，使人觉得是一个归隐的去处，实际上却是良莠不齐的混杂之所，本身就显得暧昧难辨。我起先对这个名字是充满遐想的，据知，梅林的得名，确实是因为初时山深林密，生长着绵延成林的梅树。但在那里居住了半年多之后，我开始以自己的方式对所在的下梅林作出阐释，写了一首叫《下梅林》的诗，这首诗公开发表后一度引人关注，实际上它一点也不下作，更无抹黑诋毁之类的恶意，的确只是表达了暧昧，在混乱状态中的怀疑及诘问、反向的查省。我在下梅林的生活算得上是一片狼藉，这种凌乱延伸了很长一段时间，可以说已成为我青春岁月最显著的特色。我已经习惯了在混乱中一次又一次梳理自己，又在接下来的混乱中一次又一次手足无措。当然，这种混乱同时培养了我的平静与理性，使我不自觉地对生活、社会、人以及整个世界拥有更多和更深的认识。

出于个人活动的原因，我一直把梅林的地域概念局限在下梅林，即从梅林水库到我租住的围面村一带。我喜欢把"下"往形而下的方向理解，通常会从这个词中挖掘出卑微的存在，而卑微正是我对现实和人生的态度。在下梅林度过的半年多生活中，我获得的也许正是一种卑微的精神和力量，它使我对尘俗生活产生了更多的理解。事实上，不管是在下梅林还是众多我居住过的地方，我都一直在生活的流俗之中沉疴不起，为应付现实而屡见狼狈，但我始终都是在诗意地栖居着的，我始终都为自己的梦想安顿了一个静静绽放的角落。

1998 年底，我离开了服务三年多的《大鹏湾》杂志社，随即到《深圳人》杂志编辑部上班。这时候，我到达深圳已逾五年，却一直在特区外围打转，内心不免时有不甘，这一情绪的滋长促生了越来越强烈的跻身市区的愿望，我迫切地想靠近那繁华流转的闹市中心。《深圳人》是深圳市总工会主办的刊物，编辑部就在上步中路的工会大厦内，位于深南中路和红岭中路之间，与市政府仅一街之隔，周边分布着荔枝公园、新闻大厦、深圳书城、深圳大剧院、华强北商业街、科技大厦、上海宾馆等驰名的街区建筑，可以说是中心之内的中心。必须承认，这些因素酿成了我当时投身《深圳人》杂志的决心和欣喜。

1999 年初，我从宝安搬到下梅林围面村，在靠近北环路的民宅中租了一套两室一厅的房子。那时候，我的朋友、江苏人余丛刚从上海转到深圳不久，在一家房地产代理公司从事文案及策划工作，他顺理成章地成为我的合租伙伴。我对围面村的第一印象是阴暗、狭窄、肮脏、混乱、压抑……总之，这个地方几乎够得上用所有带抗拒性质的词汇来形容。但令我意料不到的是，正是这样貌似糟糕的环境对我最先散发了一个地方的内部魅力，培养了我对生活的重新理解，使我真正获得了那种经过实实在在投入之后所产生的热爱。我想，如果是一个品性不坚定的人，更应该到恶劣的环境中去熏陶一下，那样有助于他分辨生活的泥沙。我记得，在我和余丛租住的屋子周围，居住的大多是小贩、走鬼（流动小贩）、无业游民、妓女和二奶，充斥最多的是廉价的大排档和发廊，卖假货为主的士多店（杂货店、便利店）遍地都是，一切都显得混乱而危险。大约在我们入住两个月后，相邻的一幢楼上，就发生了一起凶杀事件，一个香港人包的二奶与她的情人合谋把香港人杀死了，据说尸体就在屋里被绞碎了冲入下水道。我们是在晚报上看到消息的，并曾看到有公安人员及工程人员在楼下的下水道倒腾。奇怪的是，居住在那里的人，包括我和余丛，很快就对这件事淡漠了。下梅林一如既往地热闹、混乱和喧嚣。

我在下梅林认识的第一个朋友，叫作王顺健，他和余丛是江苏连云港的同乡，来深圳后经营一家广告公司，开着一辆灰色的捷达小车，算是"先富起来"那部分人中的一个。王顺健先于我们进入下梅林，不同的是他居住在当时深圳最高档的住宅区之一——梅林一村，并且不是租赁而是购买的房子。那一年，他刚刚恢复中断多年的诗歌写作，正处在重拾旧好的狂热之中，对我和余丛的到来表现出极大的热情。在此，必须郑重记下一笔，那个时期，他是深圳小众诗歌活动和朋友聚会中最频繁最豪气的买单者，没有之一。

有相当长一段时间，我们沉迷于街口的一家重庆火锅店。最初的原因是火锅店的老板娘吸引了我们，她迷人的风韵和妩媚的微笑使我们不由自主地成为餐馆的常客，几乎所有到下梅林来看望我们的朋友都在那里接受过老板娘的敬酒。有时候，如果有一段时间没到火锅店去，我和余丛都会很奇怪地觉得好像欠了老板娘什么似的，甚至不好意思从那里路过，怕被老板娘看见。说起来，除了老板娘情人一样的微笑，那里的乌江活鱼做得也实在令人怀念。

我的朋友，同时也是一位优秀诗人的余丛，曾在下梅林上演过一出令朋友们较长时间仍津津乐道的闹剧。到围面村约半个月之后，他发现有一个很漂亮的女孩子每天中午都到楼下的大排档吃快餐，用他的话来说，那女孩子略带忧郁的气质深深吸引了他，因此他一到中午就情不自禁往楼下跑，在大排档前来回踱步。有一次他甚至装作漫不经心地跟踪那女孩子上了对面的楼，由此得知了人家的门牌号码。但他向旁人旁敲侧击打听的结果却差点让他气昏过去，那像女大学生或者邻家小妹一样的女孩子竟然是香港人包的二奶。为此他很是失望失落，某个晚上，一伙朋友过来喝酒，他一不小心就喝高了，喋喋不休地表达对那女孩子的遗憾，被同样喝得方寸已乱的众人一怂恿，当即跑到对面楼去按人家的门铃，结果遭了一顿恶骂。

余丛在下梅林住了三个月之后无限惆怅地离开深圳去了中山，而我继续在那里住了三个多月才搬走。在那间屋子，我们还为离开深圳回重庆乡村教书的好朋友、诗人黄廷飞举行过告别宴会，酒后，我拿出纸笔，在一张宣纸上写下"从边缘到外遇"这几个囊括了我们在深圳交往的字，然后由在场朋友逐一签名，送给廷飞作为离别的纪念。在深圳那些年，类似这样的告别，在我不停搬动的住处发生过多次，已成为我生活中一个个永恒的场景。

　　我的朋友和兄长、《谁都别乱来》这篇好小说的作者罗迪，在余丛离开不久后，曾到下梅林借住了大约一个月的时间。那段时间他几乎生活在网络上。当时，我们受网络上的小说吸引，决心悄无声息地编选中国第一部网络小说集，并在最快的时间内把所选的作品下载、打印并编排了出来，送到深圳海天出版社一位相识的编辑手里，我由此写了一篇大言网络小说风起的序文。遗憾的是，海天出版社尽管有意出版，但因为文章版权问题而顾虑重重，一定要我们征得作者的同意，由此一再压后，直至我们感到索然无味。当时我们入编的头两篇小说，就是后来家喻户晓的《北京故事》（即电影《蓝宇》原作）和《第一次亲密接触》，当时连痞子蔡这位仁兄的小说，也尚未见过纸版。罗迪不久即通过网络招聘，进入深圳一家大型的地产公司，由此一举走上脱贫致富的道路，向好生活一路狂奔。而我在与生活的负隅顽抗中，并未坚持多久就撤离了下梅林，投入下一个前途未卜的去处。

　　在《下梅林》这首诗中，我不可避免地写到了二奶，我觉得这没有什么需要避讳的，现实永远比我说出的更丰富更复杂，正因为这样才加深了我们在观照现实时所产生的暧昧，才不得不以暧昧来概之。"穿睡衣的二奶／把她纽扣上的孤独／像手机号码一样交给／下班路过的男人。"回忆起来，我的脑海里总会不断晃动这样的场景，在中午和傍晚时分的士多店外，三三两两穿着睡衣的女人放荡而落寞地坐在那里。我们对这些女人保持着心照不宣的认识。

《下梅林》这首诗几乎概括了我在那里生活的全部。在诗中我还提到与一群写诗的朋友在梅林水库的一场裸泳。那是1999年夏天的一个周末，七八个散落在深圳各处的诗友到我和余丛的住处聚会，在屋子里忍受一通热浪的抚摸之后，一干人沿着梅林一村直上梅林水库，沿水库旁的一条环山小路长驱直入。在一路幽深的引领下，渐渐觉得世界上只剩下我们几个了，看着梅林水库安静而湛蓝的水，大家经受不住诱惑，就像遭遇灵感的时候抑制不住写作的冲动，纷纷把自己剥得赤条条的跳进水中。

我一直把自己的住处同时目为诗歌的居所，不管我在那里居住的时间多么短暂。事实上，1996年以来，在深圳发生的一些称得上对国内诗歌界构成影响的诗歌活动都是从我和这些朋友身上展开的，而我的住处也自然成为深圳诗人的活动据点和外地诗人拜会的地点。我们一贯以诗歌的名义进行聚会，应该认为，后来国内如火如荼的"'70后'诗歌"较早就是从我们这里开始的。1999年5月，我们在自办的《外遇》诗报上推出了"'70后'中国诗歌版图"专号，由此掀起中国"'70后'诗歌"第一个高起的浪潮。在下梅林围面村那间简陋的出租屋里，我就着昏黄的灯火写下了《七十年代：诗人身份的退隐和诗歌的出场》这篇文章。诗报印出后，全国各地有无数的信件飞向下梅林这个隐匿的角落。我们同时在一家企业的内部报纸上举办过一次"七十年代出生栖居深圳诗人诗展",报纸印出后,就贴了一份在下梅林的出租屋墙上,一直到我离开才被撕下。

1999 年 9 月底,国庆节前两天,一场台风刚刚撤离深圳,风暴之后的狼藉使这座漂亮的城市似乎变成了一个云鬓蓬乱的美妇。蒙蒙细雨还在撕扯不停,我就在一片阴晦中离开下梅林,往紧靠深圳湾的上沙村搬迁。梅林作为我生命中的一个地点,就这样退出了我的生活,进入我的怀念与记忆之中。

从上沙
向下沙
漫步

~~~~~~~~~

　　每一个沉陷深圳的人，对房子大抵都会有深刻的感受，这种感受的源头恰恰不是那些琳琅满目中尚且争相崛起的楼盘社区，而是与心情、境遇同样错落无着的城中村。作为城市最后消失的村落，深圳的城中村安置和粉碎了多少人踌躇满志的奔赴及怀想，无从说起。唯一能够揣测的是，当许多人终于在梦想的一隅拥有一扇属于自己的窗口，又在某个难得的闲暇时分感受瞬间的明媚时，眼底必定会悄然掠过城中村搅拌着凌乱、焦虑和热烈的阴影，内心不由隐隐怀念那一份蘸满向往的时光，追寻那些幸福在不可企及之时所呈现的魅力和意义。

　　2005 年，在国际上享有很高声誉的当代城市规划专家约翰·弗里德曼造访深圳，在参观了市中心、华侨城、下沙村等地后，出乎意料地说出了这样的话："最能代表深圳、最能体现深圳精神、最能表达深圳生活之活力和魅力的，就是城中村。"

曾几何时，深圳最知名又最隐晦的城中村，除市中心的巴登街外，无疑就轮到位于华侨城的白石洲和处在深圳湾畔的上沙、下沙了。上沙、下沙、沙嘴、沙尾几个紧邻的村落统称沙头，外围绵延着美丽的红树林，内围则有滨河路上下相隔，在滨海大道接通滨河路之前，这一地带确实称得上是深圳市区一个神奇的边角，如同被无形割离的一块半岛绿洲。1999年底，深圳湾畔耗资近30亿元修筑的滨海大道通车，大大消减了沙头与中心区的隔阂，城市规划者也开始酝酿填补这块遗落的"夹缝地"，然而即使后来声息相通，沙头也始终掩饰不了那种偏安一隅、繁华内敛的游离与迷离气氛。

　　沙头与香港灯火相望，笙歌相连，更因港人的频繁出没而倍添暧昧的色彩，而下沙更被私下称为"小香港"，这一点从下沙遍布的迎合港人生活习惯的饮食、娱乐设施即可看出端倪。据说，下沙的本土居民十有七八都是深港两地来回居住的，在这种特殊的生活方式渗透之下，造就一个名副其实的"小香港"，实在不足为奇。

　　上沙村有着800多年的历史，原名"椰树下"，顾名思义就是椰树下的村庄，后来改为"上沙头"，简称为"上沙"。上沙与下沙仅仅一步之距，但给人的感觉却有很大的差距。不知什么原因，下沙总给人一种划地为城的印象，从上沙一步踏入下沙，往往随即就会受到一股磁场般的牵引，如同进入一个慕名已久的景区……在一个个迷蒙无状的夜晚，我亲眼看到，下沙的街口，错落停靠着许多出租车，随时招徕着从里面走出的乘客。这种知名景点或酒店、大厦门外常见的景象，在下沙这样一个难以名状的村口，居然日复一日地上演着。

在沙头所辖的几个村落中，下沙就如同富足而有致的老大哥一样招来其他几个弟弟的羡慕，尤其是半步开外的上沙，更是唯下沙马首是瞻。这一情绪至少波及众多在上沙栖居的外来者，致使他们在有限的百无聊赖时分常常不由自主地向下沙漫步。我本人就有过这种缺乏来由的癖好，1999 年 10 月至 2000 年 8 月间，我曾在上沙两进三出，陆续居住了近一年。那时候，由于《深圳人》杂志因故停刊，杂志社解散，我失去了稳定的经济来源，生活入不敷出。尽管这段时间我的生活几乎被动荡与不安笼罩，但仍保持着一个习惯，就是从上沙向下沙漫无目的地漫步。在无数个心境寂寥的晚上，我趿着拖鞋踱下上沙出租屋狭小而灰暗的楼梯，穿过一条被大片地摊挤出的杂乱通道，进入下沙灯火闪烁的街口，去遭遇里面被想象人为附加而又说不出的情形。联想起来，从上沙进入下沙，真像是走进一个万众瞩目的入口，如同闪入某些歌舞厅一直处在被无形窥探中的门廊。

对于看客般的游逛者来说，下沙旧祠堂前的广场算得上是一个绝好的夜间逗留之处。下沙一早就以本土村落的面貌与方式实行着对都市社区文化的渗透，村中建有博物馆，还保留有祠堂、牌坊等古迹，并有与园林、休闲、运动相结合的村中心广场，于踞守、朴素中又散发着现代社区的气息。在那座始建于明代的黄思铭公世祠和陈杨侯庙前面，常会看到村里举办的一些活动,有舞狮、舞龙、武术、粤剧等民俗表演。据悉,这里也是下沙村人每年元宵节举行"大盆菜"宴会的地点。"大盆菜"沿袭原宝安县的旧称又叫"新安盆菜",顾名思义就是一盆菜,通常由 15 道菜层层装盆而成。相传南宋末年,宋帝及臣下、士兵逃避元兵追杀流落到香港九龙一带,当地村民把各家各户的残菜剩饭一盆盆拿出来,让饥肠辘辘的宋军饱食了一顿,于是就有了香港、深圳一带吃"大盆菜"的习俗,下沙村人更是自立村以来就有元宵节吃"盆菜"的传统。2002 年元宵节,下沙村在旧祠堂前摆宴 3800 桌,宴请世界各地宾客四万多人,由此开创了全世界最大规模的民间宴会,打破吉尼斯世界纪录,如此盛大的宴会场景,当真令人叹为观止。其时我虽然已经离开深圳,但还是从报纸上看到了照片,看到那个曾经无数次流连的熟悉之地,不由得感慨万端。

虽然我在上沙居住的时间不满一年,却历经了两番出入,其间转换过三处房子,而生活及情绪的波动似乎更大一些。相对而言,上沙的房子出租得算稍便宜些,比较适合收入不高或者工作不稳定的租客,尤其是像我这类常常在某段时间深居简出的散漫好闲之人。遗憾的是城中村的房子并不适合闲居,它外部的脏乱与内部的暗窄都一再削减着赋闲的心情,能以满意的价格租到一个通风或者采光良好的房子,则为不幸中的幸运,自然环境就不必奢望了。就这个意义说来,我在上沙接触过的三处房子,有两处还算合乎无奈的理想,能够见缝插针地眺望一下邻近的红树林,领略对岸香港朦胧的屋宇和灯火,并且能够沐浴晚夕涌来的海风水气。我曾对朋友们描述过其中一处房子的"海景"：搭一张凳子站到窗户高处，透过几层错落的屋顶，即可看到深圳湾外的树林、滩涂和海水……从另一角度去看，此情此景，怎么都有点像从囚室里向外张望！在数个月朗风清的夜晚，我默默地站在凳子之上，扶着窗栏，久久凝望外面无言的静谧和清凉。深夜从窗口吹入的风，常常拂过我飘忽的梦境，好多次，我从梦中睁开眼睛，月白风清，一片迷惘，不由得心不自抑，免不了悲从中来。

与朋友一同趴在窗户"看海"的情形，定格成我在上沙短暂的蛰居岁月中一个永恒的图像。每次有朋友过来，我都会招呼他们先站到凳子上稍事观望，一边渲染那种凭窗远眺、明月高悬、心怀广宇的臆想情景，然后领着他们走出屋子，从上沙向下沙一路漫步。如果说我是上沙一个不合时宜的闯入者，那么于下沙，我则是一个秘密的看客，也许没有一个人会像我这样乐于在一个地点无所事事地来回转悠，还要将这一盲目的癖好轻率地介绍给朋友。在上沙的一段日子，我的确是在无所事事中度过的，在前路迷茫以及心境空虚中挥霍着莫名的青春时光。

在我当时居住的楼下，有一间小小的鸭粥店。粤西的电白鸭粥很有一些名气，在深圳这个乡愁充斥的城市，自然能引起一众相关胃口的共鸣，也必然带出某种蔓延的效果。在我的印象中，深圳最知名的一间鸭粥店在莲花二村附近，很有物美价廉的感觉，我曾和朋友去过数次。上沙的鸭粥店不如莲花二村的地道，但不失特色，极具家常味道，并且通宵营业。那里常常是我夜间独自消耗时光和心情的地方，夜深了，店主将桌子移到街道边上，让食客们敞开情怀，慢慢消磨。当然像我这种乐于在此耗费时辰的食客是极少的，大多数人都把这里当成简单的夜宵场所，仅仅是为了填充一下加班或应酬后疲惫虚空的胃。

进入 2000 年秋天，随着生活的日渐彷徨，我在深圳陷入的困境也渐见迫切，于是开始酝酿离开。在朋友的规劝下，我于犹疑中撤离上沙村，搬到深圳书城后面的金塘街暂行调息。上沙、下沙在我生活中的存在尽管短暂，却在头脑中植入了极为深刻的印象，在我看来，这两个知名而隐晦的城市村落，代表了深圳城中村诸多共通的迹象，足以使人窥一斑而见全豹，更使众多曾经置身其中的人体验到生活的无限滋味，拥有人生另一层面的认识和力量。

躲不过
金坑山庄的
阴影

~~~~~~~~~

在深圳，要辨认和识别一个地方并不难，这个城市的建筑大都具有鲜明的标志性，很大程度上就充当着某个地段的路标。到一个尚未去过的地点，根本用不着按街道按门牌逐一索骥，事实上深圳有很多街道根本就找不着门牌号码，也似乎没人对此公开提出过诘疑或追究。就我的经验及观察，在智能手机出现之前，深圳不少人碰面的方式，都是电话中约定去到就近的某幢建筑，而这幢建筑也几乎人所共知。在深圳生活多年，类似这样的会面场景，在我身上确也上演了无数次。

我是个喜好呼朋引友沽酒买肉的人，但因为不断搬迁，而且租住的一般都是民房，不像住宅区那样富有标志性和有序，每到一个新住处，都会给来访者造成一定的寻找难度，所以有朋友来时，往往是先到就近的某标志建筑，再由我逐一出去接。每次领着朋友穿行在那些凌乱曲折的巷道里，我的内心都会累积一分感受，在深圳炫目的高楼大厦和灿烂的阳光之下，我已成为一个穿行于阴影中的人，不由自主地对阴影中的事物滋生着印象。

"躲得开阳光，躲不过阴影。"在我于深圳漫长而短暂的栖居生涯中，这句话真像一个符咒，与我如影随形，我恰好就是在一个个带着阴影的地方，展开狼藉而深刻的人生。金坑山庄就是一个我撞入的处在阴影中的地方。与深圳众多依山开发而得以冠之为"山庄"的楼盘不同，金坑山庄虽有山庄之实，却实在无山庄之誉，自然更失却山庄的雅趣与隐逸，甚至连出入的便利都大打折扣，倒是"坑"这个字用得恰如其分。金坑山庄实际上是一片挖山去土而遗留下来的处于半山的凹地，属于政府城建规划弃置的一个边角，而一些乘虚而入者趁机在此私造房屋，擅自结盟，还堂而皇之地成立了物业管理处，不明就里者还以为是有规划开发的楼盘。"金坑"当然是指埋金或掘金的地方，估计"金坑山庄"的命名就出于此意，也算是一个美好的愿望，能在此环城之腰占据一隅的，自然也非泛泛之辈。所谓山高皇帝远，趋者日众，渐渐盘踞一方。

金坑山庄所傍的深圳市区东面后山，属于梧桐山余脉，山下一边是关内的布心村，一边是关外的布吉镇，分别紧靠金威啤酒厂和布吉检查站，山的另一侧就是深圳水库。金坑山庄实际上属布吉镇所辖，被排拒在二线关之外，但因为位置的特殊，在某些方面显然又享有接近于市区的优待，如暂住金坑山庄的人，只要持山庄管理处签发的临时证件，就可以由山下的一个小关卡进城，而非金坑山庄的暂住者，即使持边防证也不能由此进入，非得绕道至国道上的布吉检查站。小关卡并不是公开的检查站，完全是为所在片区开设的一道方便之门，大有"外人免行"的意味。当然如跟小关卡的守卫武警套上了交情，通常就可以例外了。

第一次见到这个小关卡，我很是有些惊奇，它不过是铁丝网之间简单开设的一道小门，旁边有一个小小的岗亭，有武警24小时守卫并查验进去的人的证件。据说由于这一原因，这个小关卡一度成为蛇头和摩托仔带人入城的"生财之道"。我在金坑山庄居住的那段时间，就有幸享受到这种例外，因为我们几个一起住在山庄上的朋友几乎都是长发垢面，一副伪装的艺术家派头，再因为均与媒体有些关系，怀里通常能掏出一两个冒牌的记者证，所以走上几个来回后，守卫武警大都熟悉了我们，不仅不再查问证件，通常还会套套近乎，即使我们带着几个人一同进入也通行无阻。话说，其时我曾供职的《深圳人》杂志社虽然已经解散，但工作证并未收回，我的证件还算是正当的，关键时刻还能派派用场。那时候我倒是带过好几位没有边防证的熟人入城，而从市区到金坑山庄来看我们的朋友，回去时通常也得由我送进小关卡。

从半山上下来，过了小关卡，外边的道路即有公共汽车来往了，记得那条路叫早稻田路，由此揣测之前可能就是一片稻田，从这里到达市区繁华地段，大约需要半个小时的车程。所以金坑山庄虽然闭塞，却并不算偏远，比起属于特区内的蛇口、南头和福田的上沙、下沙以及更远的莲塘、沙头角等地，还显得更快捷一些。只是上山下山的路段并不美好，来回都得上坡下坡，尤其是上山，至少得走上十几分钟，坡高路窄，转弯绕岭，再壮健者也得喘上几口粗气。但对懒散的都市人来说，却是难得的身体锻炼，我在金坑山庄住了三个月左右，开始上山时也是感到疲累，后来竟渐渐健步如飞，身材也乍现消瘦之态，每次接朋友上山，都要被朋友羡慕一番。我租住的房子处于山庄的第一排，前面是一块留作停车场的空地，门口与进入山庄的道路遥遥相对，每每转过山腰，眼底豁然出现一排房子，即可望见我悬挂在门楣上那块"边缘客栈"的牌匾。往往在朋友的意外及讶然中，我俨然成了这个山谷的占领者，正引着珍视的客人进入让我洋洋自得的领地。

我得以来到金坑山庄是因为朋友覃学。2000年初，我应邀参与某地产策划公司一部地产营销书籍的编写，覃学则是另一位受邀的写手。有一个夜晚，我们到公司开完碰头会后一同出去饮酒，酒后，他乘兴邀请我去他的住处，于是我就在醉眼迷离中上了金坑山庄。当时春夜微寒，星月弥漫，当我站在金坑山庄前面的山冈上时，一时被眼前的清明静谧气氛迷惑住了，月夜下的金坑山庄，房屋清凉，灯火疏朗，隐隐起伏着狗吠之声，我内心的隐逸情怀在一刹那被深深触动。覃学居然一个人住着一套四室两厅的房子，实际上就是一层楼，并且还有门前的院落空地，且租金便宜得难以想象。几天后，我就由深圳湾畔的上沙村搬到了俨如市区后山一角的金坑山庄，算是从海边迁移到山上。必须承认，我在深圳居住过的每一个地方都有其独特之处，有好几处甚至享常人所不能享，金坑山庄即是。这不过都是命运的际遇，而我自认为对这些地点是有着渲染之功的。或许也正是这些地方的独特气息吸引了我，使我不由自主地撞入，至少我从中获得了诸多与众不同的感受，在一定程度上实现了人与地点的相互进驻。这种身体和内心对地点的阅读及写入，于我平淡乏味的人生而言是弥足珍贵的。

尾随着我上山的还有四川人王刚和重庆人彭天朗。王刚也是一位诗人，在一个名义上挂靠新华社深圳分社的传媒公司跑业务。彭天朗是一位画家，毕业于四川美术学院，在香港某文化机构驻深圳的一家 DN 杂志做编辑。这样，覃学最先在金坑山庄租下的这套四室两厅的房子终于住满了人。因为骨子里蕴藏的艺术情结，加上这种聚居确实激发了我们内心潜伏的艺术理想，我们一度想把一些从事艺术的朋友引上山来，让金坑山庄成为深圳艺术家村——其时大芬油画村的名气似乎还不算大，而我们对那里的行画操作说实话也看不起。由于彭天朗的公司也做平面广告，他作为挑大梁的设计师，常常忙得不可开交，几乎每天早出晚归，而我与覃学、王刚则深居简出，百无聊赖之中，三人雄心勃勃地策划做一本房地产刊物，并与香港一家财经杂志洽谈以其增刊的形式出版《深圳房地产特刊》。在某个夜晚，我们几个人坐在金坑山庄的灯下，饶有兴味地谈论着要在即将出版的刊物中推出房地产小说，振兴地产文学，对垒深圳的新都市文学，理由是深圳的很多文化精英都栖身在地产圈内。经过一段时间的奔走，设想中的地产刊物终成泡影，梦想支撑的生活愈见困顿，我们也不得不陆续撤离下山，各奔未卜的前程。

金坑山庄之于我，可以认为是一场落魄穷途的际遇，其间包含的隐逸成分终因生活愈来愈深的狼藉而被剔除。无须避讳，我在深圳的大部分时间，都是在紧迫潦倒中度过的，物质一无所获，精神千疮百孔，即使是从怜悯和鼓励的角度去看，也算是一段失败的人生！我个人并不以此为辱，也不觉得需要为此做出什么辩白，我说过，我是一个在阴影中行走的人，注定对阴影中的事物滋生印象，自然也包括个人的生命阴影。金坑山庄是我生命中一个躲不过的阴影中的地点，是切入我生命的一堵穿越阴影的墙，是我在阴影乃至更大的黑暗中提炼的一道光。

蔡屋围到巴登街
一带

~~~~~~~~~

　　我在深圳栖居生活的最后一个驿站，也即"边缘客栈"的最后一个据点，是蔡屋围金塘街，与众所周知的巴登街仅一路之隔。蔡屋围到巴登街一带，素来是深圳市中心繁华中含着隐晦的地带，弥漫着经济、文化、格调、迷乱、糜烂等最为光怪陆离的气息，众多在深圳传奇崛起中被赋予了某种象征色彩的知名去处，如深圳书城、地王大厦、深交所、深圳大剧院、新闻大厦、晶都酒店、台湾花园、红叶剧场、岁宝百货、八仙楼、本色吧、根据地酒吧等，就近距离地错落在这一块称得上狭小的区域中，单就此看来，这一地带就是一个光芒隐匿的所在，如同一张随时刻录深圳辉煌和梦想的光盘，收集呈示着一座城市与人们生息相通的愿望及荣光。

　　深圳市行政中心区向福田大规模迁移，是 21 世纪初的事了，在此之前，隶属罗湖的蔡屋围一带绝对风头无匹，之后也不能说有所黯淡。假如剔开生活、生存内部那些真实而灰暗的体验，那么这一带确实称得上是身份与理想的荣耀之地，这寸土寸金的地段，往往使人们忽略了内中掩藏不住的凌乱和蒙受的阴影。是的，在深圳，没有出入过地王大厦或深圳书城，就不算逛过市中心；没有在巴登街租住过，就不算了解城中村的生活；没泡过本色吧，就算不上沾染过深圳的酒吧文化……当然这些只是私下的戏说，但由此可以感受到一个地段虚无缥缈的荣光，当然也包括现实的放逐。巴登街所演绎的声色犬马与追逐物质梦想、猎取身体欲望的人们，总是那么声息可闻，牵引互通。

金塘街和巴登街应该算作是连为一体的，属于这一黄金地带仅存的城中村区域，一侧靠近深南中路，另一侧紧贴滨河路，再过去就是深圳河。只是金塘街的出租屋稍稍显得整齐一些，看得出一种无奈之下的规划踪迹，而巴登街的出租屋则交叉错落，曲径回环，内里乾坤不可追寻。当然，街道上的门面、行人和车辆是被繁华有序的现代气息笼罩着的，看不出各怀心事的样子。我无意以个人目击收集的灰暗和暧昧，来抹杀或者影射蔡屋围到巴登街一带所呈示的炫目光辉，只是，在这些富有象征性的堂皇建筑所遮挡的一个背面，有那么一个时期，恰恰散发着我的目光和遭遇，而那些有目共睹的景象又轮不着由我感受说出。有过多少个清冷人稀的凌晨，我带着长夜煎熬的疲倦来到金塘街口的桂林米粉店，目睹晶都酒店三三两两走出的妖艳女郎在曙光渐坝中匆匆散去，有好几个还常常与我在米粉店相遇；我还在巴登街深夜的一个街角，目击过一群大抵都是卖花的小乞丐，聚在一起召开"会议"……我相信，这样的景象，并不会有太多人能够亲眼看到，而我也仅仅是无意看到并且忍不住说出来而已。

大约在 2000 年七八月间，在新闻大厦某扇门楣里干活领薪水的朋友彭天朗，为了照顾他常常深夜归来的工作时间及生活方式，在金塘街靠红叶剧场的里侧租了一套两室一厅的房子，然后写了一纸《搬到金塘街的几大理由》，极力怂恿我从上沙搬过去同住。在此之前，我一直滞留在城市的边缘地带，并未寻思过要进驻中心区，当然主要还是由于市中心的房子租金昂贵，搬过去后，有朋友还对我开玩笑说我终于"进城"了，一言捅破我在深圳捉襟见肘的栖居生活内情。接下来，有过数次这样的场景，深夜加班归来的彭天朗和常常彻夜涂鸦或者胡思乱想的我，在金塘街口的桂林米粉店相遇，于是一同喝上几瓶啤酒，一边窥视店外店内不时走过或流连的春色无边的艳丽女子，目睹曙光一层层在前面的街道和楼房上铺开。

许多个无所事事的夜间，我和彭天朗或者几个朋友徜徉在蔡屋围到巴登街一带，在大剧院、岁宝百货、本色吧附近来回转悠，释放无聊和散漫的心情。由于金塘街地处闹市区，与书城仅有数步之遥，所以往往会有朋友不期而至，在一个个无须预知的时刻按响我们的门铃；或者打来电话，叫我们到书城去碰面，然后在四楼文学书店一同度过一段浏览翻阅的时光，最后提着一袋买好的新书，穿过黄昏降临的街道，沿路沽酒买肉，到金塘街出租屋完成又一个周末的聚会。谢湘南应该是当时按动门铃最多的人，其时他远在沙头角，几乎每个周末都会奔赴市区。2000年12月第一个星期六的晚上，我们还为他入选中华文学基金"21世纪文学之星丛书"、刚刚出版的诗集《零点的搬运工》举行了一个诗歌方言与摇滚之夜，在缤纷的酒意中，一屋子的诗歌发烧友们脸红脖子粗地朗诵起诗集中的诗歌，由普通话、四川话、湖南话、广州话……到最后用摇滚的方式，用崔健、用唐朝、用黑豹、用米高·积臣的方式……火热的场面和情绪，感染了前来交涉的邻居，拱手表示理解后退去。

也正因为地处闹市，不光是朋友间的聚会，一些公众的集会也随之引发我们的热情。深圳自发组织的公众欢乐游行，一般都从大剧院广场集合起步，沿深南中路至上海宾馆再折回来。中国申奥成功的那个晚上，大约十时，我和彭天朗从外面赴约饮酒回来，在市政府路段看到熙熙攘攘的游行人群，恍然醒觉当天是公布申奥结果的日子，不问即知是成功了，一时兴起，胡乱加入人群，彭天朗顺手从别人手中抢了一面红旗，动作招摇地跑上前。那晚我们一直随人群狂欢到最后散开，并把那面抢过来的红旗一路扛回金塘街的出租屋。

巴登街又称巴丁街，具体含意不得而知，实际上，在人们的约定俗成中，巴登街泛指以前的巴登村地段，而不仅仅是路标上的巴丁街。巴登街有些文化色彩的去处，出了名堂的，除本色吧外，就是八仙楼了。八仙楼经营重庆火锅，相当正宗，有一段时期还推介过一种叫"巴人呷酒"的纯酿酒，入口甜美，味道醇正，但后劲十足。记得我第一次喝"巴人咂酒"，是由店主张之先亲自介绍的，半斤装的瓶子，他居然得意扬扬地说每个客人只能喝一瓶，不能多喝，否则必醉无疑，颇有"三碗不过岗"的意思。张之先是张大千先生的侄孙，是一个知名的摄影家，擅长拍摄人物和荷花，也许正因了这一身份及其交游，才使文化圈的人士纷至沓来。八仙楼分上、下两层，上楼的拐角处，立着一尊张大千先生的雕像；二楼则挂满了张之先拍摄的名人肖像，大都是国内文艺界有些分量的人物。到八仙楼去吃饭，首先就等于同时看了一次人像摄影展。说起来，在深圳我还遇到过另一位擅长拍摄名人肖像的摄影家，名叫肖全，出版过一部颇具影响的肖像摄影集《我们这一代》，他曾于深圳大学内的《街道》杂志社工作，而我与那份杂志也有着一点点渊源。

至于巴登街大名鼎鼎的本色吧，我仅去过一次，具体情形早就模糊了。说实话，那时我们还没有什么泡酒吧的概念，当然最主要的原因还是手头拮据，酒吧于我们是可望而不可即。据说本色吧以音乐演艺著称，主打爵士和摇滚，经常有香港及内地的乐队前来演出，有时还有国外的一些乐队，后来成为中国著名摇滚乐队之一的深圳本土乐队"深南大道"，最早就是在本色吧驻唱。我的朋友、诗人和平面设计师欧宁，听说就是本色吧早期的文化策划者之一，只是那时与他见面不多，也从未听他提起过。

在金塘街居住期间，因为并不做具体的事，应朋友的屡次邀请，我已断断续续到广州去主编一份杂志，开始在广深之间来回奔走。这是紧接着我逐渐成为珠三角城市群一个游走者的前奏，也是后来我常常在两个城市间以工作生活的名义往返的开端。2001 年元旦之后，因广州的杂志业务增长，事情渐见忙碌，而深圳这边唯一剩下的就是没有来由的依赖及留恋。我意识到是该彻底离开的时候了，在深圳耗费了七年多的时光，我即将进入而立之年，而长久与一座城市的纠缠除了年龄的增长和一些肤浅的阅历，我基本上一无所获，广州适时向我投来一道迎接的光。

2001 年 1 月 13 日，深圳的朋友们在红宝路和风酒楼为我举行了一场告别的宴会，当晚酒宴持续了数个小时，有近 30 位朋友相继到场，粗略记得有彭天朗、谢湘南、王顺健、罗迪、潘漠子、黑光、谷雪儿、谢宏、巫国明、乌沙少逸、王刚、戈林才、黄俊华、薛云麾、戴海燕、张嘉敏等，还有一些中断联系很久的朋友也闻讯赶来。那晚，我剪掉了长发，把胡子剃得干干净净，身着一件米黄色的唐装，连常戴的黑边框眼镜也换成了金丝边眼镜，形象的骤然改变似乎透出了一种无法言喻的意味……谢湘南后来写了一篇记述当时场景和情形的文字，那些燃情的话语，使我在每次读到时都止不住热泪盈眶。

走在
深南大道上

〰〰〰

　　"大道深南，比分南北，横贯西东。东临新秀，西出南头，中拥地王。尽揽鹏城中心繁庶，遍享天海四方光华。集经典建筑于一线，盛现代功能凡一体。新政与人文并举，商业及文化共鸣。昼则繁花似锦，鸟鸣车欢；夜即灯花车火，流光溢彩。不夜传说，绵亘千载。"

　　这是我为"深圳八景"之一"深南溢彩"所撰写的释文。2004 年 6 月，历时半年有余的"深圳八景"评选揭晓，在 32 个候选景点中，大鹏所城、莲山春早、侨城锦绣、深南溢彩、梧桐烟云、梅沙踏浪、一街两制、羊台叠翠八个景点脱颖而出。我和另外七位深圳作家受邀为全新出炉的"八景"分别撰写了一篇仿照文言文的释文，以及一篇感受性的散文，刊登于《南方都市报》深圳版专门推出的《八景特刊》上。

　　"深南溢彩"指的是深南大道，刚来深圳没多久，它就以特殊的方式契入我的印象和记忆。某天我在《深圳特区报》上读到一首题为《深南大道》的诗，诗作者是陈寅，一个我似曾相识的名字。现在我已不记得诗中的句子，但"深南大道"这个介入诗中的词却一直紧紧抓住我不放。可以说，从那时候开始，深南大道在我的心目中，就已经不仅仅是一条城市的街道，不仅仅是深圳市区内最长最宽阔的道路。我总觉得这个词（我更愿意把它当作一个词）的后面还存在着一些别的什么，包括一座城市的标志及象征，包括行走、生存、栖居等意义，也包括诗歌、艺术的发生。在深圳生活了几年之后，我对这座城市众多脍炙人口的旅游景点和建筑并未产生特别深入的印象，唯有对深南大道的感受越来越深刻。每次从深南大道上走过，我都会没来由地激动，我甚至觉得深南大道就是我身上最大的一条血管，那流动的血液一直是那么滚烫，充满生活与理想的激情。

这么多年来，我居住过的城市不算少，只要每在一个城市待上一段时间，我都会爱上这座城市的其中一条街道。我借助这条街道感受这座城市的呼吸以及心脏的跳动。我觉得，一条显著的街道往往能够折射出一座城市的环境、内涵及更深远的人文。深南大道是我在深圳生活几年不自觉爱着的街道，我觉得它实在太长、太宽敞了，每每超出我的想象，让我即使徜徉再久也始料莫及。

1993 年春夏之交的一个日子，我刚来深圳，到位于华强南路和深南中路交会处的人才市场求职，应聘一家文化传播公司的义案策划。招聘人看了我的资料并做了简单的交谈之后，写了张条子要我到公司去复试。公司在三九大酒店内，我问招聘的人该怎么走，他往楼下指了指说："你从下边的深南中路一直往东，三九大酒店就在这条大道的尽头。"于是我沿着深南大道徒步往前，当时我并没有想到要坐车，我想大概不会有多远，一条街道再长也长不到哪里去。结果我走啊走啊，不知道走了多久，中途有好几次着急起来要坐车时，又想既然已经走了这么远，应该快到了……后来我终于看到了三九大酒店，我站在酒店门前回头望去，笔直延伸的深南大道车流如注，阳光一路灿烂而热烈地照耀着，两边的建筑整齐有序……我的内心忽然泛起一股难以述说的情感。

后来我屡屡奔走在深南大道上，它两旁遍布的街巷就像一个个含有指向性的入口，一次又一次地向我预示着获得安顿的希望。我频繁地出入深南大道旁边的楼房商厦，为得到一份渴望的工作而不断碰壁。我就像是在深圳地图上漫游一样，以深南大道为纬，出发、到达并辨认一个个地点。现在想起来，当时的收获也许就是使我对深圳的地理了如指掌，我对市区内外道路、街区的熟悉程度，绝不亚于一个成天转悠的业务推销员。我几乎能脱口说出从深南大道到各处去的路线，一般还可以附带说出该乘坐哪一路公共汽车。刚来深圳的时候，我甚至培养过这样的爱好，花上一块钱无所事事地乘坐某路公共汽车，从起点一直坐到终点，并且几乎把各个路线的公共汽车都坐了个遍。记得大多数的公共汽车都或长或短地要穿过深南大道，每次经过这熟悉的路段时，我都会生出一种找到方向的归属感。

深南大道宛如一道瞭望线,它使我对这座城市层层叠入的纵深处由模糊陌生而渐趋明朗熟悉。

深南大道全长 17.2 公里,东起连接莲塘、沙头角的新秀立交桥,西至与宝安对接的南头检查站,1979 年起依托连接广深的 107 国道,从蔡屋围至上步路段开始改造,其后陆续向两端扩展,于 1994 年全线贯通,被誉为深圳的"长安街"。深南大道从来就是深圳市区交通的重要枢纽,它就像是一条笔直的河流把深圳市区分成南北两半。在我的印象中,它还是深圳市区最早和最繁忙的道路之一,直到现在,依然是人声车马喧嚣的要道。我目睹了深南大道的几次扩建过程,目睹了它由狭小、凌乱、灰暗到后来的宽敞、明净、堂皇。正因为这样,才使我对它繁花一样的景象更加感动珍惜,那些撞人双眼的美与缤纷轻易就切进内心,转化为情感的呵护。尤其是在夜晚,深南大道两旁的路灯与霓虹次第亮起,如同一条金碧辉煌的花火通道,两边的建筑被霓虹勾勒的轮廓宛似宫殿一般排列着。我喜欢看一辆接一辆的汽车奔驰而过的情景,在璀璨的灯火中,深南大道多像是一条梦幻与荣耀的跑道。

截至 2000 年底,我在深圳居住了七年多的时间,还不包括之后的频繁往返以及短暂的停留。我常常对自己和别人说,深圳已成为我居住时间较长和较为熟悉的地方了。我一次又一次地走在深南大道上,像走在回家的路上一样快乐而亲切。在这七年多之中,大约有三年的光阴我是在紧靠市区西面的宝安度过的,每次进入市区,一过南头检查站,就踏上深南大道,它就像是一条朝着向往和渴望展开的履带。那些年，深南大道上每一处细微的变化都没有逃过我的关注，我太熟悉这条宽阔明净的街道了，它两旁的风景多么美，深圳所有知名的景点和建筑几乎都围绕在它的身旁：新安古城、深圳大学、深圳科技园、世界之窗、欢乐谷、锦绣中华、中华民俗文化村、香蜜湖、报业大厦、高交会馆、五洲宾馆、赛格大厦、深圳大剧院、深圳书城、地王大厦……尽管我极少进入这些景点及建筑，但我觉得我很熟识它们，它们就像是深南大道边上的一棵棵树，我目睹它们的生息，亲近它们的呼吸和心跳，它们一遍又一遍地迎接着我走过的目光，我们相互微笑、致意，像互不作声的朋友，不断地交流着内心的默契。

归根究底，深南大道在我眼中，最显著的景象却不是这些变幻的风物和情景，而是奔跑的汽车。曾有一位于某贵族学校任教的朋友对我说，他们学校的每个周末，都像在举办名贵车展。而深南大道则不亚于一个持续不息的流动的汽车展场，我在写于1999年的诗《深南大道》中将之比作一条沾染着梦幻色彩的"黑色的汽车跑道"，绘制了一幕名车荟萃的"角逐与炫耀"的景象。隐约记得陈寅的同名诗中出现过"一辆红色摩托"，大抵也有这种时尚、小康式的"行走秀"感受罢？进入2000年前后，深南大道沿线开始修建地铁，对比我诗中于汽车奔跑后面出现的"坦克"和"推土机"，真是饶有意味。

至今我还对一个未完成的设想耿耿于怀，我想肯定会有那么一天，我从深南大道最东端的新秀立交桥出发，一路徒步往西，走到深南大道的另一端南头检查站，或者从南头检查站走到新秀立交桥。2010 年后，深圳二线关撤除，南头检查站已名存实亡，据说深南大道西面也已延长，但在我心目中，依然认定那两个曾与我无数次产生碰撞的起点和终点。我没有诸如苦行、考察之类的想法，我只是在还我一个冥冥暗定的心愿，为我曾经如此强烈的热爱树立一个确切的理由。我想，做一件这样的事，对于我们平淡的人生来说是有意义的。

地点：八卦岭

～～～～～

　　我所说的地点必定具有怀念或奔赴的意义，它不是简单的地名的替代，也不是毫无旁证的空泛的美誉。于我而言，就等于一个生命驿站，人生旅途中一处景致，一场难忘的聚会或一段揪心的记忆……八卦岭是我在深圳所撞入或撞入我内心的地点之一，尽管我屡次与之擦肩而过，但每一回都令我情愫暗生，那种潜移默化的深刻强烈上来，渐渐令我欲罢不能，像甜蜜的伤口一样常常不经意地碰到。

　　八卦岭位于深圳市区的北面，恰好处在罗湖区和福田区的交接地界。从公众意义上来说，它是深圳最早建成的城市区域之一，1982 年，大批从部队转业而来的工程兵正是在此拓地开荒，缔造了"敢闯敢试、敢为人先、艰苦奋斗"的深圳"拓荒牛"精神。八卦岭工业区也是中国经济改革开放以来形成的第一批大型工业区，是深圳最先创立的包装印刷行业生产基地之一。

我与八卦岭的结缘始于 1993 年初夏。那时我到深圳不久，在关外横岗的一家港资皮具厂做了一周的车间工人，实在忍受不了那机械单调又沉闷压抑的流水线工作，就跑了出来，百般无着，在有限的几个熟人间辗转借住。当时在八卦岭的是我儿时的一个伙伴，他在一家钟表公司上班，公司的宿舍在泥岗村，十几个人一间的宿舍，被铁架床占得满满的，我和儿时伙伴就挤在他狭小的床上。宿舍不允许外人来住，朋友想方设法为我弄来了一个他们公司的厂牌，戴上厂牌，就可以堂而皇之地出入了，顺便说一下，像我这种情形的并非只有一人。但上班时间保安都会到宿舍巡视，如果待在里面就有露馅的危险，而下班时人多，宿舍区又并非只有一家公司租用，通常不会被认出来，因此我每天都是早上跟他们一起出去，晚上等他们下班后才回来。我常常由八卦岭的这边跨过北环大道的天桥，再由泥岗村口的牌坊下进去。泥岗村宿舍的后山上有一条腰带一样的水泥路直通银湖，在这条水泥道上，看得见整个八卦岭工业区，也可以远眺深圳市区鳞次栉比的楼群。为了等他们下班，我常常一个人徘徊在这条道上，目光孤独而空荡地移过城市的上空。那时的八卦岭在我心目中，无异于一只诺亚方舟，我不断地在一栋一栋厂房的门前转悠，渴望着其中的一扇门能像磁场一样将我吸进去。

　　1993 年 8 月 5 日下午，我正在八卦岭工业区行走，突然一声巨大的炸响仿佛就在近旁蹿起，地面和楼房瞬间抖动了起来，厂房外侧的玻璃哗啦啦往下掉。我和周围的人一下子惊住了，下意识地跑到相对空旷的街道中间，定了定神，发现不远处的清水河方向升起了巨大的蘑菇云，夹杂着浓烟和火光……这就是 1993 年深圳清水河大爆炸。后来才知道，发生爆炸的是清水河化学危险品仓库，在第一次起火爆炸后一小时左右，又发生了第二次爆炸，事故造成 15 人死亡、200 多人受伤（其中重伤 25 人）、直接经济损失 2.5 亿元……八卦岭距清水河大约四公里，我也算是近距离感受到了那场接下来被写入《中国特大事故警世录》的严重灾难，在记忆中留下了阴影。

八卦岭也许称得上是深圳市区最鼎盛并且最引人注目的工业区。这里不知接纳了多少南来北往的寻梦者，也不知发生过多少悲欢离合的故事。有那么多形形色色的人潜伏其间，在机器和人声的喧嚣中演绎生命的精彩与无奈，有的像流星一般瞬息划过，有的像逐渐发亮的星辰一样就此悬在璀璨的星空。八卦岭确实庇护过一些当初寂寂无名如今家喻户晓的人物，比如凭一曲《阿莲》而一举成名的歌手戴军……1996 年夏天，以一本《青春寻梦》成为众多打工者偶像的打工作家安子，在工业区的一栋厂房内开了一家兼顾娱乐与人才中介的俱乐部，就叫"安子的天空俱乐部"。那时，"安子的天空"被为数不少的外来务工者认为是一片希望的蓝天。创办伊始，便吸引了大量打工者光顾并引起外界的关注。俱乐部常常举办舞会、卡拉 OK 比赛及打工者生日晚会，每月的第三个周末举行诗歌朗诵会，等等。应安子的丈夫、诗人客人的邀请，其时已成为打工文学刊物《大鹏湾》编辑的我曾去参加过一次诗歌朗诵会，气氛相当热烈，客人声情并茂的主持把现场一次又一次推向高潮。我想，曾经置身其中的人是不会忘记那种简单却温暖的动人情景的。

1999年夏天的一个下午，我陪当年曾在八卦岭栖身过不短时间的词曲作家罗文光旧地重游。罗文光在八卦岭的时候也是个众所周知的人物，他的才情与义气令人敬慕。只是他已弃艺从商，大约五年之前就已离开，其间再也没有回来过。当我与他一起站在八卦岭的街道上时，他唯有慨叹人面全非了，当年招摇满眼呼声一片的人，现在面对的竟全是陌生脸孔，旧邻故友们也不知各散何方。我们到"安子的天空俱乐部"去看了一下，问起安子、客人，居然谁都爱理不理。后来我们在一家小餐馆里默默对饮，最后落寞满怀地分手。罗文光说他还得去广播电台看一看，以前电台可没少播放他写的歌。看着他的背影，我第一次感受到了八卦岭阳光的灰暗与迎面吹来的凉意！

但八卦岭终究是热情满怀的，它确实能够给人一种沉浸的充实与快乐。因为编辑工作的关系，我跟八卦岭的打工朋友们有颇多接触，其中有多位曾是联系密切的作者，如后来去了《知音》杂志工作的王默然等人。在《深圳人》杂志供职期间，我曾采访过八卦岭工业区几个从蓝领起步而奋斗出辉煌成绩的外来打工者，写过一系列的报道文章，也曾应邀参加过其中一家公司内部的圣诞晚会。在工业区团委，我听到了不少感人至深的故事，被一些与自身生命一样的情节长久地打动。我还见到了他们自己编辑的油印刊物，那种油墨的馨香使我忆起学生时代的纯美、诚挚和激情，我甚至为这份刊物写过热情洋溢的刊首寄语，并挑选过其中的几篇文章转发到《深圳人》杂志上。

1997年下半年至1999年4月这一段时间，我的朋友黄廷飞就在八卦岭的一家工厂里上班。黄廷飞是我在深圳结识较早的朋友之一，他来自重庆，原来是一名乡村教师，喜欢写诗，参与了我们在深圳自行编选的诗歌合集《边缘》和《外遇》诗报的出版。因为他的存在，八卦岭成了我想念的地方，我曾不止一次专程到八卦岭去和黄廷飞会面。我们喜欢在一个狭小的酒馆里饮酒。通过廷飞，我又认识了八卦岭的李玲、张仙英、彭文清等一些朋友，廷飞也曾带着八卦岭的朋友来过我的住处。后来廷飞离开了，我与这些朋友仍然保持着往来，只是去八卦岭的次数明显地少了，再去的时候，我们的话题忍不住要涉及廷飞。八卦岭同样是一个孕育着相聚和别离的地方，于黄廷飞，于我，于许多相识和不相识的朋友，都成了一个难忘的地方。

我无意在这里过多忆及与八卦岭的某些往事，只是想说，作为一个地点，八卦岭在我的内心已是挥之不去。每个人的一生都会有一些重要的地点，这些地点对我的意义，肯定具有转折性或跨越性，至少有过灵魂的触动，有过生命中难以承受的轻与重，有过成功、喜悦、友谊、幸福，有过失意、彷徨、迷失、悲伤。一个人的故事与一个地点联系在一起，这个地点就必定会沾染上这个人的气息，这个人就必定难以摆脱这个地点所投射的光与影。有时候，一个地点是一个人头上戴之不释的皇冠；有时候，是小说中套在舞女脚上的红舞鞋；有时候，是童话里的皇帝的新衣……不管情景如何改变，地点与人物都像是一本书（或者更像一场电影）与主人公。或许某些人会令自己从某个地点中脱身而出，会把自己不愿提起的经历像擦黑板一样篡改、重写或彻底抹去，但他逃脱不了这个地点对他造成的桎梏。我要说，一个地点给一个人带来的荣光，或者一个地点对一个人的唾弃，都是不可逃避的，也都不值得津津乐道，人生没有彻底的相附或相忘。

　　对于八卦岭，对于深圳，我都不过是个过客，但我在这行走之中经历过相遇和相知，看到过灯火像心底的泪水一样升起。而那些曾让我沉浸其中的地点，更是唤起过我战栗般的热情。所以，对于生活在八卦岭或曾在八卦岭生活过的人来说，地点的意义与我的感受应该相似。作为一个过客，我对八卦岭的情感注入是局部的，但对于置身其中的许多人，投入的程度肯定与我不同。我看重这种情感的注入，也为我、我们能拥有切入自身的地点而祝福、祈祷和歌唱。从一个地点到另一个地点，中间必定有着光明的指引。

去东门

〰〰〰〰〰

　　"去"含有奔赴的意思，在我眼中永远是一个带着向往意味的动词，如同一种隐约的召唤。每接触到这个词，我的内心都会忍不住躁动，油然生出动身的念头。我习惯把这个动词放在我所热爱的地点前面，这样，那个地点就带有我热切的想望，恍若故事中的地点，一路延伸着美好与沉湎。

　　在这里，我要说的是东门，但是一开始就为一个前缀的词而走神。东门在我心目中真的就是梦境中的街道，那些云朵一样涌动的人群，繁星一样闪烁的店铺，像在水中不断浮出的忽闪忽现的面孔及笑靥，多像星河中的景象，置身其中就像是在缓慢地飞翔。真的，我从来没有把东门当作一条俗世的街道，当成一个售卖廉价商品的鱼龙混杂的地带。没有一个地方会彻底符合人们的想象，但只要内心怀着美好，那个地方就会呈现出美好的一面，彼此的亲近情愫就会在美好的触碰中慢慢打开。

美是无所不在的，俗世浊流中的美需要通过自身对美好的向往及体验才可以得到共鸣。

东门位于深圳市区的东面，它的名字就是指东面之门户，具体来说是指其前身——深圳墟的四个门户之中的"东门"。大约在明代中期，周边的赤勘（今蔡屋围）、罗湖、隔塘（今水贝）、湖贝、向西、黄贝岭、南塘等几个村，在村落之间建起集市，名为"深圳墟"。明末清初，深圳墟已是方圆数十里范围内的重要商业墟市，分为民缝街、上大街、鸭仔街、养生街等几条街市，以现今的东门中路、人民北路、解放路、湖贝路等街道为构架。民国期间形成"深圳新墟"，范围包括今天的和平路、建设路、人民南路、火车站等。1950 年，改墟为镇，1957年，县政府驻地始迁于此，成为当时宝安县政治、经济、文化的中心。"深圳墟"是对深圳最早的历史记载，先有深圳墟，后成深圳镇，今天的深圳市也即由此得名。

东门这个名字，绝对沾染了一些与之俱来的神秘及吉祥色彩。紫气东来，东门作为商贾之地，一贯兴旺不衰，这本身就有一种意象及先入为主的意味。是的，东门从来就是一个雅俗共赏的购物天堂，作为深圳早期最著名的商业街之一，东门的繁荣不知使多少南来北往的商客眩晕，撩拨起多少人的购物热情与奢望，牵引过多少人的目光及遐想。从古朴拥挤的老东门到如今雅致有序的东门步行街，东门的发展过程近似于一个商业小镇的成长史，繁华是它永恒的景象，而它就在兴旺热闹中不被察觉地渐渐扫去起初的简朴无序。耽于其中的人是不会明显察觉到这种变迁迹象的，只有那些处于来去之间或者故地重游的人才会得到那种焕然一新的感觉。

在我个人印象及认定中，起初的东门无异于深圳市区的中心点，尽管它实际上处于市区的东线上，并且随着后来华强北商圈的崛起以及城市行政中心西移，渐渐失去了独占鳌头的位置。相信来深圳稍早的人都会有同样的感受，尤其是那些滞留在关外的人。记得大约在1996年以前，那时东门汽车站尚未拆除，各地到深圳市的客车几乎都到那里停靠。汽车站同时也是一个综合的公共汽车始发站，不光有发往市区各线的公共汽车，也有开往市郊及邻近市县的汽车。那时候，东门似乎是进出深圳的必经之处，特别是那些由近郊出入市区的人，大都约定俗成地把东门当作中转点。东门毫无疑问是当时最引人注目和最为人熟悉的地点，到了东门，就融入了市区最热闹的氛围，就呼吸到了商业的气息，感受到了生活潮流的涌动……而对于休闲购物的人们来说，东门更是最先选择的去处。

东门在某种程度上成为人们对深圳这座城市的怀念落点，不管是历史性的回顾还是个人的往事追溯，东门都是最有迹可循的一道轨迹。东门的老房子曾一度引起人们对深圳旧城的探究，记得当初政府动议要拆除东门老街重建时，报纸上曾发表过很多讨论拆还是不拆的文章。对于深圳这座年轻的现代化都市来说，当时的东门老街无异于一道历史的风景，是涂抹于深圳光洁额头上的一道沧桑的颜色。尘埃落下，东门老街终究拆除了，改造后的东门步行街，于1999年国庆正式启用，接着呈现于人们视野的，是现代装潢中保存着传统韵味、古朴气息的商业街区，当初簇拥混杂的摊档店面已悄然改为整齐划一的小巧商铺，数座有规模的商城错落其间，穿插着为数不少的专卖店，商品琳琅有致，体现出繁而不乱、专业性与多样化相结合的特色。值得称道的是保留了部分古建筑和古树，如始建于明清时期的天后庙、思月书院，此外还增设了一些具有纪念意义的雕塑，如青铜浮雕《东门墟市图》，细致呈现了古老的深圳墟的风貌风情。

东门进入我个人的情感始于 1993 年，那一年我刚来深圳，在关外的港资工厂上班。实际上当时我是极其渴望到市区来工作、生活的，在关外的停留只不过是一时的无奈。我向往市区的氛围及气息，因而几乎每个休息日我都往市里跑，而所去的地方通常就是东门。我习惯于顺着熙熙攘攘的解放路往里走，在博雅艺廊和解放路书店长久地逗留。那时我仍然保留着大量购书与读书的习惯，我在深圳收藏的书籍大多数都是初来时那几年买的，也几乎都购于东门解放路书店。我常常在上午一个人空手到达东门，到傍晚时分提着一袋书坐车回去。很早的时候，我就发现解放路书店对面不远的一家小书店在卖九折图书，而且是新书。这家小书店的"新书永远九折"的标语至今仍停留在我脑海中，我猜想，这可能是深圳最早卖折价书的书店，只可惜那里的好书不多。

有一次，记得是云南的大型文学刊物《大家》创刊号出来的时候，我在东门汽车站的书摊上买了一本，在车上一路看着回去。坐在我旁边的一位先生窥见，即跟我谈起对这本杂志的感受，他恰好读了这本杂志。我们由《大家》谈到当代文学，谈得入港，竟至于那位先生坐过了站也不知道，待他猛然发现匆匆叫停跳下车，竟连名字及联系方式都不曾留下。那是我在深圳第一次与人谈文学，当时我已暂时中断了写作，辍笔日久而重勾旧好，内心不免惆怅失落，倍感孤单。

东门让我最深刻、难忘的是 1993 年的一个秋夜。那天我从布吉到八卦岭去看一位朋友，聊天中，下起倾盆大雨，一直到晚上 8 点钟左右雨才小下来。因为第二天要上班，我不顾朋友挽留，执意要回 10 多公里之外的布吉。我照例先坐公共汽车到东门转车，但我万万没有想到，车到人民桥的时候，街道变成了一片汪洋，车子没法过去，我只好下车涉水而行。细雨仍在不停地下，我蹚着没膝的积水穿过解放路来到东门。东门同样是一片汪洋，我站在汽车站前面傻了眼，车站一部车都没有，平素热闹欢腾、灯火明亮的东门一片寂静漆黑！那时候我真的体会到了一种苍凉，这在今天的东门是绝对不会再有的。无奈，我只好顺着马路，沿布吉的方向步行回去。我看到有不少人像我一样在步行。一路上路面深浅莫测，时而是一片水域，时而是一段烂泥地，田贝、水贝路段积水相当深，淹到了大腿，布吉立交桥地带的泥浆厚得没过了脚踝。我手里提着鞋子，浑身沾满了泥浆，就这样光着脚板深一脚浅一脚地前行。夜很黑，时而又打落一阵细雨，吹来一阵风，我湿透的身体感到了些许寒意。不知道走了多久，当我终于到达工厂时，已是凌晨两点左右了，疲惫与饥饿一齐猛烈袭来，我几近虚脱。那一次，东门真的跟我开了一个残酷的玩笑。

但我仍然向往东门，热爱那里的环境及氛围。我情愿在东门拥挤的人群中闪闪绊绊地走上一阵，在那些五花八门的廉价商品面前来回浏览，我觉得置身其中有一种体验生活温情的快乐。平凡的人们，平凡的物质，却是生活最根本的折射，反而能给予人旷世的情趣。我想，古人所云"大隐隐于市，小隐隐于野"真的是睿智之言，充满俗世为人的禅机。

后来成为步行街的东门没有了以前的混乱拥挤，但商业更加繁盛，更有条理。我喜爱它的宽敞明净，喜爱它暗红色的色调，喜爱它低矮雅致的房屋构造，喜爱它玲珑精致的休闲座椅……东门渗透着温暖与静谧的气氛，它是那种使人沉静自得的闹市。每次到东门，在幽雅的街道上走上几圈，我都会生出一种怡然自得的幻觉，仿佛看到一个懒散而又智性的自己，斜披上衣，脚拖木屐，缓慢而顾盼地行走于喧哗之中。这时候，我就是一个置身于俗世之中的出世者。而东门仿佛也在印证我的幻觉，我确实在东门买过好几双木屐，也确实跟着木屐悠闲地在东门的街道上徜徉过，那种情景我一生都将珍视。

我不太热衷于购物，除了会买些书籍、小工艺品及必需的生活用品，基本上再无其他，来去自如。因此，对东门，我也没有太多购物的欲望，我只是喜欢徜徉其间，在物的包围中体会超然无物的境界。我喜欢这样，以形式精神对日常事物的参与去获得更大的精神乐趣。

眺望
红树林

~~~~~~~~~

深圳最引人注目的树林不是在山上，而是在海边，就是处在深圳湾外的红树林。这一道簇拥在水陆交接之间的特别林带，像一条镶翡翠的腰带缠在城市的腹部，又像一条墨绿的围巾绕住城市的脖颈。在此之前，我对红树林一无所知，它一直都生长在我想象所及之外，那种神秘与隐匿遥不可及。我固执地认为，到达红树林的唯一方式只有眺望，除此之外，所有的常识、了解甚至实地探访都属于揣测与遐想。在我眼中，红树林就是一道不可言喻的暗红，这种归于梦想的颜色，永远变幻着神奇与诱惑，总有一种隐约的召唤使人欲即不至、欲罢不能。

来到深圳的第一年，我就得知深圳湾外有个红树林。那时我滞留在关外的宝安，每次从深南大道西端进入市区，过了华侨城，到达竹子林路段时，便会看到一个指向海边的蓝色牌子，上面写着"红树林"。第一次我就被这个名字吸引住了，我真的以为从那里过去，就会看到一片红色的树林，由此对一个未知的去处陷入遐想。我想，红色的树林会是什么样子啊？像一团燃烧的草堆，抑或夕阳下的荒原？遗憾的是，几年来辗辗转转，我一直游离在深圳的景物之外，终日奔走在高楼大厦的阴影之中，被炫目的梦想和令人晕眩的仰望所牵制，不光去不成红树林，连世界之窗、锦绣中华这样的地方都没有去过。在深圳七年多，我几乎熟悉了市内的每一条街道，足迹遍及每一个街镇，探访过众多或远或近的村落，并觉得已与其中的某些地点声息同在。但我又几乎对深圳那些声名响亮的景点一知半解，也提不起多大的热情及亲近的兴趣。唯有去不成红树林成为我的遗憾，从最初触及名字的那一瞬起，就在心底打下了结，非亲历其间不可解。

接着听说红树林处在深圳与香港两地之间的边防管理线上，可算是一道铁丝网内的风景，等闲人轻易不得进去，真是可望而不可即，心底的结不由得越打越紧。又因为当时身处二线关外，不常在市区活动，所以也难有闲暇到红树林去一探虚实。向往的念头婉婉转转、忽浓忽淡地在心头盘桓着，渐成若有若无而又难以放开的牵挂。

机会终究还是来了，1998 年下半年，我进入深圳市区工作，第二年年初，为纪念香港回归一周年，便公私兼济地为供职的《深圳人》杂志策划了一个专题——走访深港之间的边防管理线，揭开这条烙满百年历史印痕的轨迹的神秘面纱。于是，经与深圳边防部队接洽，我在武警六支队宣传干事的陪同下，从粤港管理线的最西端蛇口大新码头出发，沿铁丝网一路东行至最东端的盐田港避风塘，进行了为期两天的采访。那两天对我来说真是福至心灵，我完全沉醉在沿途的风光里，没有人可以想象得出以新潮现代著称的深圳市区边缘，居然有着如此令人神驰的自然风光，尤其是红树林，简直开启了我被都市繁杂掩塞的心灵。

我终于进入了红树林。当我站在低矮而茂密的红树林带外侧，情不自禁地伸手抚摸红树细而厚实的叶子时，确实感受到了一种渴望已久的温情的传递，那种暖入心肺的、像脉搏一样的输送使我战栗。那一刻红树在我眼前忽然高大起来，密密匝匝的树丛间仿佛敞开了一片辽远的水域。在整个红树林区，我们缓缓开着车子，像一只小船在芦苇丛中轻慢地滑行。我趴在车窗上，贪婪地看着眼前这一片对着我轻声慢语的小树林，这一切多像梦幻的游移。红树的顶上，无数的白鸟或飞或栖，演绎无限生动的情景。那一刻我恨不得化为其中的一只白鹭，永远徜徉在红树林鲜活无比的树丛浅水间。

深圳的红树林是国内目前面积最小、唯一一个位于市区的国家级自然保护区，也是国家级的鸟类保护区，被国际生态专家称为"袖珍型的保护区"，全长约9公里，总面积约368公顷。1984年，深圳红树林保护区正式创建，1988年被定为国家级自然保护区，接着又被"国际保护自然与自然资源联盟"列为国际重要保护组成单位之一，同时也是我国"人与生物圈"网络组成单位之一。在此之前，在这里的大片天然红树林旁，是当地渔民用来养鱼的基围鱼塘和种植的果园，仅有一条狭小的道路相通，对面即是香港的米埔自然保护区。

红树林的名称，源自一种红树科植物——红茄苳——的特征，这种树的树干、枝条、花朵都是红色的。红树林泛指像红茄苳的这类生长在热带、亚热带地区的河口、海岸沼泽区域的耐盐性常绿灌木或乔木树林。红树林又有"潮汐林"的别称，涨潮时，海水浸没河口区域，淹没红树林的生育地。红树林的树身下半部都泡在水中，只露出上半部，看起来像是长在水面上的森林。

有意思的是，红树林植物是"胎生"的，这种似乎只有动物才有的繁殖方式，是红树科植物独特的本领。胎生的红树林经由开花、结果产生种子，种子成熟了，并不从树上脱落，相反的，包藏在果实体内的胚芽开始发育，渐渐变为带有胚茎的胎生苗。胎生苗从母体吸收营养，继续生长到成熟可脱离母体，落下并插入软泥中，开始生根长叶，展开生命的新页。即使有些胎生苗落下时没有插入泥中，也能乘着潮水，漂流他方，重新落地生根。

红树科植物的种类有 30 余种，深圳的红树林就生长着木榄、秋茄、桐花树、海莲等 27 种。除红树科植物群落外，深圳红树林还生长着其他 50 多个不同品种的植物，此外还有各式各类的生物，主要有鱼类、甲壳类、贝类及鸟类，尤以鸟类为盛。深圳的红树林里栖居着白鹭、翠鸟、喜鹊、红嘴鸥等上百种鸟类，最多时曾有 180 多种鸟类，其中 20 多种属于国内甚至国际重点保护的珍稀品种。这里一直是珍稀鸟类的天堂，也是来自西伯利亚的候鸟南飞澳大利亚的最后一个栖息地，据称每年有白琴鹭、黑嘴鸥、小青脚鹬、大小白鹭等百余种十万只以上的南迁候鸟于此歇脚或过冬。远远望去，红树林上方众鸟翻飞，草树簇拥，水天一色，令人心醉神驰。

据资料介绍，1986 年，世界野生生物（国际）基金会主席、英女王的丈夫菲利普亲王，在陪同英女王访华时，特意南下深圳，登上红树林的观鸟亭，饱览深圳湾湿地风光；丹麦野生生物基金会主席、丹麦女王的丈夫亨里克亲王也曾于 1989 年，兴致勃勃地到此观鸟赏景，并将红树林称为"绿色明珠"。

1999 年 10 月，我辞去了杂志社的工作，成为一个自由职业者。不上班的一周内，我就撤离了闹市区，搬到红树林边的上沙村，在那里租了一间小小的屋子。屋子在顶楼，有一个极小的四顾空旷的天台，可以眺望不远的海湾、远处的蛇口半岛及对面的香港，也可以回望深圳市区鳞次栉比的楼群，眼前的一切都是那么美。而最令我激动的是一眼就看得见红树林，它就在我眼前，又永远处在我的想望之中。我买了一副高倍的望远镜，常常在早晨和傍晚时分用望远镜观看红树林。在我眼中，红树林永远都是那么清晰、清新，绿得使人精神振奋、眼睛明亮，而一想到红树绿叶下隐藏的红色，我的眼中又多出一道梦幻的色彩。盘绕在红树林上方的鸥鹭仿佛是一个个洁白的音符，而红树林一直都是一张碧绿中泛着暗红的琴。置身在红树林的旁边，我的耳畔不停回荡着天地间最美妙的乐章。是的，这种观望与聆听是我迄今得到的最好的精神治疗。

在红树林边生活，我一面接受着平静的抚慰，一面又总是抑制不住地心潮澎湃。我像古代文人一样在自己的居所题了一首仿古体的诗，就用毛笔写在洁白的墙壁上：日出沙头边，处处人不似。朝见红树新，晚来观风起。

曾经有一个傍晚，我与几位朋友沿着滨海大道散步。穿过马路边上一块刚刚推出的空地，我们发现居然有人在低洼处用木板搭起了一道长长的小桥，桥头有一条小路直通红树林。正是日落时分，红树林内分外静谧旷阔，惊起的白鹭，起落竟然一点声响都没有。落日的余晖从远处的水面一路铺展而来，把树丛洒得金黄透亮。我们在草地上端坐良久，谁也没有说话，任由天籁般的声音静静地抵达我们的心灵。是的，那一刻，我们都经历了一场大自然的洗礼！

堆积的
书城

~~~~~~~~~

　　深圳书城给我的第一个印象是堆积，再去时感觉仍是堆积，迄今为止，说起书城，也只有一些堆积的幻象飘忽在眼前。如同一些书本的道具，码在堂皇明亮的大厅，使人晕眩、仰止，而绝难生出饥饿者扑向面包的那种感觉。我私下里曾这样想，也许对某些人来说，深圳书城所起的作用就是消磨阅读者的理想，从而提高购买的欲望与盲目性。置身书城里头，我从来都没有获得过那种一贯的小心翼翼翻动书页的卑微，有的只是一种淡漠或者敬而远之的心理。当书本让人产生厌倦或者畏缩的时候，阅读的快感及意义早就消失了，取而代之的唯有从读者的位置上走开。

　　我一直认为，一个虔诚的读者与一本书或一家书店，彼此之间是声息相通的，真正的读者与书店从来就不会陌生。现代阅读，尤其是数字化阅读提供了越来越多的渠道及方式，使越来越多的人变换了读者的角色，也使一家书店在城市中失去了显著的位置。但这并不能说是妨碍，而应该是一种趋向。深圳书城也算处在闹市的中心，但远不如一街之隔的地王大厦从容和显赫，也不如旁边的深交所迷离与变幻，更因为周边充斥的商业文化包装而淡失与之俱来的文化格调，至少在我看来是这样的。

在进入书城之前，我感受最深的是横跨深圳书城与地王大厦之间的蔡屋围天桥，那是一本摊开的社会及生活之书，每天都能使人阅读到意外而精彩的内容。据我了解，在某段时间，蔡屋围天桥可能是深圳卖盗版书最快捷的地方，几乎每有一本书遇上风吹草动，就能在蔡屋围天桥上买到盗版，包括一些暂时被禁止发行的书籍。2000 年，瑞典文学院宣布高行健获得诺贝尔文学奖不久，我就在天桥上买过盗印台湾版的《一个人的圣经》和《灵山》，印刷与装订相当粗糙，要价也高，但在当时网络上尚难搜寻到，大陆又没有正版发行的情况下，还是聊胜于无。在此，我没有赞许或支持盗版的意思，不过是说出我亲历的一些事实。

数年来，我与不同城市的数家书店建立过朋友式的美好交往，在深圳这座占据了我一段重要阅读时光的城市，也曾有好几处隐匿的书店进驻过我的内心，包括由此滋生的书人书事。但深圳书城这座起初镀满期望的大型商厦式书店，从出现的头一天开始，就使我积蓄多年的阅读理想遭到致命的打击，我第一次在未打开书页时就感受到迎面的嘲笑。这种沮丧的心情延伸到我后来的一首诗中："我没有看书，是书在看我 / 我站在书架前 / 不敢正视书本嘲弄的眼神 / 我胆怯的手指触摸到 / 封面的硬度和定价的厚度 / 我抽出一本书抖了抖 / 打开只剩下一页页白纸。"（《在书城》）

当然这些也许是我个人的无端误解，深圳书城在国内书店的重要地位及其开创的多项领先功能，例如"一站式文化消费服务""五星级书店"等，早就被确认为行业的标杆。然而于我而言，却不得不承认，深圳书城就像一根镶金的教鞭，对我处在盲目与拮据中的阅读实行了拷问。像我这种习惯于猫在书店昏暗的角落，为淘出一本意想不到的廉价旧书而沾沾自喜的人，实在无法面对那种堂皇和有序之间的情致。不必避讳，我从来没有得到过系统的读书教育和购书指引，完全凭着个人的喜好，沉浸于凌乱及晦暗不明中眼前一亮的那种感觉，一旦出现了某种应遵循的规则，反而会显得无所适从。从前我一直后悔自己没有经历过系统而广泛的阅读，现在我有点无道理地以此为荣，尽管这样的自许可能更深地暴露了自身的肤浅。深圳书城显然按照传统的教育或者取悦方式为不同读者设置了各种购买的指引，遗憾的是我无法从中发现自己所需要的指引。

记得深圳书城落成及开业是在 1996 年 11 月，当时为了迎合开张，还同时举办了第七届全国书市。据媒体报道称，深圳书城的开业与第七届全国书市的举行，缔造了深圳读书（或称购书）的"传奇"，人流量、订货总额和销售总额均创下了书市最高纪录，还创造了"第一次在省会城市以外举办全国书市""第一次免收出版社摊位费""第一次展会图书销售量突破2000万元"等七个全国第一的历史。为期11天的书市，虽然限量出售入场券，仍然每天人满为患。为了不浪费当时在《街道》杂志担任发行主管的朋友胥弋的赠票，我在闭幕式的前一天赶到现场，结果被汹涌的人潮牢牢挡在阅读之外，来不及浏览一遍就匆匆逃离。据说自此以后，深圳掀起的读书热潮一直有增无减，由此深圳专门设置了一个一年一度的"深圳读书月"，遗憾的是我一直都弄不清楚是什么时候，往往要看到报纸上出现宣传才醒觉，而第二年依然是茫然不知。深圳书城的"火爆"场面也招引了很多前来签名售书的人，包括海内外或男或女或老或少的作家、明星、主持人种种，至今我能记起的有余秋雨、刘墉、赵忠祥、倪萍、赵薇、周杰等，感觉似乎是明星和主持人来得多些，而真正写书的反而来得少，当然也大概是由于作家的出现比不上明星或主持人能够引起轰动。听说深圳书城每次来人签名售书都几乎能达到"洛阳纸贵"的效果，说白了就是大都能将带来的书全部换成纸币，附带着还流传出一些"哄抢""挤伤人"之类的小花絮。我也曾无意中碰上好几次签名售书，在层层叠叠的人墙外张望一会，然后转身走开。

　　于我而言，深圳书城堆积的不仅仅是道具一样的书本，还有许多无言的情绪和往事。有过大约两个月的时间，我在书城斜对面的新闻大厦上班，每每穷极无聊之际，便会悄然下楼，信步走向书城，在四楼的文学书店泡上一段偷懒的时光。实际上我极少出现被激起阅读和购买热情的时候，但出于当时对工作的厌倦，仍然乐意在其间来回流连，当然难免有时也会眼前一亮。有时会发现某个熟人的新书赫然摆在书架上，不由得拿下来分享一番，甚至帮衬着买上一本，趁机想想假如是自己的书，遭受的会是什么样的命运。又过了几个月时间，我搬至书城后面的金塘街居住，每次有朋友前来而又找不到地方时，我都会叫其在书城等，于是书城又成了我与朋友会面的地点。有一点是必须承认的，尽管书城一再消磨我的阅读理想，但与志趣相投的朋友一起徜徉其间，还是十分快乐的，当我们从书架上抽出某一本书，悄然展开谈论或调侃时，那种乐趣仍然不言而喻。

在我栖居深圳的七个年头中，购买的书籍也不算少了，可以说，深圳的读书经历改变和提高了我的阅读品位及人文素养。但我购于深圳书城的书却并不多，大多是从一些零散的书店购取的。我记忆最深刻的书店，最先是东门解放路书店（1993年，我曾在解放路书店淘到一套南京大学出版社的"纯文学文库"，由此记住瓦兰、程尚、蓝天等诗人的名字，事隔七年之后，我在广州遇到瓦兰，当时淘书的记忆依然如昨）；在宝安城区工作期间，我常去的书店则是离住处不远的新青年书店，书店的经理很快成为我的朋友，接下来，他常常迎合我的喜好来电话告知又到了什么书，有时甚至带着新到的图书直接来到我的住处；而最令我难忘的该数南山的愚人书社，因为朋友胥弋的引荐，我结识了愚人书社的经理杨双喜，并在接下来的交往中成为好友。（杨双喜曾送过我不少书籍，包括海南国际新闻出版中心版的全套《博尔赫斯文集》和两种不同版本的《尤利西斯》，我还应他的邀请去参加过在深圳大学举行的愚人书展。愚人书社在南山图书馆内有一个分店，谢湘南在南山图书馆工作期间，我曾介绍他去找杨双喜借书。愚人书社当时于南头关口还有一个图书批发部，因为离我的住处不远，我常常光顾，以最优惠的价格购买过一批书籍。）杨双喜和胥弋后来都去了北京，他们留给我的最深记忆，是一段无法磨灭的购书读书时光。

书是最容易堆积的事物，包括对灵魂的堆积及对地方的堆积。每一个地方的书店，对于当地的读书人来说，又无疑是一个堆积着精神迷恋及逸事的地方。深圳书城之于我，自然也堆积着一些青春心迹，但堆积得更多的，却是刺穿滥情的疼痛。

暗香浮动
华强北

~~~~~~~~~~~

　　在深圳众多声名响亮的商业街中，我感受最深的是华强北，这条泛着香水和玫瑰气息的街道每每使我感觉清新，如同一个疲惫的旅人在一场休憩中愉快地醒转。数年来，生活的颠簸和潦倒一直培养不起我购物的热情和对某条商业街的热爱，唯独华强北在某阶段能令我沉浸其间，成为日常生活中不由自主的奔赴及去处。

　　我无意以泛美的口吻公然描述华强北长约千米的街道上的景致，于我而言，华强北的风景一直都是在隐秘梦境中流动和变幻着的，我始终都捕捉不住又挥斥不去那些恍惚的美好。走在华强北永远都那么拥挤的街道上，我感觉自己是一根冒出水面的苇秆，在一动不动中承受水流缓缓的倒退。而当我在街边的椅子上坐下来，真实的知觉慢慢返回身体，我的情绪马上又被面前这些温暖的人带动，他们满足的笑容与惬意的低语牵动我的遐想。处在沉浸中的人们是有福的。我固执地认为，华强北跟别的街道不同，它绝不仅仅是一个合乎理想的购物天堂，它更像一个供人徜徉、体味生活温情的宫殿。所有到来的人都是奔赴而来的，没有谁是路过者。

作为以时尚著称的商业街，华强北自然称得上是深圳商贾之源，一派商业文化气息。据 1999 年底的统计，这一条不算长的街道，竟有近 4000 家商铺，其中富丽堂皇、气派十足的大型商场及专业市场占 60 多家，令人眼花缭乱。可圈可点的是，几乎每家大型商场的外面都设有休闲广场，沿街的广告霓虹、灯饰、精巧座椅、雕塑小品相互点缀，一路舒适温馨。这样的环境，没有人会拒绝去走一走、坐一坐的。以前，我像很多大大咧咧的男人一样是不逛商场的，每次购物都是直奔主题，提货付款走人。后来情形发生了不小的变化，我常常会像一个调查、考察的专业人员或者伺机作案的小偷似的在华强北的大小商场转悠，对众多铺面和产品都表现出浓厚的兴趣和殷勤的探究。

华强北最引人注目的去处是女人世界。在深圳这个漂亮女人比霓虹灯还要闪烁和多姿多彩的城市，女人世界真像是一座迷宫。我一直把女人世界的门口比作十字街口的交通灯，它对女人不光永远绿灯高悬，并且还会发出种种诱惑和提示，而对囊中羞涩的男人亮着刺眼的红灯，发出类似于警车的那种鸣叫。我当然极少去闯红灯，但我是坐在女人世界门前长椅上的忠诚看客，每次到华强北，通常都会无所事事地在那里坐上很久，目光散漫地向周围移动。我尤其对女人世界的出入口充满兴趣，常常看着一个个各怀心事的男女走进去，又看着他们陆续走出来，有时候，甚至会暗暗计算一下某些人在里面逗留的时间。千万不要误会我是在等候泡在里面流连忘返的女友或者妻子，也千万不要把我当作一个伺机猎艳的色狼。当然并不排除那点暧昧的心理，但制造艳遇毕竟不是占据心底的想法。我确实不曾有什么事先的目的和动机，只是乐意接受别人的感染，喜欢处在人群的外面，把自己忽略成一个旁观者——这样会比置身其中发现得更多，对生活认识的范围也会更广。在对自己的生活投入更大热情的同时，对别人生活的无意探询的确能够获得更宽阔的理解。我捕捉着面前这些人的表情，像玩游戏似的建立种种揣测与怀想，默默向某个连续看到的人打招呼。有好些人在我脑海中留下了印象，但她们并不知道我，并不知道自己在毫无旁骛的生活之中受到了别人的打量，而我也无意去做无谓的结识。我想，假如生活是一部小说的话，那么我不仅仅是一个不经意穿插其间的人物，还是一个时时抽身而出的读者和叙述者。

自然我也不仅仅是街上的看客，很多时候还是商厦之中的漫游者。我去得最多的是顺电家居广场，往往漫无目的地从一楼逛到五楼，因为那里各种各样、分门别类的商品赏心悦目，买不起，看还是看得起的。商场里的营业员素质还算不错，一般都不会狗眼看人低，至少我没有被营业员用狐疑的眼光驱赶过，相反有时会被她们过分的热情弄得讪讪走开。每次，我在被这些商品深深打动的同时，心里也经历着一场关于贫富问题的斗争，我想总有一天我会在这些昂贵的标价面前抬起自卑的头颅——我要把这些自以为是吓唬人的东西看得比垃圾都不如。我愿意接受这样的由自卑出发的安慰和激励，这样确实能够在一定程度上激发体内潜伏的惰性并产生动力。我想每一个处在潦倒彷徨阶段或者活得尚不够理想的男人都应该培养逛商场的习惯，这不光是深入生活，更能引发对生活的更大向往。虽然后来随着年岁的增长，我对这些物质的索取欲望越来越平淡，由于争强好胜而造成的那种心理失衡也渐渐得到抚慰。

我常去的地方还有嘉年华广场后面的艺术品市场、新大好的儿童世界和相邻的女儿国——我热衷于在艺术与童心中展开遐想。因为常在那一带转悠，我跟一些商场及小店铺的营业员就像熟人一样，每次从门口经过，我都会对她们点头致意，或者干脆进去说上几句话。我吊儿郎当地跟她们开着玩笑，然后也不打招呼就走开，似乎彼此已是非常熟稔，实际上我连她们的名字都不知道，也无意做更深的交往，更从未在意过她们对我的看法。我这样做只是使自己在喜爱的地方多一份亲切，使生活在我面前更加温和与自然。有时候，我会拉上一两位朋友一同去逛华强北，照样出入商场和店铺，照样像走在家乡小镇的街道上一样到处打招呼，把朋友弄得疑惑莫名。如果有哪位朋友想约我到什么地方见面聊聊，我第一个反应就是说到华强北去吧，我在女人世界、万佳或者嘉年华门前的长椅上等你。平时工作累了，我会坐车或步行到华强北去，在街道上走走，在商场里转转，在广场的椅子上坐坐。有过近一年的时间，我在离华强北不远的一幢大厦里上班，一俟无事就会偷偷溜出来，那时候我真应了某条广告词所述：如果我不在办公室，就在华强北；如果我不在华强北，就在去华强北的路上。

华强北有着那么多使人双目明亮的景致，扩散到心底，把所有的疲倦都一扫而光。华强北是生活潮流的试验场，每一处角落都体现着新鲜的现代观念，引领着现代流向。华强北走动着那么多花枝招展的女人，每一个都像模特一样，让人仿佛置身于时装展或选美会上。我熟知每个时节、每个阶段的女性流行服饰，不用看时尚报刊或电视节目，只消到华强北打几个转就了然于胸。我只奇怪为什么走在华强北的女人们几乎每一个都那么成熟美艳，散发出逼人的媚态，这与深圳这座城市的年轻光洁其实并不怎么相符。

我曾经在一首诗中将华强北命名为"玫瑰街道"，写过"这条街道即将被玫瑰弄脏"这样的诗句。去除那里满是玫瑰一样晃动的女人，我在华强北还目睹了不少似是而非、似非而是的爱情。2000年情人节的傍晚，我与好友罗迪站在万佳百货门前的广场上，两人饶有兴味地看着无数手捧玫瑰的男女走过，每走过一双或一个，我们都会相视一笑，说不清是暗暗分享还是讥笑调侃，只是觉得这种情形很有意思。我们从一对对男女的动作和神态中分析他们的恋爱程度，为一句俏皮的调侃开心地大笑，也对孤身一人像逃跑一样匆匆而过的或男或女抱以同情的叹息，对一对不相称的男女表示不屑、不忿或不平。而就在我们观望和打趣的当儿，我们各自的女友正从别处赶来。这样真好，爱情与生活，总有着一些若即若离、沉溺不去又置之度外的远近和得失之美。

或许，我过于关注华强北那些可以说是不着边际的时尚，而时尚不过是华强北一件光鲜的饰物，事实上它是一条以电子通信行业为主体的商业街，前身即是生产电子、通信设备和电器的工业区，后来随着城市区域功能的变化而向专业的电子市场转化，汇聚了赛格、华强、都会、佳和、桑达、新亚洲、太平洋等数十家电子行业翘楚，逐渐发展成为中国最大的电子市场，被誉为"中国电子第一街"。此外，华强北还分布着群星广场、创景名店、女人世界、顺电家居、港澳城等配套、综合的大型商城和广场，其中也不乏标杆名店，因而也是一个代表了潮流风向的时尚商圈。

但不管如何，华强北在我印象中，始终是一条暗香浮动的街道。而我，曾经是一个循着香气在其中散漫走动的陌生人。

东方花园的
抽签和翻墙游戏

~~~~~~~~~

　　有过一段长达几年的时间，位于世界之窗和中华民俗文化村两大景区之间的东方花园，一度成为我们一帮朋友聚会活动的地点。东方花园据说是深圳最早的高级别墅住宅区之一，虽然占据了华侨城的中心点，然而位置却相当隐秘，入口也毫不起眼，从外面看上去，很容易将其当作世界之窗或者民俗村所属的范畴。但如果走进去，便会发现这是一片十分稀缺的夹缝地，可以想见应该是先于世界之窗和民俗村开发的，否则绝难在两大驰名景区之间分割出如此珍贵的一块地皮，也由此可以推测开发此处的地产商绝非泛泛之辈，能够在此购置物业的，无疑也非富则贵。此情此景，真应了"低调的奢华"之说。

　　东方花园整体呈椭圆形，保留着平缓的坡地，里面花树繁茂，环境清幽，所见大多是独栋的别墅，也有两栋连排的，基本上都只有三层，分布在绿地伸展和树木掩映之间。只是，这些房屋都显得较为陈旧了，看来建造的时间已经不短，其中有多处还空置无人，外围花园荒芜，草木萋萋。其实不难想象，当中那些貌似弃置的别墅，主人十有八九是高深莫测的富豪，这里不过是他们众多房产中一处可有可无的旧房。在深圳，有一部分人的富有程度是穷人的想象力够不着的，有那么多人为房子疲于奔命，也有一些人弃房子如同旧屐。

1998年下半年，我在深圳交往最密切的朋友之一，才华横溢的诗人、画家、雕塑家潘漠子，辞去一家大型广告公司设计总监的职务，自己出来创业，成立了沧桑文化艺术有限公司。随同他一起的还有黑光和黄河，两人一个是平面设计师，一个是客户总监，并且都是才情洋溢的文学青年。沧桑公司选择了东方花园的一幢小别墅作为据点，由此，这一藏身于华侨城主题景区群落之间鲜为人知的一隅，得以随同事业与生活的梦想一起，亲近地呈现于我们的面前。

潘漠子和黑光都来自安徽安庆，毕业于同一所院校，在大学时就已写诗，到深圳后不足一个月，就与我在异乡的屋檐下相遇。记得那时是1996年初，与他们同来的还有另一位诗人石龙，他在《大鹏湾》杂志上看到我的名字并且知道我写诗，于是将电话打到编辑部。此外还有另一位诗人大伟，是潘漠子的师弟、黑光的同学。不得不承认，跟这批同时有着诗人身份的安庆人结识，除了美好友谊的展开，还有诗歌力量的聚拢，在很大程度上促成了后来"外遇"诗社的诞生，也埋下了中国"70后诗歌"最先从深圳掀起浪潮的一个伏笔。

1999 年，下梅林，"外遇"诗社同人的一次聚会

沧桑公司租用的小别墅，虽然价格不菲，但好在是拿来做生意的，需要讲究地段和形象，并且公司的业务尚可维持。从私情来说，由于是独立的别墅并听任自己支配，那里理所当然成了我们活动的理想场所，可以说，那个时期，除了我居住的"边缘客栈"外，再有一个聚会地点就是东方花园的小别墅。印象中那幢别墅旁边的房屋均无人居住，周围宁静空旷，恰好可以让我们自由自在地谈笑喧哗，我们常常就在花园里席地而坐，无拘无束地敞开情怀，稍一兴起就会站到草地上朗诵诗歌，甚至放声歌唱。有一次，兰州的诗人叶舟到深圳出差，前来拜会，我们在花园里备了露天酒宴，由于塞车到得迟，曾经充当过乐队鼓手的金鹏科等得不耐烦，拿起吉他就弹了起来，边弹边唱着随口篡改的歌词"叶舟啊叶舟你为什么还不来……"引得我们一阵大笑。

　　东方花园给我最深的记忆，是一次并无预设的抽签游戏。2000 年 5 月，在《外遇》诗报被责令停刊半年多之后，我们想着以另一种方式推出同人作品，于是计划编选一部诗歌合集，找出版社正式出版。经过商议，确定第一批十个人入选：潘漠子、耿德敏、王刚、王顺健、黄俊华、金鹏科、谢湘南、黑光、余丛和我。人选确定并分别准备好诗稿后，剩下的就是决定诗集的名字和各人的排序。某个晚上，众人聚到东方花园，先是讨论排序，我忽然想起博尔赫斯的一篇小说《巴比伦的抽签游戏》，并想到他所说过的"文学只不过是游戏"，但游戏的终极具有"高度的严肃性"这一观点，于是提出我们也来玩一次

"东方花园的抽签游戏"，大家一致叫好。随后，我将十个人的名字分别写在一张小纸条上，揉成团，随手拿过一个陶罐，将十个纸团扔到陶罐里，摇晃了数下，交给潘漠子，由他逐一把纸团拿出来，最先拿出来的纸条写着谁的名字，谁就是第一个，以此类推。潘漠子把手伸进陶罐，每摸出并打开一个纸团，我都像唱票一样喊出上面的名字，并在一张纸上按顺序记下。最终的结果，第一个纸团是潘漠子，第二个纸团是黄俊华，其后依次是王刚、安石榴、王顺健、耿德敏、金鹏科、余丛、谢湘南、黑光。

抽签结束后，又开始讨论书名，先是由每个人分别提出，提了十数个，密密麻麻地写在一张白板上。谢湘南提出的《从一数到十》和王刚提出的《发现背景的肖像》成为最后的选项。由于潘漠子给每个人包括他自己都画了一张肖像，打算用作书中的插图，因此《发现背景的肖像》要显得更恰当一些。但我认为还不到位，将"发现"改为"失去"，还是觉得尚有缺憾，沉思良久，终于有人说出了"重塑"这个词，忘了是谁说的了，立马达成共识，《重塑背景的肖像》就这样得到了命名。诗集编好后，我专门写了一篇序言，就叫《东方花园的抽签游戏》，完整地记述了当时的场景，遗憾的是这部书编排好送出版社后，最终未获出版。

东方花园入口两边，是将整个别墅区完全遮住的高楼商厦，别墅区与环着它的世界之窗和民俗村之间，仅有一道一人多高的铁丝网，这样的高度，并不难翻越。也许是由于东方花园仅有一个入口，而且相对隐秘，外人一般难以进入才会如此潦草吧。因为这样的便利，我们曾经屡屡上演"越墙而入"的游戏，即随时都可从无人看见的铁丝网这一边翻入世界之窗或民俗村。当然，越墙而入并非君子所为。不隐瞒地说，我们确实曾带过一些来深圳旅游的朋友乡亲越墙进入世界之窗和民俗村，而且每次都很侥幸，从未遭遇过被景区保安撞破的尴尬。只是免费游览世界之窗的好景并不长，因为靠世界之窗翻越点的铁丝网被踩得低下一截，很快就被景区发现了，将铁丝网加高，表示有了警戒，我们唯有望之兴叹，将翻越目标全面转移到民俗村。

民俗村的铁丝网显得更容易翻越，在属于景区的那一面，靠铁丝网的是一道斜坡，跨过去即可找着落脚点，而属于东方花园的这一面，又通常静寂无人，而且草木幽深，一般不会暴露踪迹。有时，为了照顾参与越墙行动的妇孺老少，我们甚至明目张胆地扛着梯子，让他们直接攀扶梯子过去。实际上，我们这样做并非全是为了省门票钱，而是觉得好玩，更有些年长或钱包还算充足者感到刺激，也想做一下这种带冒险性质的尝试，甚至设想假如被发现了更有意思。有一次，一位朋友的父母来深圳玩，慕名要看民俗村，朋友打算带他们买票进去，但他们知道有翻墙这等趣事后，硬要去体验一回，老人家一下子像孩子似的淘气固执，说都数十年没干过这种事了，来上一次，不枉到深圳一遭。

"越墙而入"是我们在东方花园展开的一个津津乐道的游戏，其中有不少遭遇常常在我们记忆中翻新。有一次，一位朋友扛着梯子，带着几个人大摇大摆地向铁丝网靠近，被东方花园的保安迎头遇上，保安奇怪地问他们扛梯子去干什么，朋友竟理直气壮地回答："翻墙呀！"保安目瞪口呆，竟不加干涉，苦笑离开。还有一次，几个女孩子按捺不及，一大早就过去了，在清冷无人的民俗村内逛得正欢，不想一位管理人员走上前来，劈头就问她们怎么进来的，几个女孩子心里发虚，畏畏缩缩地说买票进来的呀。管理人员指了指手上的表，说："我们还没开门呢，你们是从哪里买票进来的？"胆怯怕事的女孩子们只好从实招来，管理人员也许是动了怜香惜玉之心，居然没有赶她们出去，丢了句"以后不能再这样了"就走了。

2001 年 1 月，我搬离深圳，潘漠子、黑光他们仍然在东方花园经营着公司，类似翻墙之类的游戏应该还在继续上演，只是我不再是其中的参与者。后来我每次重返深圳，都免不了回到东方花园去，像以前那样无拘无束，仿佛从来就不曾离开。

从"二线关"
入城

～～～～～

　　我花了七年多的时间，尚不知道有没有把深圳的二线关走遍。七年来我的足迹抵达过不少匪夷所思的地方，内心随同前路的渺茫变得顾虑重重，两颊染上岁月与落魄的风霜。按理说来，一座与我相互折腾了七年多的城市，不应该再有什么未知的关口，而我竟然还弄不清深圳到底有多少个入口，有多少道洞开的城门等待在大路中间。

　　深圳是一个以开放接纳著称的现代都市，但深圳又像是一个城墙高耸的古代城池，在梦想策马而入之处，设下一道道拦截的关卡。具体来说，这些关卡叫作"特区检查站"，俗称二线关。在我看来，深圳的二线关就如同古代的城门，几乎每一个入城的人，都必须交验专门办理的"边境管理区通行证"。记得初来深圳时，我还是一个诗情洋溢的青年，满腹才华却无比迷惘，活像一个踌躇满志赴京赶考的古代士子，却不料被一道特区检查站挡在二线关外，不得不先在关外寻求立足，由此来回辗转，涂改前程。

印象中早期办理进入特区的通行证并不容易，需要持介绍信和身份证到户籍所在地的公安机关审批，并且得有合理的事由，如出差、务工等，公安机关会视请求确定通行证使用期限，通常在七天以上一年以内，过期就得续办。当然续办通行证并不一定要返回当地，深圳也有一些代理机构，例如各省市的驻深办事处，只是这些驻深办大都设在特区内，粗心大意者往往发觉通行证过期作废时，已是无法前往。因此，准备不足或者不明就里的人，唯有返回相隔遥远的家乡办理，这对于那些在不知所以中乘兴而来的投奔者实在是迎头一击。

或许不少人在概念上会有些混淆，错误地将深圳市与深圳特区等同，其实不然：深圳市于 1979 年由宝安县撤县而成，范围包括原宝安县所属区域；深圳特区则于 1980 年 8 月设立，范围大致包括今天的罗湖、福田、南山、盐田等区域，东起大鹏湾边上的梅沙，西至深圳湾畔的蛇口工业区，总面积 327.5 平方公里。也就是说，深圳特区只是深圳市的一小部分，约占全市总面积的六分之一。1982 年 6 月，特区和非特区之间，开始修筑一道全长 83.5 公里、高达 3 米的铁丝网，称为"深圳经济特区管理线"，又称"二线"，沿线开设 16 个陆路关口、1 个水上关口及 23 个耕作口，并有 160 多个武警执勤岗楼。"深圳经济特区管理线"于 1985 年 3 月正式交付使用，沿线的陆路关口就是"二线关"，正是这一道漫长的管理线，将深圳分为特区内和特区外，俗称"关内"和"关外"。

二线关进关时所查验的"边境管理区通行证"，通常称作"边防证"，这个证件只是针对非深圳户籍的外地人，深圳本地居民持身份证即可进入，此外非本地居民如果持有特区内的暂住证也可进入，但持特区外的暂住证同样无法通行。深圳特区使用边防证方可通行的日子，持续了十年多；到2005年开始非正式取消，无论是什么地方的人，凭身份证即可通过关口；2010年7月，深圳特区版图扩大至全市范围，边境管理线不再作用；2015年6月，深圳实施二线关交通改善工程，拆除了几乎全线各个关口的检查通道设施；2018年1月，国务院正式批复撤销深圳经济特区管理线，至此，经过36年的变迁，"特区管理线"终于成为历史。当然，在此期间，由之演绎的种种往事，尤其是对于曾有过切身际遇的人们，有些记忆永远难以抹除。

说实话，对于二线关上曾有的16个陆路关口，也就是特区检查站，我至今都无法完整地说出来，唯与其中一些关口的交集挥之不去。在我的印象中，这些检查站是陆续开通的，而东西两头的布吉检查站和南头检查站，当属最早开通和最广为人知的两个，客车、行人大多由此入城。其次应该就是西面的同乐检查站和北面的梅林检查站，但同乐和梅林两个检查站均是随着广深高速公路以及梅观高速公路的相继开通而分别通关的，时间也大抵在20世纪90年代中期，其时深圳作为一座梦想之城已经沸腾了十几年。除此之外，分别处于西北面、东北面、东面的白芒、沙湾和梅沙三个检查站，似乎是分别按照货运或其他便利开设的，不属于人流的主要入口。在深圳七年多，我走过的特区关口基本就是这七个，平均每年一个，而次数和际遇则永远无法说清。当然，在缺乏预料的某些时刻，我也偶尔走过一两个罕为人知的几乎是隐蔽的小关卡，而另一些地点，比如非法带人的"蛇头"以摩托车"寻幽"或者"钻洞口"等不寻常方式带入处，就不在我述说和探究的范围了。许多后来在深圳城中大摇大摆的人物，他们当初进入这座城市的方式，可能就是一次侥幸或者苟且的历程。

假如不是从资料中获悉，我根本无从确定深圳特区到底有多少个关卡，这就是我所说的花了七年多的时间，尚不知道有没有把深圳的二线关走遍的原因。七年中我办过多少个进入特区的边防证，也早就记忆模糊了。我只知道这些年来为办边防证欠下了诸多人情，说了无数感激的话语，忍受了很多的不耐烦，往往得拐弯抹角托上有相连关系的熟人，或者干脆等到春节回家乡时再办，再有就是去家乡省份驻深圳的办事处。办边防证还得受使用时间的限制，即使像我这样的长期停留者，每次通常也只能办三个月或半年，最多也就是一年。有时候，能不能办到边防证或能办多久的使用期限，甚至成为衡量一个人在深圳混得好不好的标准之一。

在关外居住的时候，有好多次，我在急着要入城时，才发觉边防证已过期，匆忙找人办理，往往因为要得过急而令别人为难，难免遭受几句责备。如果一时办不到而又不得不进城，就只好到关口转悠，吸引"蛇头"的注意。"蛇头"是对带关者私下的称谓，这些人身上通常能掏出一沓空白的也不知道是真是假的边防证，花上数十元到一百元不等，就可以购买一张，即时填上。当然运气不好者很可能会白费一场，被检查人员冷冰冰地告知证件是假的，一把撕掉，然后带到值班室接受以罚款为主的处理。也有一些"蛇头"是仗着与守卫武警相熟而直接收钱将人带进去的，当然也不排除有与某位守卫武警串通分赃这样的嫌疑，也有一些"蛇头"是在隐蔽处"另辟蹊径"的……五花八门，不得而知。多年来，活跃在各个人流拥挤的关口，随时伺机与迟疑者或滞留者搭讪的"蛇头"，已成为人们一个心照不宣的认知。

我始终无法抹去这样一次记忆，2000 年夏天，桂林的朋友刘春偕同妻子黄芳从中山转道深圳，意欲探访在深圳生活多年的我，却不料因不知要事先准备边防证，在同乐关守卫武警上大巴查验时被勒令下车，抛在关口不知所措，在我的建议下转到南头检查站。我站在南头关口刚下过一场雨的湿润地面上，一一联络认为可能有办法的朋友，最终彷徨无策之际，忽然想起在某次酒宴上曾见过一位省边防局的处长，于是又在辗转中将电话打至广州，这位处长还算帮忙，接通南头检查站值班室的电话，让值班室临时帮办了一个仅限一周的通行证。由此，从桂林远道而来的刘春夫妇才得以在深圳的天空下，与我们度过几天诗酒相酬的时光。

布吉关是从东面进入深圳市区的主要门户，连接郊区龙岗以及邻市惠州、河源等地的国道，梅林关开通之前，市区北郊的龙华、观澜、平湖各镇的人们，也通常由此入城，而梅林关的劈山开通在为布吉关分担大量人流与物流的同时，更造就了梅林关外人气、地气的空前旺盛。南头关则主要迎接取道宝安西来的人们，与布吉关一同成为人流量最大的关口，这两道关口通常是交通电台报道最频繁的地点，尤其是在人流车流出行的高峰时段。同乐关扼守广深高速入城之处，入关则直达北环和滨海两大主干道，占尽便利之势；白芒关连接石岩镇，与西丽相通，更多的是方便关外工厂发往香港的货车，连接东面横岗、龙岗各镇进入深圳水库地段的沙湾关亦如是。梅沙关由大、小梅沙东出葵涌、大鹏、南澳各镇，公路一路傍海延伸，风景宜人，更多走动着的是到东部海滨去休闲度假的人……走马深圳由东环北向西的二线关，大体就是这样的情景，而南面与香港相隔的则属一线关了。

可以这样说，由二线关入城，才算真实地投入了深圳的怀抱，由此徜徉开去，一个又一个传说中的地点随即历历出现在眼前。只是这种徜徉是需要付出不可预知的代价的，如我，就花了七年多的青春时光。古人走马看遍长安花，然而深圳不是蕴藏历朝遗风的长安，二线关也不是那高高耸起的古老城门，追究起来，自然不能是"走马观花"，而只能是慢慢熟识以及被打动了。

穿行

粤港边防管理线

在深圳厮混过的人，无论遭遇什么样的经历，也不管逗留多久，大抵都免不了对"二线"生出切身的感受，而"一线"却往往止于道听途说。对更多的人而言，"一线"近在咫尺，却相隔天涯。这一条蘸着百年沧桑的历史之"线"，如同一道跨在海市蜃楼之外的彩虹，让人通常在可望不可即之中又生出无限的想望。

"一线"比"二线"蕴含着更深的内涵，并且延伸的历史更为久远和神秘。一般说来，有"一线"方有"二线"，如果说"二线"代表了中国改革开放探索阶段一个特殊的界定，那么"一线"则代表了国家一段饱含沧桑的历史及其存在的因由，也代表了一项变障碍为共通的决策进程。从 1997 年香港回归开始，一线在轰鸣中的建设与拓变在某方面又反映了国家的发展与繁荣。

1969 年，驻守在深圳的广东边防总队第六支队在荒芜的粤港边界线上拉起一道简易的铁丝网，这就是最初的"一线"。"一线"原指深圳东起南澳与葵涌、西至宝安固戍的长达 260 公里的陆路边境线。1988 年以后，确定为东起盐田避风塘、西至南头大新码头绵延约 70 公里的边防线。"一线"的名称，也由最初的中英之间的边境线改称为粤港之间的边防范围管理线，统称为"粤港管理线"，实际上就是深圳经济特区与香港特别行政区之间的分界线，而最明显的分隔就是深圳河和梧桐山。一河之隔、一桥相接、一峰相连、一湾相望、一街相通……左炮台、赤湾港、深圳湾、红树林、罗湖桥、梧桐山、中英街、大小梅沙……成为这条管理线上鲜明夺目的风景，随着深圳的传奇崛起，一直牵引着人们无休止的揣测和遐想。

　　1997 年香港回归之后，粤港管理线几经变迁，在深圳的城市建设中不断向外迁移，截河填海、劈山修路，使得原来一些铁丝网内的风景真切且近距离地呈现在人们的眼前，最明显的如红树林自然保护区即是。然而，和着历史纷争的沧桑烟雨，糅合改革开放的风云变幻，一线从"边境线"到"管理线"的变迁，在很多人眼中，到底还是充满旷远的神秘和未尽的惊奇。并不是每个人都有机会亲身探究这条充满故事的百年轨迹，即使到了粤港管理线业已卸下敏感面纱的今天。透过远去的金戈铁马、鼓角争鸣，历史的硝烟依然像一团无法散尽的雾气一样充满诱惑与神奇。

　　粤港管理线上弥漫的神秘，并不完全在于历史造成的禁忌，更多的是那些遥远而隔阂的流传与生长。我曾有幸亲眼见过沿线的景象，在兴奋惊奇和神思交错中进行过一次由始至终的探访之旅。在香港回归一年之后的春天，其时我接受《深圳人》杂志的采访任务，从最西端大新码头出发，穿越南山、福田、罗湖、盐田几个区的边缘地带，一路东行至最东端盐田港避风塘，并就几天下来的耳闻目睹写了一篇长达 8000 多字的纪实文章。这篇文章就刊登于《深圳人》月刊 1999 年第 2 期，内中对沿线变迁、景物风光的大量描述以及搭配的一批图片，较早在公众视野里展示了粤港管理线鲜为人知的景况，可以说是相当珍贵的。

至今我脑海中仍历历闪现我在粤港管理线上穿行的情景，这一经历于我在深圳七年的居留中，算得上是一次奇特的际遇。在大新码头道路尽头的岗楼之上，我看见一派芳草萋萋、平野荒凉，久久黯然无语；在赤湾宋少帝陵和林则徐在鸦片战争期间布防的左炮台，远眺水面辽阔、波澜相拥，怀古之情激烈而怆然；在蛇口半山军营和港外的军舰之上，想象军营生活的紧张与新奇，内心思绪万端；在铁丝网隔开的红树林带，站在仿佛是群树托起的岗亭上面，但见众鸟翻飞、绿树摇风，不由心旷神怡；在著名的罗湖铁桥旁侧，凝视河对岸香港元朗鸡犬相闻的农田屋舍、袅袅炊烟，一时百感交集；在梧桐山麓，看到环山腰的铁丝网几乎被无边的荒草遮没，山谷中的营房旁边的菜畦猪舍，竟不知置身何处；在盐田港码头，穿行在成片堆积的集装箱中，走近一个像竖起的集装箱一样的岗亭，感觉一时交错不明……这一切，并不都在我的文章中得到呈现，但在我内心抹之不去，而有一些景致，恐怕就在我的转身之隙便不复存在了。

粤港管理线上出入深圳和香港的"一线关"，最知名的当数深圳火车站侧边的罗湖口岸以及位于沙头角的中英街，其次就数福田保税区外的皇岗口岸了。据说罗湖口岸每天往来深港的人流都称得上熙熙攘攘，尤其是节假日，到深圳或广州、东莞等地购物和度假的境外人员更是蜂拥不息。香港回归之后的数年来，港人喜欢在周末假日到深圳大肆搜购物品，已是众所周知的现象，连报纸都曾经很当回事地做过专题报道。又有很多香港人在深圳、东莞一带置业买楼，常常阖家过来度假，一方面转换生活环境，一方面又能避开香港相对昂贵的消费。如此种种，真是何乐而不为，而连接深港的罗湖口岸，有京九铁路贯通而过，相接两地，交通便利快捷，也难怪罗湖口岸人流如织了。唯一遗憾的是，罗湖口岸每到午夜 12 时即开始闭关，致使出入者都必须将时间限制在当天关闸关闭之前，听说有不少晚上从香港过来深圳消费的年轻人，经常会选择周末在深圳逗留通宵，到第二天早上通关再回去。

罗湖口岸就在深圳火车站的侧边，不远处矗立着横跨深圳河、象征着广九通衢的罗湖桥。罗湖桥梁最早是一座木桥，在桥中间用红色油漆画线为界，1906 年广九铁路修建时成为铁路桥，以中孔第二节为界，一边属香港，一边属深圳，由中英双方分别修建。1911 年 8 月 14 日，罗湖铁路桥联轨通车，第二天，首列从广州开出的火车驶过罗湖桥直抵香港尖沙咀总站。后来，罗湖铁路桥历经拆毁和重建，接着又随着新铁路桥的建成，最终于2003年宣告彻底退役，被整体迁移到原址不远处作为历史文物永久保留。1981年，在罗湖铁路桥的旁边，又修起一座罗湖人行桥。1986年，现代化的罗湖口岸联检大楼双层人行桥于铁路桥东侧建成，上、下层分别为出境、入境通道。

中英街位于深圳东部的沙头角镇，原名"鸬鹚径"，本由梧桐山流向大鹏湾的河流河床淤积而成。1898年，英国政府与清政府在北京签订了《展拓香港界址专条》，英国人强租新界，沙头角被一分为二，东侧为华界沙头角，西侧为英（港）界沙头角，故名"中英街"。这是一条长不足半公里、宽不过几米的小街，街心以"界碑石"为界，街边商店林立，有来自五大洲的商品，琳琅满目，物美价廉，因此成了购物的天堂。深圳特区设立后，中英街又被称作"特区中的特区"，需要办理"特许通行证"才能进入。1983年，内地和香港政府签订开放中英街协议，使这条特别的街道迎来了空前的繁荣。1997年，回归后的中英街东侧属深圳，西侧属香港，成为"一街两制"的历史见证。

皇岗口岸与广深高速公路近距离对接，距离深圳市区繁华地带，尚有一段距离，因此是车辆出入的最佳通道，尤其是往来粤港之间的货柜车，据说当时这是全国唯一一个24小时通关的口岸。1997年4月21日，解放军驻港部队首批40名先遣人员就由皇岗口岸进入香港。回归当日早上，大批队伍分别由文锦渡、皇岗等口岸浩浩荡荡开入香港，当时"一线"沿途口岸地带，一度凝聚了几乎全世界的目光。（2003年国庆期间，我在电视连续剧《归途如虹》中重温了解放军部队进入香港的情景片段，而《归途如虹》的编剧之一、我的朋友宇龙，却已在2001年的一次意外中身遭厄运，我目睹了他生命的最后一刻。）据介绍，皇岗口岸一带，也是数十年来偷渡者伺机逃逸的地带，是曾经的数次"逃港潮"的主要发生地，守卫在这条线上的广东边防总队六支队战士就曾在附近前后捕获过一批蛇头和偷渡客。在我走访粤港管理线期间，带队的六支队宣传干事就向我指出过几处偷渡者惯常选择的地点。

　　我至今依然无法说出粤港管理线上到底有几个"一线关"，即使在将这条线路整个穿行了一遍之后，我仍对其中的一些地段怀着揣测和茫然。在我看来，无论是历史还是现状、甚至将来，无论经历怎么样的沧桑变化，粤港管理线上飘荡的岁月或时代烟云仍将萦绕不去，散发出亘久不灭的神秘与想象。

深圳·地王大厦（潘漠子绘　2004年6月）

深圳·老东门（潘漠子绘　2004 年 6 月）

梅林水库
一漠子·2004

深圳·梅林水库（潘漠子绘 2004 年）

深圳·深圳书城（潘漠子绘 2004年6月）

深圳·深南大道（潘漢子绘　2004 年 7 月）

深圳·舞动的梅林一村（潘汉子绘 2004 年）

深圳·南头关（潘漢子绘　2004 年）

深圳·银湖汽车站（潘漢子绘　2004 年）

宋庄生活笔记

我入住宋庄是在2006年春季，这一时间前后，正是宋庄作为中国最受瞩目的艺术家聚居区方兴未艾之际，可以说正处在重要的转折阶段，面临艺术的自由松散转向接受主导的艺术产业化的风口。这一年在宋庄纯粹的赋闲生活于我意味深长，我从未像这一年如此无所事事却又充分细致地观照生活和心灵。为此，我写下了大量生活笔记，这些在某个时期真实记录下来的文字是不受时间制约的，尽管如今的宋庄比之我当时置身的宋庄，已发生了巨大的变化，陆续有人离开和到来，不少地方甚至已是人物全非，但在我与宋庄共同的记忆中永远存在。

宋庄
艺术家村的
庸俗日常

在这个庸俗的年代，我们的生活也不免庸俗着，即使刻意打着艺术的旗号或者宣称诗意地安居。由艺术家自发聚居而逐渐成为中国最大艺术家村的宋庄，虽然以接二连三的艺术声响备受关注，但无论如何也回避不了庸俗的一面，生活的劳碌琐屑以及功利的追逐依然笼罩在浮起的艺术光环之上。艺术不是对庸俗的回避或逃离，而应当是对庸俗的消解及排除。艺术也并非不食人间烟火，而应当是人间烟火中形成的烛照精神的火焰。

按照时代文艺出版社 2005 年出版的《中国艺术名镇宋庄》所述，宋庄艺术村的最初形成，与圆明园画家村有着不可割裂的关系。1994 年初春，画家方力钧、刘炜、张惠平、杨茂源、王音和批评家栗宪庭等人相约找到了宋庄，选择宋庄的原因是这里远离城市的喧嚣，但又没有彻底脱离作为文化中心的北京。半年后，圆明园其他一些艺术家杨少斌、高枫华、马子恒、张鉴强、张民强、姚俊忠、王秋人等也闻讯到小堡村买了房子。第二年，由于圆明园的画家们被遣散，宋庄又陆续迎来了一些从圆明园撤出的艺术家，最早的有鹿林、陈牧、王庆松等人。一两年后，许多圆明园艺术家如杨卫、王炎等人也从其他地方陆续搬到宋庄定居。

宋庄就像一块磁铁，吸引着越来越多的艺术家，成为国内最大的艺术家聚集地。主要分布在小堡村、宋庄、大兴庄、喇嘛庄、任庄、白庙村、北寺村、龙旺庄等村庄。艺术家的成分也越来越复杂，人员构成由原来单纯的架上画家，增加了雕塑家、行为艺术家、观念艺术家、摄影家、独立制片人、DV 艺术家、音乐人、自由作家等。宋庄的艺术家不仅集中，而且有很多当代艺术的先锋人物和代表人物，其中，不少人的作品在国际画展上频频展出和获奖，成为宋庄国际声誉的主要制造者。此外，现代艺术的主要流派在这里都有所体现，20 世纪 90 年代以来兴盛不衰的玩世主义、政治波普、艳俗艺术的主要代表都集中在这里。

以上对于《中国艺术名镇宋庄》的文字引述，勾勒了宋庄艺术家村的背景及形成。然而，对于众多进驻宋庄的艺术家来说，能够进入书面记述的不过是少数中的少数，并且永远都不可能有详尽确切的记述，而每一个来到宋庄的艺术家又各自有着引人探询的经历和际遇。假如认定是艺术造就了这个村庄的神秘，那么置身其中的艺术家们的生活，则应当被认为是神秘中的隐秘，而这些隐秘才是最为真实的。作为曾经的一分子，我愿意用当时的亲身经历和记录作出片面的见证。

　　我入住宋庄是在 2006 年春季，这一时间前后，正是宋庄作为中国最受瞩目的艺术家聚居区方兴未艾之际，可以说正处在重要的转折阶段，面临艺术的自由松散转向接受主导的艺术产业化的风口。世纪之交的宋庄，承接了 20 世纪 80 年代中国人文气候的余绪，日常滋养，万物生长，正是自由绽放的最好岁月。艺术不高高在上，艺术就是日常。我来到的正是一个处在万物自然长成状态下的宋庄，艺术和生活均是如此。那时候，我像个不事一业的闲居者一样跻身其中，跟众多画家、雕塑家、作家、导演、歌手、摄影师为邻，与游荡者、寄居者、小生意人、村民等厮混在一起，自由交往，平淡相处，间或高谈阔论，诗酒唱酬，更多的时候各安状态，闭门创作，种菜养花，逗猫弄狗。那时候，我一点也没感到有什么艺术，现在回想起来，又觉得这才是艺术最为自然的样态。

　　2006 年在宋庄纯粹的赋闲生活于我意味深长，我从未像这一年如此无所事事却又充分细致地观照生活和心灵，并且那么热衷于留意身边的声响。为此，我写下了大量的生活笔记，同时还有一批诗歌、小说以及艺术评论。笔记累积 10 多万字，当时只是按照生活和感触随手记下，同时有意忽略了日记式的限制。在我看来，这些在某个时期真实记录下来的文字是不受时间制约的，尽管如今的宋庄比之我当时置身的宋庄，已发生了巨大的变化，陆续有人离开和到来，很多曾令我沉浸的事物和景象都已不再，不少地方甚至已是人物全非，但在我与宋庄共同的记忆中永远存在。我记下的是以自己为中心的一个时期缩影，代表了我在某段时间内对自我、生活、思想以及身边的事物与人的观照，代表了我这样一个游走者与一个蛰伏着理想的地方的相互抚慰。

我曾将 2006 年在宋庄写下的生活笔记收录结集，命名为《宋庄艺术家村的庸俗日常》，那时我过于顾及这个地方的艺术声名，总觉得这些记录是与此不相融洽的，只能看作是庸俗的日常，但无论如何都是我所经历的真相。也许，艺术的局部真相，就隐藏于看似非艺术的日常当中。以下的文字，就是经过整理的 2006 年宋庄生活笔记。

来到
传说中的
宋庄

~~~~~~~~~~

　　北方的春天来得实在迟，虽然已是阳历四月下旬，北京仍
然显得寒冷，稍稍沾染上春日气象的城市像是刚刚睡醒，在蓬
松中有些茫然。我就在这个春天沿着漫长的铁轨，从京广线的
最南端来到最北端。在潘漠子和黄河位于大望路的工作室借住
了几天后，我计划寻找一处自己的房子，北京昂贵的房租使初
来乍到的我不得不把目光从一开始就投向遥远的郊外。与潘漠
子商议之后，我们决定到宋庄去一探究竟。之前，早就听闻宋
庄是一个艺术家聚居区，那里聚集了为数众多的各色各样的艺
术家，而且几乎是每人居住一个院落，更值得欣喜的是房租相
当便宜。这自然很对我的脾气，尤其符合当时的经济条件。

　　潘漠子来自安徽安庆，兼有诗人、画家、雕塑家、平面设
计师多重身份，数年前，我们作为怀揣艺术理想的寻梦者在深
圳相遇，并共同创办了后来被认为是"中国 70 后诗歌运动先

声"的《外遇》诗报,更重要的是建立了兄弟般的情谊。他先于我由南漂客转为北漂客已有一年多了,对宋庄也心生向往,早就想在那里弄一个画室,我的到来促成了他犹疑已久的行动。由此,我们来到了传说中的宋庄,抱定想法要租下一个宽大的容得下想象驰骋的院子,但因为人地生疏,在小堡村转悠了几圈,一无所获。主要的原因,是我们在来之前没有做好功课,低估了这个地方的辽阔和封闭,村巷繁杂,庭院幽深,除了小堡广场一带的商业区,其他地方大都寂寥无人,也基本上看不到有房屋出租的信息。在连续穿行了数条巷道之后,我们不得不决定先离开,回去打听清楚或找到熟悉内情的人再来。

宋庄的声名鹊起,也就是近几年的事,据说自 1994 年第一批画家由圆明园迁至宋庄后,持续吸引着四面八方的艺术家纷至沓来,至今以小堡为中心的邻近村落已经有上千名艺术家聚居,好些享誉国际的美术界大腕如栗宪庭、方力钧、刘炜、岳敏君、杨少斌等已在这里购置地皮重建了房子。随处飘荡的艺术气息使宋庄蒙受着种种揣测,在宋庄行走,时时都会触碰到其中隐匿的人和情景,不经意的一下擦身而过说不定就是接下来的一场风吹草动,这已经不是什么奇怪的事了。在这里,目不识丁的农民也能随口说出几个知名画家的名字。走在宋庄,我多年来束发蓄须、蓬头垢面的形象也终于不再另类了。

小堡村在 2006 年被评为"北京最美的乡村"之一,这自然是其作为众所周知的艺术家村的结果,而不是因为这里天然的风物风情。但有一点可以肯定,随着越来越多艺术家的进驻,一些艺术家按自己的设想建造了充满意趣的房子，更多的艺术家在租住的院落中安顿下来后，也把居住的环境整理得风貌卓然。此外，随着与之相关的公众活动场所如美术馆、艺术区、画廊、文化广场，包括一些带有展览功能的饭店的增多，以前哨画廊为例，这个冠以画廊之名的饭店在进门处挂着一块由栗宪庭先生题写的"吃饭也是艺术"的牌匾，一度传为美谈。宋庄已不再是那个处在北京远郊的紧邻河北的偏远之地，已成为一个糅合了艺术、文化、自然以及生活气息的特别聚落。

虽然第一次到宋庄找房子毫无头绪，但意外的是当晚在朋友安排的通州饭局上结识了几位居住在宋庄的画家，他们都说大概知道哪里有房子正在出租。第二天中午，我们再次来到宋庄，在画家四毛（陈牧）的引领下顺利定下了小堡西街的一个院子。院子在村庄的最西边，再过去即是天高地阔的原野，返青的树木错落有致地排向远方。这是一个旧式农家院落，足足有一亩地大，七间平房一字排开，偌大的院子里挺立着一棵远远高出屋顶的香椿树和一棵瘦长的柿子树，上个冬天落尽的叶子刚刚开始重新长出来，房东说香椿树的叶子可以吃，柿子树每年要结半筐的柿子，"这些都归你们了！"也许房子闲置有些时日了，房东显得相当爽快。我们站在院子里跟他磨蹭了一会，将房租由每年 10000 元降到 9500 元，理由是要真正在这里住下来，还得花些时间和银子修整一下，而事实也的确如此。

入住宋庄的
第一个
夜晚

~~~~~~~~~~~~~

　　院子虽然破旧了一点，而且久不住人，显得杂乱荒芜，稍稍带着衰败的气息，但那种空旷和宽阔相当符合我的想象。从租金方面来说也相对便宜了，足有 700 多平方米的院落，9500 元一年的房租，算起来每月不过 700 多元，这实在令人有些难以想象，却在我们面前真实地展开，重要的是使生活骤然布满了自由和可能。

　　院内一字排开的七间房子，有四间是明显的旧建筑，看得出至少已经历了二十多年的光阴，不仅青砖泛着岁月的幽光，连地板也是那种老式的水磨石块。另三间稍新一些的是后来加建的，分别与旧房子两边连接起来，也已有十年左右的光景。可以想象，后三间房子的加建，使原先就独成一体的院落一下子变得辽阔，俨然一个乡村的大户人家。七间房子一律青砖红瓦，正面统一为阔大敞亮的玻璃窗，不同的只是四间旧房子的窗户是充满年代感的木条窗格，打开窗户时须从内向外推起，然后用一根支棍顶住，而三间后来加建房子的窗户则使用了铝合金，打开的方式也使用了推拉式，虽然方便却为我所不喜。我一下子迷上了老房子的窗户，它嵌着小块玻璃的一格一格的结构，如同南方旧建筑中的雕花木窗，透出民间工艺的韵味，尽管事实上远没有那么精致考究。

就我个人的喜好，也一直更喜欢泛着独特风味的老房子，那里面不仅凝结着先人对房子的意趣，更闪现着年代的幽远的光芒，充溢着未明的往事的声息。我急于在这个院落中安顿下来，并且一眼就瞄上了那个有着一面大土炕的房间。这是我第一次看到纯粹的完整的土炕，土炕紧贴着窗户用青砖砌起，上面用泥土夯得坚实平整，横抵两边墙壁，宽大得睡十个人都不成问题。房东说这个土炕在冬天还可以取暖使用，在通往外间的灶台生火即可，并说到冬天时如果需要木柴，跟他说就行，他可以帮着购买，保证木柴又好又便宜。

几天之后，因为潘漠子总是忙于工作室的事务，迟迟不做搬迁的行动，无所事事的我按捺不住入住院子的新奇，于是独自过来拾掇了一间房子，先行住了下来。由于那个有土炕的房间过于凌乱，石膏板加做的天花板斑斑驳驳，布满似乎一触即落的残片，收拾起来颇费功夫，我只好先收拾另一个放着两张铁架床的看起来整洁一些的房间，也无非是打扫干净，将铁架床摆好，铺上简单的被褥，又出去购置了一些必备的生活用品，就算是住了下来。这个晚上，我独自站在空落凌乱和略显荒凉的院子里面，周围一片静寂漆黑，而我一点也不感到孤单。

作为艺术家村一户新加入的住客，我们院落中的七间房子，除去生活场所的安置，当然会出现画室、展厅这样的艺术工作场所。头天在城里，潘漠子还兴致勃勃地按房子的分布勾画着修整的草图，设定哪一间做画室，哪一间做客厅，哪一间做卧室，包括院子里应该如何改造。但不管如何设想，最先要做的还是安顿下来。如果不是亲力亲为，完全想象不出开辟这样一个新居所是何等费心劳力。我孤身一人，携带着简单的行李，要在这一处近乎破败的屋子展开新的生活，好在已习惯随遇而安，并没有失措无绪，反而有着莫名的兴奋。我并没有过多地为自己的初来乍到而迷茫空虚，内心盘踞的渴望与梦想就像是一块磁石，轻易地将我与北京、与宋庄牢牢吸住。今后，宋庄无论如何都会是梦想偏安的一隅。我无意为燃起的激情做出什么承诺，但无疑已真实地感受到激情带给我的希望，它是我由南方向北方奔赴的第一道光。

宋庄并不是一个村庄，而是一个镇，属通州区管辖，处在北京东部边缘地带，与河北省三河市燕郊镇，仅仅隔着一道潮白河。通常所说的宋庄艺术家村，实际上包括宋庄镇的多个村落，以小堡村为主向周围散开。虽然与城市相隔遥远，但宋庄与北京市区东面的国贸 CBD 商业中心，有一路专门的公交——938 支 9 路相通，因此往来还算便捷。第一次去宋庄，我们正是乘坐 938 支 9 路公交，由起点大北窑直接坐到宋庄镇上的小堡广场。

打扫
未知的
庭院

～～～～～～～

　　早上醒来听到一阵鸟叫，像是从梦境中直接抵达的一段旋律，我甚至听到了鸟抖动翅膀的响动。空阔的窗户向着天空和阳光敞开，院前柿子树长出的嫩芽竟是那样清晰入目。我想不出该如何形容宋庄早上进入我视域的第一重声音与场景，这是第一个我亲眼所见的北方乡村的清晨，它是那么清澈、贴近又似乎遥不可及。

　　北方乡村的生活设施比我想象的还要简陋，尽管我在南方乡村出生长大，但对这样的粗糙潦草还是有些不适应。由于这个院子有些年头了，加上久无人住，破落暂且不说，关键是日常生活最为依赖的厨房和厕所等于没有。起初，在房东一家居住的时候，应该是利用那个与土炕连通的灶台做饭，灶台上还支着一口先前使用的大铁锅，但如今这样的柴火灶显然已不可再用。厕所不过是一个露天的坑位，靠着院墙一角，下边挖了个化粪池，上边用几片石棉瓦遮挡。即使是如此原始的粪坑，也是后来因为居住的需求增加的，早前村里所有的院落都没有厕所，如厕需要去外面的公共厕所，很多艺术家在租住旧院子后，首要的事项就是修建厕所和厨房。现在，修建厕所和厨房也成为我入住这个院落的首虑之事。既来之则安之，面对暂时的困顿不便，我总得先克服适应。

水龙头安装在院子靠北的位置，在地面突兀冒出一截竖起的水管，旁边是一个用水泥板盖住的圆形井口，开始我以为那是一口水井，还奇怪地问房东怎么还没使用自来水，房东解释说那就是自来水的设施，下面有连接水管的水表和阀门，因为冬天太冷，水管埋在地下才不会冻结。他趁机叮嘱我，到冬天时，每个晚上要掀开井口的水泥盖，将下面的阀门关上，把冒出地面那一截水管里的水放空，不然水龙头就会被冻住，得用开水反复浇烫才能解冻，第二天要用水时，再掀开井盖将阀门打开。这是我从未听说过的一个生活小常识，也由此明白了在没有暖气的北方乡村旧院落，水龙头就只能如此安装，假如通出地面，一到冬天就会变成塞死的冰管。

水龙头下方，用水泥筑有一个方形的水槽。我一边在水槽边洗漱，一边打量着大而无当的院子，寻思着该如何清理布置，同时思绪不免飘忽，想象即将出现的场景。院子还没有来得及打扫，堆积的尘土像一处处存放已久的灰烬，眼前一派凌乱灰暗，略略泛出废墟的气味。我不知道昨晚屋外发生的情景，但分明感觉得到风沙在夜间的活动，毫无北方乡村生活经验的我居然把鞋子放在了房间外的门廊上，不想推开门时却看见蒙了厚厚的一层尘土，连鞋船内都像铺了一张灰白的砂纸，仿佛废弃在那里的一对静物。尽管对北京的风沙早有心理准备，我还是默默吃了一惊，看来这样的准备还须得落实到生活细节当中不可。

早饭后，我拿起扫帚，开始一个人静静地打扫。竹制扫帚扬起漫天的灰尘，尘土很厚，夹杂着干透的枝叶和杂物，我一遍一遍地洒水，又一遍一遍地挥动手中的扫帚。天气仍然寒冷，但我的身体在劳动中渐渐发热。后来，我将房子就近的一片地面全部清扫了出来，将扫出的尘土杂物集中到香椿树的根部，浇上一些水。打扫后的院子显得清爽有生气，我坐在门廊前，心底徐徐泛起愉悦和兴奋。

引领我们前来租住院子的画家四毛就住在百步之遥的地方，他来自贵州，是最早从圆明园转到宋庄的画家之一，可谓是这个艺术家聚落的元老了。打扫完院子，到四毛的画室小坐，他的哥哥、普洱茶专卖商陈蕃一道一道交替泡着几个品种的普洱。听说我因不适应北京干燥的气候而略有发烧，陈蕃当即送给我一包云南的三七花，这是他尝试随同普洱茶一同销售而带过来的样品，功效恰好是去燥排瘴。其实，经过一周，我已经稍稍能够适应了，刚到的两三天，喉咙总是干渴得不行，晚上睡醒甚至有烧灼的感觉。这两天已经缓和了过来，除嘴唇尚干涩，其他业已恢复如常。

入夜时分到小堡广场旁边的商场购置生活物品，顺便将在广东使用的手机卡换了。夜色清冷的小堡村鲜有行人，但我竟迎面碰上了前几天在通州饭局上认识的老画家包书彰。这位自号"梳杖"的老人，可能是宋庄最年长的画家了，曾是四毛中学时期的美术老师。去年，七十岁高龄的他从贵州高原跑过来，独自租了一个月租 400 元的院子。他豪迈而诙谐地声称他的退休金有两吊钱（2000 元），不用考虑靠卖画来养活自己，纯粹是为了丰富自己的晚年。老人家饶有兴趣地跟过来看我的院子，并邀请我改天去参观他的画室。

沙尘暴
扑面而来

在我沉湎过久的南方，好些人对北京常常诟病的就是沙尘暴，动身赴京前夕，就有人提醒过我要提防沙尘暴，并话中有话地打趣说此行不要把自己弄得灰头土脸。我虽然没有亲历过沙尘暴，但屡屡见识过台风，心想陆地荒漠袭来的狂风怎么也不会比海洋深处涌出的旋风凶猛吧，因而并未特别在意。令我万万意想不到的是，沙尘暴对我生活阅历的闯入会是如此突如其来，这传说中肆虐的事物，竟是如此不需要预兆和防范。在与四毛兄弟的交谈中，我得知今年的第一场沙尘暴已经开始生成，但还没到猛烈的程度，接下来必定会持续发威。我才明白原来早上看到的灰尘堆积景象并非常态，否则真不知道以后该如何与这样的环境相处了。

确实，头天夜里悄然袭来的沙尘暴不过是一个柔和的前奏，而这种令人谈之色变的灾害性天气绝对是一首称得上持久的跌宕起伏的狂想曲。或许是为了让我充分见识到它的威力，沙尘暴终于真实地扑面而来。下午在四毛的画室里聊得正酣，抬头看见外面卷起了漫天的风沙，漫漫的沙尘在骤然降临的阴晦中如同雾气般在大风中涌动，较之暴雨来临的气势还要使人骇然。天色变化如此突兀，令我有点不知所措，猛然想起中午清洗的衣服还晾在自家的院子里，赶忙跑回去，一切为时已晚，绳子上悬挂的衣服已成为风中猛烈摆动的纱布，还有的被吹落到了地面。待我将用清水滤净拧过的衣服移到空屋子里挂好，掩上门走出来时，风沙似乎压得更低，盘旋在院子里像是一团团左冲右突的微小而密集的蜂群。我再次走出门，巷道彻底为风沙占据，一道道灰黄的沙影跑过去又折回来，我的嘴里倏忽沾上了细密的沙粒，上下牙床发出轻微的"咯咯"声，面前的每一处空隙仿佛都是一个个鼓风口，不停息地向世界喷涌着不可言状的如怪兽般冲撞的沙尘。

以前听人说起或在电视上看到沙尘暴时，我无论如何都想象不到竟是如此的猛烈恐怖。宋庄一带属于盐碱地，土质沙化，土层稀薄，又是空旷的郊外，刚刚返青的树木枝叶稀疏，我想我此刻遭遇的沙尘暴，不少在北京有些年头的人可能都没有亲身领略过。我不知道这是我的幸还是不幸，就像有人向往漫漫大漠和莽莽雪原，沉湎于那趋于静止的画面中的苍茫景象，却不思考其中肆虐的侵蚀与伤害。沙尘暴在南方仅止于一个传说，顶多使人啧啧咋舌，而在切身承受的北方，有谁能够轻松剔除这些扑面而来的惶恐及不安？后来，从新闻中看到，这是北京有史以来最大的一场沙尘暴，我竟在入住宋庄的第一个晚上就浑然不觉地与其前奏遇上。

这一整天注定要遭受沙尘暴后续的困扰，尽管上午时分阳光仍然是那样明亮高远，天空甚至呈现出层次分明的湛蓝和朵朵白云，但风一直在清冷地刮着，院子里的香椿树和柿子树发出持续的沙沙声，院前靠门廊吹积成长长的一列尘埂，仿佛是有意筑起的一道低浅的堤痕，或者是风沙连夜做成的一个装置。我无法拿起吹倒在地的扫帚去打扫，唯有缩回屋子里紧闭门窗，却又抵挡不住心绪不宁，时不时推开门窥探一下。

即使穿行于京城堂皇光洁的高楼大厦间，仍然随处可见偏巷楼角沉积不去的灰尘，这自然是风沙持久的影响。在宋庄，触目所见的屋前巷陌，似乎从来就没有消除过灰尘，甚至屋内刚刚擦拭过的桌面都无法干净多久，这是一个耽于南方生活经验的人所难以接受的，但我除了尝试着尽快置之度外别无他法。从四毛的画室告别出来时，他嘱咐我说这两天依然会有沙尘暴，没事不要随意出门。当我捂紧风衣走回自己的屋子时，仍然听到风沙在外不绝追赶奔突的声音，如同一个任性的孩子在盲目而执拗地争取着没有来由的抚慰。

院子里
展开的
生长

~~~~~~~~

　　小堡村到北京市区东面繁华地段也即国贸 CBD 一带坐公交大约需要 50 分钟，938 支 9 路公交每天早上 6 点至晚上 9 点在宋庄佰富苑和朝阳区大北窑之间来回开，与通州北苑、大望路、国贸几个地铁站接驳，还有高速公路从宋庄穿越而过，因此入城还算是可以把握的行程，当然对于四顾辽阔与车水马龙的京城，谁也无从说出每次抵达的时间和地点。尽管我初来乍到，传闻中的故宫、天安门、颐和园等向往已久的地点就在近处召唤，但仍然鼓动不起游览观光的念头。我需要的是自然而然的介入，就像陷入生活的真实一样缓慢而沉浸地展开。我从来就不是耽于风景的看客，而愿意做天地万象中一个用生活和生命游动的小小事物。

　　入城去取一些从南方带来的物件，傍晚与潘漠子一同返回小堡西街，房东已经等了一天，因为我们原先约定今天交给他一年的房租并商议如何整修院落。汉子大概被北方地面的荒漠困扰得太久了，心急看到院子里蓬勃的生长景象，开口就让房东找人将院子里的混凝土表层打掉，以便种植草皮，一如他规划院子时最先想到的是把那一处位置划作菜地，那一处划作花圃。我不得不打断他，对房东说先整修屋子，其他的接下来再说。实际上我更焦虑于北方的风沙和荒芜的地表，它无时无刻不使我的南方生活经验遭受打击，"居安"的道理是先"居"而后"安"，相信接下来的院子里不仅会出现草地绿荫、菜畦流水，更会不断呈现出生活和艺术的和谐。

从宋庄醒来的头一个早上，透过不加遮挡的窗玻璃，我发现院前柿子树抽出的幼小的叶芽，竟然显得无比清晰。这对于一个长期耽于城市夜色，每次醒来都惺忪着双眼的懵懂客来说，简直不可思议。这棵柿子树几乎随着我的到来而展开这一年的生长，因为我入住的头天它似乎还是光秃秃的，它的新叶恰好就与我在同一个早晨展开对面前这个世界的张望。由此，我曾瞬间动念每天起来均先观察一遍柿子树，我觉得我完全有理由沾染上这棵树生长的气息，它是那样自然与清新，一如我刚刚投入的北方以及这个以艺术名之的村庄。

这天早上，我又一次在早晨的清朗中与柿子树相遇。几天过去，它几乎已说得上枝叶青翠了，一旁的香椿树也长出了无数紫嫩的叶芽，像是一簇簇在枝头上绽放的细密的花蕾。柿子树我算得上相当熟悉，在我出生成长的南方乡村也有，小时候，我曾尤数次采摘过树上长成的还未完全成熟的柿子，拿回家埋在谷堆里，几天后柿子就会变黄熟透。而香椿树之前并未见过，其最早进入我的想象，应该是源于苏童的小说，记得他早期的作品中常常会出现香椿树街，曾引起过我无端的揣测。如今，当香椿树如此真实地呈现在面前时，我反而不知该如何去描述，它的叶子带着迷人的紫色，采摘时会有一阵独特的香气溢出，连手指似乎也沾上了香液，难怪能勾起人们嚼食的欲望。在我看来，紫色的确是一种蕴含着风味的馋人的色泽，而汁液含香无疑更具有勾引味蕾的效果了。

北方的春天尽管来得迟，但转眼之间就已迹象明显，那种生长的迅猛亦是我意料不到的，近乎改写了我这个南方人对春天和自然的肤浅认知。不仅香椿树和柿子树长势惊人，新枝绿叶几天下来就蔓延成荫，不久前刚刚扫开尘土杂物的青砖铺设的地面，不知何时也已一改干涩和单调，纵横交错的砖块缝隙间冒出一处处细小的花草，院子一侧应该是上一年遗留在土里的小葱，在春天的召唤中长出，前两天我有意识地浇了一些水，没想到它竟一下子茁壮起来，悄然挺直和茂盛。这天中午，我摘了几根小葱就着鸡蛋下面条，感到无比香甜。临近傍晚，女房东过来摘香椿叶，她拿绑着铁钩的长竹竿将香椿叶连着细嫩的枝头一簇簇勾下来，掉到地面像是一串串紫色的花束。她说香椿叶相当好吃，算得上是很受欢迎的野菜，市场上卖得可不便宜。临走时，她特意留了一把给我，说叶子并嫩梗加上盐和醋凉拌了就可以吃，或者可以用来炒鸡蛋和下面条。晚上，我尝试着用来炒鸡蛋，果然别具风味，是我先前并未享用过的美好的味道。

从土炕的
梦境
醒来

~~~~~~~~

　　房东前一天临走时说请人来帮我们整修院子，没想到第二天临近中午他竟一个人推着工具车出现，说村里造房的人家太多，一时找不到人手，修房子的工人至少得一周后才能腾出空隙。随即，房东开始在院子里砸开水泥地面翻土，到底还是按漠子的意愿先事种草。尽管我是农家孩子出身，自小参与农事，但砸地翻土这类重活，还是望而生畏，只好拿起扫帚和抹布去清理里屋。之前面对宽大的院落和众多的房间，我总觉得该找几个人来帮忙才能动手清理，其实房子尽管显得陈旧破落，清扫起来还是不算十分费劲，只是沉积得过久的尘埃令人却步而已。自然，修房子是我及漠子力所不能的了，因为原先的厨房也许就是土炕外间那个柴火结构的灶台，而厕所不过是院墙边一个简单遮挡的露天粪坑，院墙外修建了一个化粪池，这样自是诸多不便，因而当务之急是修建厨房和厕所。这样的"工程"

当然得房东来解决了，商议的结果是购买砖瓦材料的费用和修整工钱由我们来出，房东负责找干活的人。

房东花了一整天时间把院子中间的一大块地翻了出来，将土铺平，我仿佛看到了上面蓬勃的北方的绿；我同样用上一整天，清扫出两间屋子，其中一间就是那个有着一个大土炕的房间。晚上，我将铺盖从另一屋的铁架床搬过来，抢先体验了一回睡在大炕上的感觉，虽然时令已是不需要生火的晚春，我不过是攀附了火炕的形体。我想，到下一个冬天来临，这个土炕就会成为我名副其实的"温床"。宋庄乡村的旧房子没有暖气，以前家家户户自然就是全家挤在唯一的大土炕上过冬，即使现今新建的房子，也没有像城里的房子那样统一供暖，所不同的只是新房子基本上都安装了土暖气，各家都有一个锅炉房烧暖。但听说这样的土暖气供暖不足，远比不上土炕烧起来使人舒服自在。房东说这个院子建于 1981 年，仅有一间房筑有土炕，至今保留完好，而村里像这样有年头并功效完备的传统土炕已是很罕见了。

清晨 5 点多我就从土炕的梦境中醒来，屋外已是一片明亮，荡漾的鸟声促使我一下恢复神清目明。起身在院子内走动了一会，看到房东留在院墙边的铁锹，油然生出一股劳动的冲动，随即拿过铁锹将水龙头侧边的一小块地翻起，将靠院墙长着的青葱移植过来，因为院墙边即将修建厨房和厕所，而我原本就计划把水源一侧用作菜地。翻过的地面散发着泥土的芬芳，移植后的小葱依然青翠人目，只是不知道它能不能顺利成活生长。

将近 7 点，接到吴震寰的手机短信，他乘坐的列车从粤西贯穿 38 个小时的时空抵达北京西站，即将出现在宋庄与我会合。吴震寰是我在广东结交的一个意气相投的朋友，实际上我们相识不久，就在我即将离粤赴京的前一个月，在一个人声喧哗的文学聚会上，我们在人群中一眼就认出了对方，有意思的是其时我们都不约而同确定了北上的计划，只是那时我尚未意识到会来宋庄，而他则是抱定决心要投奔宋庄。他长期在湛江一个警官学校任教，业余却诗书画三修，当艺术在内心越来越庞大时，他毅然作出了辞职出走的决定。由此，我们相识伊始即立下一个约定：在这个辽阔的春天，有两列装载着艺术理想的火车，一前一后地穿过意味深长的京广线……意料不到的是，我竟比他还更早一步到达宋庄，这个我刚刚进驻的空旷院落，自然也成了他投奔宋庄的第一站。

　　在劳动过后的院落里静静地等候朋友的到来，所有的场景都蕴含着守候的气味。我开始意识到，原来我昨夜搬迁房间的举动，并不仅仅是为了体会我没有体验过的土炕，更包含着有朋自远方来的热望与期待，那间我最先收拾好的屋子，将会成为践约而来的朋友初来乍到的安置之所。又坐了一会，我不等震寰的手机短信再次发来，便步行出小堡村口迎接。

宋庄
这个春天的
农事

〰〰〰〰

　　宋庄在这个春天的主要农事不是耕种，而是修建房屋。按理说，造屋是农闲时的事情，阳春三月正是在地里紧张忙活的时候，但宋庄的各家各户几乎都将建房子排上了比田地活更重要的日程。虽然地处京城的远郊，与外省不过咫尺之距，但宋庄较之中国众多如火如荼发展中的城市那些城乡接合部，无疑还是更具机缘，只是它的发展并不是工业的规划渗透，而是艺术的自由铺展。不可否认的是，随着艺术家们越来越多的聚集，之前经济寥落的宋庄也逐渐焕发出了强烈的商业气息，首先是与绘画创作及日常生活相匹配的商店的出现，接着是画廊、饭店、发廊等行业服务场所的加入……接下来是北京市政府顺水推舟，将宋庄划为艺术产业园区，出台政策扶持，并拨下一大笔款项作为"产业园区"环境改造之用，例如首先在小堡村铺设下水道，改变以前村边屋巷污水横流的形象。

在艺术产业园区按照政府的构想现出辉煌面貌之前，宋庄的村民们已从中率先看到了机会，就是加建房屋以用作出租，其中还包括顺便把房子的租价抬高。由于各家各户的院落大多占地宽阔，分出一半面积加建一个院子完全不成问题，有的甚至可以加建两个院子，更有一些村民原本还空着宅基地没有造屋，这下真是天赐良机。在艺术家聚居的中心地点小堡，十之八九的村民都在建房子。可以说，造房成了宋庄在这个春天最重要的事情，田地里随季节而来的活计反而显得不那么要紧了。

宋庄艺术家村的形成，原本是由于城市的喧闹和物质化让艺术家们选择逃离而远避至此，尤其艺术创作需要宽阔的空间，需要独立的工作场所，而城市高昂的房租使大多数的艺术家都无法应付。不知这些被城市繁华驱赶来到宋庄的艺术家，当初是否发现了随着他们的出走而与之潜行的商业势头，他们所追求的创作的安静和物质的简洁，将逐渐被混凝土搅拌机的噪声扰乱，而这仅仅是扰乱的开始，接下来很有可能形成种种矛盾纠纷，最终酿成下一轮的无奈逃离也未可知。

事实上，在我到来之前，不少宋庄村民的旧院落都已进行了分割加建，像我租下的最早为房东家自住的老房子，在艺术家聚居的中心地带小堡，可供出租的实难再遇了。随我之后而从广东过来的吴震寰急于安顿下来，也想物色一个单独的院子，因此拉上我在小堡村里面到处转悠，连续询问，但我们遭遇更多的是建造中的场景，在工地上忙碌的本地村民，在我们的打量中不断搭讪，热情有加地介绍即将崛起的屋子，每一个都俨然抛弃了农民的身份，成了房地产的推销员。

曾有报道说，宋庄艺术家的纷至沓来，最大的得益者可能是本地的农民，因为这里的房租目前基本已由最初每个院子每月几十元至一二百元，上升到五六百元以上，不少农民将老房子重建了专门出租给画家们，而重建的院落也越来越小。新建的房屋，十有八九按照画室的标准来建造，而不再是传统住宅的样式，主体基本是一个具有足够高度和面积的工作室，搭配卧室、厨房、厕所，当然也有院子，但已谈不上宽阔了。纵是如此，房屋仍然呈供不应求之势，有不少尚未完工就已提前订租，甚至有些还在挖地基就开始洽谈。我们就在一处宅地上碰到过一个房主，他不厌其烦地动员我们先付钱落订，说房子不用一个月就能建好，并说可以按照我们的使用需要来调整构造，接着又异想天开地提议说可以投资，投入资金从房租中抵扣。有好几个房主看我们流露出兴趣，转口就将房租金额往上增长。转了几圈，我们感到又好气又好笑，即使我们早在广东就充分领略到商业的气势，也不禁为之哭笑不得。

唯一值得安慰的是看到一处房子，这处房子居然有前后两进院落，院内长满了高矮翠绿的树木，树底还参差错落着花草、石头、盆栽等，一派园林的景象，而租金也仅需5000元每年。遗憾的是庭院里侧的房子过于低矮陈旧，且光线不够充足，仅可用作静居而无法充当画室。当然用作居住、写作会是上好之所，但我已经有了一个大院子，犹疑再三，终究还是觉得不够实用，我们不得不放弃，还有一个顾虑就是担心用不了多久房东就会动念将房子拆除重建。即使我们怀着奔赴的想法来到宋庄，也有着长住久安的打算，但终究是闯入的客居者，而处在未明变迁中的宋庄，不知又能容纳我们客居的梦想多久。

修房子的
老头

~~~~~~~~~~~

  因为村里建房子的人家太多，总是找不到合适的劳力，房东不得已找了两个上了年岁的本家长老，其中一位据说年轻时是修房的一把好手，在宋庄一带曾美名传扬，但已经十几年没干这活计了。这些年，由于艺术家的成群进入，各家各户都把原本宽阔的院落分割成两个或三个小院，以做出租之用，自然新建的房屋也比旧房屋高大宽敞，适合用作画室，由此本来因地处偏远、环境恶劣而生计艰难的村民也相对过上了好日子，每家每户依靠骤然增加的房租收入，把生活过得有滋有味，自然就不用再去寻求农务之外的营生。

  那位赋闲日久的修房好手，年纪应该七十上下了，但身子骨还显得硬朗。老人家确实有些类似于专业的固执，那天中午我听到他与房东争执，房东打算将厨房和厕所修得简略一些，比如外墙和屋顶不必太厚实，但老人家认为即使再小再将就的屋舍，也得像个样子，要不就不是他动手修建的，会毁坏他的名声。这个老头相当开朗，在他的生命时光中显然收集了不少令人惊叹的见闻或见识，冷不丁就会出乎意料地卖弄一下，使我有时不得不对他刮目相看。

由于潘漠子一开始地主意识萌芽，扬言要重建大门和盖厨房、厕所，并且要植树种草做园林，一副大包大揽的豪气，以至房东顺水推舟，整修他家的房子，反倒成了租户的事，得由我们自己购置材料和支付工钱。我无法不顺应漠子的固执，就算是成人之美吧，即使不知自己能够享受多久。宋庄的房租在这两三年已明显看涨，据四毛说他们初来时，租一个宽阔的旧式院落不过区区一两百元每月，现在已是翻番再翻番了，从中看出门道的房东们已不肯签订一年以上的租约，都是一年一年地签，以备来年约满涨价。更有一点，大多数房东都会要求租客们一次性支付一年的房租，要不就是半年。我们今天如此大兴土木，真不知一年租期满了之后，会有谁来坐享其成，又会不会成为房东涨房租的理由？要知道，来年这个院落的气象就不会是今天这般衰落了。

这个庞大的院落实际上已被切割去了四分之一，前面早就另建了一座新院子并已有租客入住，据介绍是一个新疆来的画家。大门在新建院子的另一边，缩回新院墙足有几米，因此漠子想把大门移出去，这样进门处就多了一块空地。修建工程自然就从大门开始，首先把旧门两边的围墙拆除。前些天我花了六百多元钱托房东买了一批红砖，以为足够了，结果加上原有的旧门两侧拆下来的砖块，垒完大门的墙，剩下的远不够垒厨房和厕所，自然这也是因为那个老头的"专业"固执，他一定要把厨房和厕所的外墙按传统方式加厚，屋顶要用泥土夯实后再盖上石棉瓦，要达到厚密严实的程度，再大的风也灌不进室内。无奈我又花三百多元买了一批红砖，加上水泥、电焊以及工钱等费用，一算竟然近两千元。这对于经济上正处于捉襟见肘的我来说，也算是一笔不小的开销了。

连日来院子一片凌乱，两个老头毕竟上了年岁，干活慢吞吞的，原定三天的活竟然拖了一周多。他们顾于修房，却不顾我新开垦并已事种植的菜地，将我种的两棵葫芦、一行丝瓜和一排蒜苗相继踩掉了，弄得我又着急又可惜，看着两位老人家忙上忙下，又不好说什么，唯有暗暗叹气，盼着他们赶快完工以便趁春光尚好再行种植。

几天来其中一个老头有事没事总喜欢说"嘻唰唰、嘻唰唰"，开始我不明就里，后来猛然省悟原来他说的是花儿乐队的一首歌《嘻唰唰》，这应该是年轻人喜欢的歌曲，老人家竟不时挂在嘴边，使我不由得对这老头有些好奇。老头有一次一边用一个木擂子打实地面，一边即兴喊了起来，有些像喊号子，又有些像唱歌，听不太懂，只觉得颇有味道。问起时，原来是他们以前盖房时必喊的，类似于纤夫的号子。老头还问我有没有去找栗宪庭，说来宋庄的每个人都要先找老栗的，让我愈发对这老头有些好奇。

自己动手
做了一张
桌子

早起晨读，院外又传来流动卖货者叫卖的喇叭声，一开始住入宋庄，我就被这一久违的情景触动。记得小时候常常见到走乡串村的货郎，挑着担子，摇着拨浪鼓，韵律分明地一路叫喊。没想到年届而立之后来到北方，居然还能重温类同于儿时的景象。常在小堡村转来转去的流动卖货者应该有好几个，不但每天隔一阵就会听到或远或近的叫卖声，这些天在村内，我也曾数次与流动卖货者迎面遇上，他们蹬着人力三轮或者开着三轮小货车，车上装载着各色货物，多为日常生活用品和蔬菜瓜果之类，车头绑着一个扩音器，一路吆喝而过，不时会有人应声打开院门，就地买卖，这在外表空落的村子，显得那样充盈和富有声息。

我们租住的院落因为空置日久，屋内可说是空无一物，唯一的"家具"就是其中一间屋子内放着的两张铁架床，其他的物品都是我到来后添置的，也不外是简单的生活必需品。我最先想到的就是需要一张桌子，一时不知到何处购置，又想着房东也许可以提供，只是房东一连数天都不见出现，又不好专门打电话询问这样的琐事。想想连大门、厨房和厕所都舍得花钱修建了，一张桌子也向房东索要，实在有些不好意思。

我算得上是一个热爱生活的人，有时甚至沉迷于生活的琐屑，愿意从微小的事物中感受充实与快乐。院子里堆放着一些废弃的木料，我盯上它们已有多天了。终于，我从隔壁画家那里借来锯子、斧子、锤子，出去买了铁钉，午饭后自己动手，利用一个下午做了一张正方形的桌子。整个下午，从我的院落中不断传出锯削和锤打的声音，像画室里制作画框的响动。说起来，这还有赖于我少时跟着父亲和哥哥玩过的几下木工活计，记得中学时候我就能学着做椅子和凳子，高中毕业时，高考落榜的我回到石榴村，看着那堆带回的课外书籍，曾自己动手做过一面书架，那是我人生第一次独立做的木匠活计。

我锯了四根手臂大小的条木做桌腿，又锯了六根更细的条木做边框，用铁钉钉了一个裸露的架子，没有凿子，只能在连接处稍稍锯出一个凹槽。好在条木大小较为合适，用斧子做一下修削即可，没有刨子，表面粗糙些无妨，可以用砂纸做适当的打磨，重要的是我享受到了创造的快乐，更重要的是钉成的桌子架还算结实可用。只是桌面找不到可供使用的木板，但并不难解决，按架子尺寸到外面割了一块经过磨边处理的钢化玻璃，放上去就成了桌面，为了更好地保护玻璃，又特意紧贴桌面加了两根小木条。这样，一个立体式的矮方桌就呈现在面前，未经刨平打滑的木条显得相当粗劣，但原木的状态却泛着质朴、生动，进入眼中是那样结实沉稳。我仿佛看到自己在这张桌子上展开活动的情景，它必将持久地代表着生活的自足和丰富，同时交织着细节的创造与喜悦。

桌子被我无意识地做成了正方形，实际上这并不奇怪，因为我对正方形有一种本能的癖好，我喜欢它的棱角分明却又工整平稳，不向任何方向显露锋芒却又对四处构成维持。这种状况符合我的理念：就像一个人坚守着他的孤单，却又敞开着四面围坐的空间；他可以不断调转自己的位置，却又一直坐在孤独而合群的一个方位。

桌子做好了，而我创造的热情远未完结。这天在无所事事中捡拾院内散落的废弃青砖，围绕水龙头下的小池子搭了一个井台，再次下意识地将其搭成了正方形。我将水池旁的积土挖开，整平，先浇一些水使其湿成泥浆状，再在上面一块一块码上青砖，码了一层后，又铺上一层薄土，淋湿，再码一层青砖。可惜这里的土质呈沙性，又过于干燥，一旦风干后粘力尽失，但我还是有条不紊地操作着，这应当归功于我的乡村成长经验，使我的行动更接近事物的本质，哪怕是百无聊赖中的行动。陈旧的青砖泛出一种苔藓的气息，搭起的井台高过地面而低于水池，宛若南方乡村一个陈旧的水井。等近旁菜地里的蔬菜长高，野生的小花草从青砖的缝隙中冒出，不断被水打湿的砖面上长出青苔，将会是一个纯粹的朴素的场景，代替我寄身北方而对南方乡村的追忆。

两棵
富于代表性的
树

~~~~~~~

　　我不厌其烦地说到院子里的香椿树和柿子树，并非因为这两棵树是这个院子里仅有的，而是因为它们在村庄里的普遍性与代表性。小堡村各家旧式院落里无一例外生长着香椿树和柿子树，此说虽未经一一验证，但就我观察，应该八九不离十，只是大多分割出来的新院子往往缺乏树木，要有也是租客们入住后栽种的。村民们并不像外来艺术家那样对树木情有独钟，甚至通常为了建房而把原有的树木砍掉，他们更多着眼于加建一个院子带来的经济收益。

　　在村子中随意走动，总会看到一面面院墙边挺立的或大或小的香椿树，众多院落中不时有柿子树探出枝叶。到别人家的院子里去，也总会看到香椿树和柿子树，并且往往不止一棵，女画家子真的院子里就交错生长着三棵柿子树，构成一处独特的景致，因而她索性将画室命名为"三柿斋"。柿子树我原本熟悉，一眼即可分辨，香椿树却是到宋庄以后才得以一见，转眼也成为我能够轻易辨认及心生亲近的树种了。据说椿树有香椿和臭椿之分，香椿由于可吃且可口而备受青睐，臭椿屡遭弃置却比香椿更易生长，它们看上去差别不大，但靠近一闻就能闻出来。我曾按照别人的指示亲自验证过，果然如此，觉得挺有意思，香臭随形，真是物竞天择。

我们院子中的香椿树之高大茂盛，树龄之久，可说是全村数一数二的，房东曾证实说，这棵香椿树是他建房子时种下的，已生长了二十多年，在邻近村庄都属罕有。柿子树应该也不至逊色到哪里，据房东说也有一些年头了，较我所见的同类树木还是更为茁壮，只是由于香椿树过于高大而使它在同一个空间里相形见绌。由于村中院落较为雷同，巷道也大同小异，初来几天，我外出回去时颇费周折，好在院落中那棵香椿树高大扎眼，远远即可望见，无意成了我归家的坐标。

在我偶然进驻的院落里面，居然同时生长着两棵如此富于代表性的树，也算是一个因缘吧。然这棵柿子树壮则壮矣，抽花结果却未必丰盛，经验表明，大多数老树，结果实都偏向迟缓。前天从路上走过，看到别人低矮的院墙上伸出几根柿子树枝，竟然结着许多细小的柿子，不由怦然想起自家院内的柿子树，我居然一点也不知道柿子树已到了开花结果的时节，其成长的迅速真是令我始料不及。这段时间，我竟忽略了对它的观察，原本还想每天描述它的生长呢，看来我真是一个易于在事物的流变中遗忘的人。

受此触动，我在这个早上特意在柿子树下仔细观察，却并未发现果实，只隐约看见枝叶间有一些暗红色的花苞，也不知道是不是结果的迹象。曾听房东说过这棵柿子树去年结了很多果实，今年恐怕要结得少，因为果实一般都是隔年结得好。此说我小时候就已熟知，那时我们一帮处在饥饿中的毛孩子总是喜欢去偷果子，村中家家户户的果树都遭受过掠夺，大人看管再紧也不济事，这一"经验"导致我们对哪一棵树何时结果、结果多少都了如指掌，也间接掌握了各类果树开花结果的规律。当然，这棵柿子树即使去年结果再多，如何在一次生长的繁盛中耗尽树木的精华，也还是会响应时令节气，自然不会一果不结，结得少只是相对而言，不外乎是在数量上少些，在时间上稍晚些而已。

柿子树在北方乡村尽管多见，并且多种在院落中，但柿子却并不是受喜欢的水果，往往硕果满枝却无人采摘。据说，进入寒冬时节，村庄百树凋零，各家院落中的树木都剩下光秃秃的枝杈，柿子树的叶子也均已落尽，枝条上却挂满通红的果实，显得分外惹眼。原来，北方农民种植柿子树，就为了在冬天直至新旧年交替中撑起院落中的一片火红，有吉庆之寓。这与南方人在新年来临时培植年橘有着异曲同工之妙。

宋庄
今年第一场
雨水

~~~~~~~~~~

　　我到北京遭遇的第一场雨下在五月初至的宋庄，仿佛为了迎合村庄里植物的生长，尤其是改变我空旷院落中使人压抑的荒凉。连日来关心我的入住而特意前来探访的朋友们各自回到了自己的轨迹，将他们的气息加入我美好的孤单。在雨水徐徐打落的整个下午，我独自坐在房子中间的门槛上，看院子里初生的植物在幸福地舞蹈，那一块上午才开垦种植的菜地，适时得似是经过充分的推算。

　　前两天四毛就跟我说他已在自己的院子里播下了葫芦的种子，等发芽长出幼苗，就可以移植过来。我也适时发挥着想象，到时，院子里除了地面的蔬菜，还将会有一个葫芦架，架上攀爬的除了葫芦还将会有丝瓜等物。我想我会用生长的绿色将需要和想象的空间逐一填满。这个院落中尽管更多是我一个人在走动，却不断涌现着令人惊喜的植物生长，并且每天均会有众多知名或不知名的鸟不请而至，在树上、屋檐甚至地面上起落穿梭，叽叽喳喳的叫声从未停歇过。我仔细谛听过好几种鸟的叫法，暗暗跟踪它们的声音，却总是分辨不出它们的形状。在白天我通常舍不得放音乐，以免冲撞这些天籁的交响；到了夜晚，四处一触即发的静寂又令我常常不敢做出任何轻微的举动……在一个个独处的夜晚，我多么渴望一场越下越大并持续长久的雨能够在无边的寂静中优美地响起。

　　我不知道自己从何时何地起，养成了如此小心翼翼独处的毛病，逃离了人群的干扰，却又时时担心成为另一重世界的打扰者。雨后重见的阳光呈现出明媚与清新，雀鸟的叫声以及树叶的吹动更加清晰，空气第一次散发出慵懒的味道，我坐在门槛上，像看雨一样翻阅黄金明的散文集《少年史》。这是我从广州出发时黄金明送给我的书籍，他用接近 20 万字的篇幅详细地叙述他出生的村庄和少年时的成长，其中许多场景和情节令我感同身受。我无法说出自己有朝一日是否也会像黄金明镌写少年南方乡村一样书写我临近中年闯入的宋庄，但我分明感受到了内心那种对自然和生命成长的昵近，那样相似、卑微与高贵，仿佛接过一个挚爱朋友传递的宿命。

　　这场我遭遇的宋庄今年的第一场雨水下得远不如渴望般长久，也远远构不成雨季的前奏。但下下来的雨水使地面充分湿润，使我真实地感受到了地表充满渗透力的呼吸。唯有雨水，才能使大地干皱的肌肤彻底恢复光泽，即使是我关注的方寸之隅，比如院子侧边那一块小小的菜地，也不会由于人为的浇水而丰盈多久，唯有春天自然降落的雨水才能催动泥土的爆发力。我不了解北方土地内心的焦渴，但我注意到地面风干的程度，就像一个内部散发着热气的泥沼在贪婪地吸收水分。这一天，我没有给院子里的植物浇水，而它们也比每次接受我浇灌时显得喜悦。

自然与艺术的
声响

～～～～～～

　　我说不出在自己的转身之隙有多少变化在发生，但事物总在不经意中发生着变化，随时会令带着渴望和期待的内心涌现惊喜。进城与朋友在饮酒中逗留了一个日夜，有点迫不及待地返回宋庄，推开院子的大门，赫然发现菜地边上多了一丛不知名的花，一串斜刺向上的花枝红得分外惹眼，想必是房东在我离开的间隙种上去的，房东在我入住数天后就发现了一个南方人对植物的热爱，由此悄悄迎合着我的欢喜，让我多少有些意外和感动。

　　事物和人都有着各自生长活动的踪迹，所以我并不担心在外耽搁会与这些渐生情窦的植物失去亲近，但那两株几日前买回的盆栽茉莉的娇弱还是令人惋惜。头天中午临走时，我忘了将它们搬入屋内，又一天没有浇水，任由白昼过于强烈的阳光以及夜间猛烈的风沙对它们进行考验，没承想它们竟一下变得病恹恹的，像是惊慌过度后面容失色的孩子。再环顾院落中那些野生的花草，反而显得更加葱绿茂密，似乎趁我不在又旺盛了许多。

入住宋庄将满一个月了，在这个容得下各种猜想的艺术家聚落，我谛听得更多的却是自然的声响。在我看来，花草树木的一轮拔节并不亚于一场艺术的盛会，它们是植物王国里从容散淡的艺术家，而人类的艺术，尤其在当下的中国，往往太注重喧哗而难以在自然的土壤中扎根，最终在天空的迫视下不得不以扭曲蜕变为美。在宋庄出入，我并不热衷于主动探询身边的艺术情景，而情愿自然而然地接触交往。我并非不关注艺术，毫无疑问来到宋庄正是抱着对艺术的热忱，只是我更希望在生活和生命的渗透中接近与提升艺术，我想总会在时间中与我所欣赏的艺术迎头遇上，如同在空茫奔涌的河流中触上缠足跟跄的潜流。

应当认为我与宋庄有着暗定的渊源。去年我在贵阳曾参与策划一个视觉艺术群展，参展艺术家中就有十数位居住于宋庄，来到宋庄后，我也曾与其中的几位在偶然中遇见；我曾见过一本介绍行为艺术的册子，命名为《示弱主义》，这是我到宋庄后接触到的第一本自助印刷物，其中有一位艺术家就住在我的隔壁……是的，在宋庄，并不难听到艺术的响动，称得上时时声息相闻，有时会像雷声一样令人双耳一震。但任何艺术作品及其声响都并不会成为我热衷投入甚至蓄意亲近创作者的理由，我倦于那种对仰慕者的无端拜访，那样必然干扰我的判断。我更乐于聆听那些自然迸发的响动，它们以缓慢的势头生长，却能够在一次猝不及防中吸引游移四顾的眼睛，如同在长久的眺望中发现一道渴望的光芒。

　　植物总是努力按照秩序生长，而艺术却总是试图推翻秩序，满足于断裂的快感。当我向泥土深深地俯下身体，天空中的雷声和闪电就只不过是一场哗变，根本不能够取代向上的挺直的力量。

旧石槽搭配的
茶几

~~~~~~~~

　　动手制作那个简陋质朴的桌子，激起了我自力更生创造一应家什的热情，并沉浸于从中带来的趣味发现。我们往往热衷于享用那些制作完好并接近完美的物件，适应于现成的对生活的设计，却忽略了投身生活创造的点滴乐趣，从而逐渐流失了自我意趣以及精神自足。实际上，任何一件事物如果沾染上了个人的意趣，都会散发出生动的气息，足以穿透外在那种粗劣的观感。

　　房东已经将我视作一个古朴玩物的收集者，因为我屡屡表现出对这些物件的喜爱，比如他们任意遗弃的旧陶罐、瓷盆等，我已经收集了好几个，其中一个粗大的瓷盘还是我从院墙边的泥地里发现的，有一半陷在土中，边上还有一个小小的豁口，但当我把土扒开将其取出洗净，却发现瓷盘还很完整，瓷身厚实而富有质感，捧在手上相当沉重。我一下就喜欢上了它，这个瓷盘应该是 20 世纪五六十年代的产物，说白了就是一个瓷土烧制的脸盆，造型和质地均很普通，但那种粗犷沉厚却令我欢喜，而岁月的沉淀也赋予了它一层特别的韵味。

房东对这些乡村废弃的寻常旧物自然不会有什么感觉，但他看我喜欢，便为此上了心思，有时也会顺便投我所好。前几天他用推车推来了一个树根锯出的大木墩子，搁在院子中间。这次，他居然又弄来了一个大磨盘似的石槽，看上去很有一些年头了，表面已有些许风化的痕迹。据他说这个石槽是以前喂驴用的，本是平常之物，但自从画家们进驻宋庄后就显得稀罕起来，渐渐难以找到了。他还告诉我曾有画家开车前来趁人不备搬走了他家以前的一个大磨盘。石槽呈现出纯粹天然的花白色泽，里外均是手工凿就，粗拙雄浑，十分质朴大方。房东不知是从何处弄回的，因我头天不在，便暂时放在后面他家的另一个院子。于是我跟他合力将之推了过来，好在石槽是椭圆形的，可以侧立起来滚动，但又因为圆得不规则，槽口偏大而底部偏小，推动起来不听使唤，费了一番周折才终于从后院推到前院，在水龙头旁边的空地上安放了下来。

我仍然维持着在广东时泡工夫茶的习惯，前些天还托人将我在深圳使用的一把紫砂茶壶和几个杯子快递了过来，茶盘因为不好包装而没有邮寄。那把茶壶是一位善于品茗的僧人所赠，他为自己担任住持的寺院特意到江苏宜兴制作了十把茶壶，每一把茶壶都有编号和佛语题词，送给我的是第二把，我很是喜欢，已滋养了几年，色泽暗红发亮。这个偌大的院子有上好的品茶环境，却缺乏一个能够与之匹配的饮茶载体，这下就相得益彰了。本来我想把房东上次弄来的那个树墩做防水处理后当作茶几的，弄上几个小凳子，当然最好是几个小木墩，就摆放在院子里。但这个石槽一来，树墩就显得黯然失色了。也许真是天作之合，前些天我翻地时，清理出一块两面平整、棱角分明的硬石板，同样呈纯天然的花白色，一直搁在水池边让水不断地冲洗。心念一动，我把石板搬过来，搁到石槽口上，竟然四个角堪堪可以搁住，周围留出一圈空隙，这样茶水倒在石板上就恰好可以流入槽中，而槽底又恰好凿有一个小孔可以出水。这两个不期而得的物件，竟然契合得如此完美，我不禁站在那里呆住了。

这一天恰好是端午，独自离乡在外经年，我早已对这样的节日失去感觉，但此刻我愿意将这个石槽当作是端午节的礼物，尽管端午与饮茶并无关联，有关联的是赛龙舟、吃粽子。这是我来到宋庄遇上的第一个传统节日，老画家包书彰惦记着过节，买了好些粽子逐个送给我们几个新来的人，让我油然感到融入了一个大家庭。来自广西的女画家李秀芳也顾念我这个同乡，拿了粽子直接过来找我未遇，竟然就将粽子挂在大门上。

种葫芦
和
搭葫芦架

~~~~~~~~~

画家四毛在帮着找到这个院子时，就告诉我必须在院内种植葫芦，搭起一面葫芦架，并承诺临到种植时会为我提供葫芦种子。葫芦架是北方乡村院落较为重要的风景，在宋庄数以千计的画家院落中，几乎每家都会有一个葫芦架，有相当一部分画家的葫芦架搭得十分结实耐看，可以连续使用两三年，每年夏秋时节都会呈现出无比惬意的景象。

葫芦适宜在入夏栽种，实际上入夏正是北方乡村的最佳种植时节。种植葫芦相当简单，把土翻开，整成小小的垄状，然后在上面撒上葫芦种子，盖上薄土浇水，几天之后就会有葫芦芽冒出来，待长到手指般高，便可移栽到合适的位置。四毛兑现自己的承诺，让我到他的院子里去移已培植出来的葫芦幼苗，带回直接种上。然而葫芦苗移栽成活实属不易，北方强烈的阳光是对这弱小生命生长的严酷考验，我连续往地里种了几次葫芦，应该有十数棵吧，却仅成活了两棵，另外的都在阳光炙烤中不幸夭折了，令我一时有些沮丧。好在有一两棵葫芦成活了，葫芦苗一旦成长起来，又无比蓬勃，所需要的只是初始栽种时的细致呵护，当然更重要的是经验，我不明就里，粗心大意，能够种活实属侥幸。

吴震寰在到达小堡一周后就在附近另租了一个单独的院子，他与我同时到四毛处移栽葫芦幼苗，却比我种植得要有起色，原因是他对葫芦采取了周到细致的保护措施，为抵挡炎阳，居然为葫芦撑起了"伞"，纸盒、盆子、雨伞什么的都派上了用场，日中为葫芦遮挡骄阳，日落则把遮挡物拿开，直至葫芦长势稳定。我在接连一两次移植不成功之后，不甘示弱，又在一个晚上到四毛那里喝茶归来时移了八九棵，连泥土一起提了回来，不顾夜深，趁黑种下。其时已是凌晨一点左右，一个夜归的男人居然还在院子里种葫芦，真是让人啼笑皆非。

天气不知是被感动了还是有意捉弄我，第二天居然一整天都阴沉沉的，临入夜时还下起了雨，让我有意找出准备为葫芦遮阳的物件暂时派不上用场，内心还有些窃喜。天阴凉爽，正好在院内干活，我将提前买回的一束竹竿拖出来，一个人沉静地搭葫芦架子。我选定的地点三面都是泥地，将做支架的竹竿挖坑埋进去，自然不费什么事。另一面的水泥地，我动用了前些天捡回的一个颇重的陶罐，将竹竿竖在罐内，填上土，打实，这样又构成了一个支点。尽管我从未搭过葫芦架子，但因为事先在别人那里观察过，况且我素来喜欢动手做一些即景装置，加上又有童年时帮母亲搭菜园篱笆的经验，所以搭起来还算得心应手。搭好的葫芦架虽空空如也，却也显得生动有意趣。那个用石槽、石板搭配的茶几，就放在葫芦架的下面，到葫芦藤爬满架子，一个一个葫芦相继垂下时，可想而知将会是一个怎样的场景。葫芦天生有一种"道"的意蕴，在葫芦架下品茗，又将会呈现出一种怎样的意境？

　　轮到处置那个大木墩了，本来它应该是葫芦架下与之相应的物件，但现在已经被一个更质朴敦实的石槽取代。当然我也不能就此任由它搁置无用，毕竟它已来到这个自然隐逸的院落虚位以待。我决定仍然将其用作茶几，但放置的地点不是院里而是屋内，它将取代屋子里那个我自己制作的桌子。我喜欢生活中的事物不断优化。我将木墩底部的积土掏空，洗净，晾干，然后用砂纸一遍一遍地摩擦表面，直至它光滑耐看，接着，我又找出一盒棕色鞋油，像擦皮鞋一样将木墩的表层全部擦了个遍。这是我向人请教到的一个便易方法，鞋油不仅可将色泽嵌入木中，还有简单的防水之效，擦过的木墩子镀上了一层仿如枣红色的光泽，竟是那样的气韵迫人，我不由自言自语地赞叹出声。

与院子
滋生
相认的温情

〜〜〜〜〜〜

　　不知不觉已在院子里种下了不少植物，除葫芦、向日葵等颇具观赏性的作物外，我还种下了蒜苗、茄子、空心菜、生姜等蔬菜，蒜苗是买来蒜头掰成一瓣一瓣然后种落地里的，茄子则是我偶然从路过的流动售货车上看到有几棵装在小小花盆里的秧苗，遂买回移植到菜地里。我并未探究应该如何掌握方法去种植蔬菜，一切全凭自己想当然的念头，我享受的只是那种并不繁重的劳作的快乐，有一片土地任凭自己展开想象自由莳弄，无论如何都是幸福的。事实上也是如此，生存受制于田园者，总归不会获得那种如陶渊明"种豆南山下"的美好感受。

　　然而尽管菜地翻整得还算条理井然，花草蔬菜的生长却远还未见起色，偌大的院落仍然显得荒凉，在生长的时节，杂草总是比种植的作物长势旺盛，那种无序的拔地而起使缺乏修整的院子愈显凌乱。初来时，我曾经困惑于院落中的满目疮痍，现在又不得不为错综无章而感到迷茫。屋院不等同于原野，营造不出入目的野性，只能循规蹈矩于别致。院子中间那块砸开水泥地面而形成的空地，原本想种植草皮和花卉，做成一个赏心悦目的花圃，但不等我们有所动作，杂草已先行破土而出，或许是被混凝土地面压抑得过久了，那里一下子冒出了许多混杂的花草，毫无道理地疯狂生长。

与杂草长势形成鲜明对比的是，我蓄意种植的花草蔬菜却生长缓慢，移栽的向日葵、葫芦等均显得委顿。北方的阳光过于强烈，沙质的土壤又涵水太弱，即使我早上刚浇过水，没到中午地面就被晒得发白，中午一过作物就显得蔫蔫的。与之相反，自然长出的杂草则生机盎然，极为过分地表现出喧宾夺主之势。我就算再不问收成，也得尽一点义务把杂草拔掉，而每天早晚的浇水更是不可免除。如此数天下来，我也渐渐由热情转向疲惫与倦怠了。

当然院子在我的安置下还是令人愉悦的，能够时时带给我快乐与流连。老画家包书彰在其中起了很大作用，老人家有事没事喜欢骑着单车到处转，熟稔各类行情。前几天他特地过来带我去看花木苗圃，居然就在我住处一公里开外，一应花树俱全，而且极为便宜。我当即花 80 元买了一盆三角梅和一盆铁树，还有二十株草莓。三角梅造型很好，开得正艳，它是花叶一体的，花朵开放后渐渐转为叶子，嫩叶持续像花瓣一样开着，最终由红转绿。铁树也是我喜欢的，倒不是因为冲着那个"铁树开花"之意，而是因为它那蕉叶般打开的叶子，造型富有力度和美感，而且四季常绿，是庭园的必备风景。

　　时令已是夏季，就种植来说无疑有些迟了。二十株草莓大多已经结果，有些已经接近成熟，鲜红一片，忍不住摘了几个品尝，甜中带酸，别具风味。草莓能够自行繁殖，会由一株长成一片，因此我专门开垦了一块地将二十株草莓间隔较疏地种上，想着也许不久那里就是一大片茂盛的草莓。有些得意，随即打电话叫吴震寰来看。那一番景象惹得他一见即叫我带着再去苗圃，居然大动干戈，挖了一棵较大的桃树和一株小巧玲珑的樱桃树，连着一大团泥用推车拉回来种在他的院子。我很喜欢那棵樱桃树，但震寰同样喜欢，苗圃里又仅有一株，君子不夺人所好，遂割爱作罢。而我的院子里树木已够多了，除原有的香椿树、柿子树和新近种上的梨树外，房东受我的感染指使，又移栽过来一棵柿子树和两棵银杏树，错落在整个院子里，连成一片绿色的风景。

　　种植后的院落气象更新，这天上午，我正在屋里一边读书一边听音乐，听到布谷鸟不断在叫，近在耳畔，赶紧将音乐关掉，走到院子里，见一只灰白色的大鸟振翅飞上对面的屋檐。进入夏季，香椿树已茂盛得几乎密不透风，加上柿子树和另外那些新种的树，这个院落可谓生机勃勃了，因而光临的鸟也越来越多，每天都在表演着多重奏，好些常来常往的鸟对我已然不陌生了，并不因我的出现而躲闪，而我仿佛也能察觉到哪一只是常来常往的，内心渐渐滋生出相认的温情。

"潘安艺术车站"
命名

租下这个院子的当天，我与潘漠子都掩饰不住得意，商议着要入乡随俗在这里成立一个打着艺术旗号的工作室，就叫"潘安艺术车站"，并打趣地谈论说要养一条漂亮的狗叫作宋玉。"车站"这个称谓源于乘坐火车北上时京广线对我的触发，更有感于我们均是多年在路途中行走的人，而"潘安"和"宋玉"均是古代的美男子，这里自然是取巧逗趣了。养狗的想法也并非心血来潮，小堡村的各家院落中大多养着各式各样的狗，不断能听到此起彼伏的犬吠，在空茫而安静的村落里传递着种种不明的声息。如此宽阔的一个院落，有狗这样忠诚而灵性的动物相伴，自然也显得更有生气。

至此，"潘安艺术车站"就获得了正式的命名，出于对这个庞大院落的得意，我们通常称之为"潘安大院"。我在潘安大院要做的第一个装置即是"京广线"。这一理念在我一撞入这个院落就已滋生，由南到北通过漫长的京广线，目及这个荒凉的院落，我的眼中即出现一道狭长的铁轨，它意味着我们的命运和方向。然而"京广线"装置实施起来却并非易事，由于我原先过于拘谨，被京广线的"铁轨"及"火车"两大元素套住，总是想着要用废弃的钢铁，或者就是采用一个玩具火车的游乐式设置，这样实施起来劳心劳力，而且不知要费上多少银子，自然止于想象。我不是一个为了艺术而奋不顾身的人，尽管这一装置真要用原装铁轨、枕木安装起来，可能会具有非凡的震撼力。这一美好的设想已经对我造成了观念的影响，在艺术式的装置尚未呈现之时，我已不由自主写了一首诗《京广线》，其中涌出的"所有的列车都开往终点／只有极少数乘客奔赴未来"等句子，令我自鸣得意了许久。

艺术更是我们自身携带的梦想或者理想，多年来我们的生活实际从未离开过艺术，只是限于现实从未当作过一种主要的方式。潘漠子毕业于美术学院，专业学习绘画和雕塑，而我尽管未曾刻意修习过艺术，也有着多年的写作经历以及对艺术门类的关注。入住潘安大院伊始，我曾对漠子说你画你的画，我就来玩点装置吧。其实我并不明白何为装置，似乎也没有必要知道，只需按照自己的意愿与喜好去做就行了。有朋友曾戏称我是个实用艺术家，因为我喜欢将一些貌似无用的物件搭配装饰为有用，不仅可用于生活之中，而且通常会在其中贯穿一些理念。我的观念更偏向实用，它是更接近我日常生活的发挥而非天马行空。

后来我突然从院落中到处乱丢的残损砖头获得了启发，漠子总想着在院内铺设草皮，并且要在草地上做一条延伸的曲径，已经让房东将混凝土地面打掉了一大片。由此我突生灵感，设想着可以用破砖头砌一道形似铁路轨道的小径，一来可以行走，二来吻合"京广线"的想象。漠子果然非常赞同，当即与我一起搬动破砖头在地面摆设起来，忙乎了许久，一道"京广线"骤然出现在眼前，我们从南边的大门处摆起，不厌其烦地一直摆到靠北面的侧门前，形状就如同铺着枕木和碎石的一段铁轨。摆出的"京广线铁轨"如同齿轮一样交错，蜿蜒连绵，颇有气势。可以想象，等到地面的草皮及另外的陈设做好，这道穿行在树木、草地、菜畦中的"京广线"，该是何等的富有象征性和吸引力。

　　原先我们还想过诸多关于这个院子的命名，诸如"潘安艺术联邦""潘安艺术公社"之类，至此，这些名字都黯然失色。这样的情景，也唯有"潘安艺术车站"能承载了。

"车站"概念
及
装置

~~~~~~~~

其实"潘安艺术车站"更应该命名为"京广艺术车站",那样指向性更为明显、直接,但又会显得大而无当。唯有一点是确凿无疑的,就是"京广"这个词使我产生了深刻的触动,不仅仅是因为我穿越京广线从广州来到北京,也不仅仅是因为京广所指代的两个地点对我生活和生命的撞入。京广线不仅衍生了"潘安艺术车站",更重要的是促成了我观念的凝聚及延伸,在貌似简单却令我自鸣得意的概念装置"京广线"以及之前的诗歌《京广线》完成之后,我仍觉得意犹未尽,又酝酿着写作小说《京广线》。《京广线》会是一篇什么样的小说?在写作完成之前,连我自己都无法确定。"潘安艺术车站"会是一个怎样的停车场,这一点又似乎无须确定。

沉湎在事物的旨意中是有福的,它起码能为我打开一条遐想的通道。获得正式命名后的潘安大院,已远非当初那个荒凉空旷的大院了，而是更多地增添了生活与艺术的声息。我之所以一再以"大院"来称呼这个院落，乃是因为这里的确称得上辽阔，它其实还有个后院，只不过在我们到来时已有人租住，因而通往后院的门一直紧锁着。在我们入住不久时，房东在一次闲谈中曾透露过租住后院的人会在两个月之后搬走，为此我曾动员后我半月而来的吴震寰先在前院借住，等后面的人撤离后再把后院租下来，这样前后院就可合二为一，那可真是一个庞大的"京广大院"。但震寰觉得后院的屋子窗户过大过多，另一边又靠着马路，不适宜封闭创作，遂到小堡北街租了另一个相对独立的院落。

后院的人如期搬走，房东过来让我去挪一些家具过来用，我搬了一套一长两短的木沙发、一个木制衣柜、一张书桌，还有一个平整的大木墩子及一面矮方桌。那个大木墩子实际上就是一截比脸盆口还要大的原木，如果配上几个小木墩子，自然就是一个绝佳的茶座。那面矮方桌原本就是为那个大土炕专门配备的，可以直接搁到炕上，围坐着吃饭聊天，而土炕无疑就是北方乡村人家冬天重要的活动场所，跟我从电影中得到的印象如出一辙，我原本还想着自己弄一张，冬天好将笔记本电脑搁在上面写作。潘安大院的老房子都没装暖气，唯一的取暖方式就是原始的烧炕，土炕当然也是平时活动的所在，恰好可让我实实在在地体验北方的冬日生活。

有意思的是后院还放置着一个标示着"停车场"的牌子，据说是去年宋庄第一届艺术节时的停车指示牌，房东不知出于什么用意竟然将之拿回并一直保留着。这次，不等我对这面牌子有所表示，他居然就帮我拿了过来，也许是我平日喜欢将一些废旧物用作装饰的癖好感染了他吧，这个小堡村的"原住民"，一个纯粹的北方农民，随着宋庄成为艺术家村以及与艺术家的长久接触，居然也对艺术有些敏感了。我将这面牌子放在"京广线"装置中象征潘安车站的入口，又在牌子底下搁了一段铁架床中连接上下铺的梯子，就像是一截标志式的小铁轨。意犹未尽，我又将那把房东留给我们使用的"丁"字铁镐压在牌子后面。再看上去，"潘安艺术车站"的意味跃然而出，它象征着道路、站点，还有修筑、建设……

　　潘安大院最终成为象征式的火车站，仿佛与我是一个约定，所有的装饰都自然而然地获得了搭配，从我的一念之间逐渐延伸向观念的深入、完成。我情不自禁地写下小说的开头："没有人揣摩得到我的愿望是将京广线由南到北偷走，然后安置在北方一个隐秘的院子里。这个院子肯定容不下一列火车，甚至可能小得容不下一节车厢，却比一座被设作终点的城池更大，比一个仅供现实栖息的世界更辽阔……"

雨季
与
生长

~~~~~~~~~~

　　北京似乎是没有雨季的，之前曾听人说，这里一年难得下
上几场雨，一俟雨水降临，人们就会像迎来节日一样高兴。这
对于在南方春夏时节历经淫雨和潮湿困扰的我来说，无异于一
种新奇和放松。南方雨季持续的雨水倒还罢了，早春的回潮天
气则是我深恶痛绝的，到处都湿漉漉一片，每一个角落都散发
着霉变的气味，让人整个身心都极不舒服。北京尽管有着与之
对应鲜明的干燥，但适应之后便可处之自然，不会过多影响到
人的情绪。

　　然而在我初来宋庄的这个春夏时节，却遇上了北京罕见的
雨季，连续数天的雷电雨水，使村庄野外显得有些惊惊乍乍的，
不知何种原因，小堡村西北面的旷野布满了高压电杆，密集的
高压线在平素大风刮起时都能听到噼噼啪啪的声音，响雷闪电
时自然更使人心生惊恐。雷电就像是逡巡在上空的鬼神，随时

散布着无名的惊吓，有时像云层里包裹的炸弹一样骤然炸响，有时像低空碾过的飞机一样俯冲而至，有时像恶作剧一样蓄势待发却又久久不发，有一次甚至在电光石火间迸响一个震耳欲聋的炸雷，尖锐得使你不得不认为电击就落在近处，我甚至有些怀疑是否就击在自家院里那棵高大的香椿树上面。似乎雷电越是猛烈，雨水就下得越大，之前我还笃信干燥的北方没有雨季，没想到雨水竟也会下得如此瓢泼，只是不及南方连绵持久，雷电点到即止，雨水适时收束，仿佛一个巡行至此的时令戏班，应邀在特定的时分准时演奏、准时结束。

雨水使我的劳作得以省略，之前我每日黄昏均须给菜地和花草浇水，种下的植物越来越多，浇水就成了并不轻松的差事，即使我买回长胶管引水喷灌，每次也得耗费不少时间。这些天拜连续的雨水所赐，可算是偷得闲逸，而雨水的灌溉显然又比人为的浇灌奏效得多，院子里那些植物远远超出了我的想象，常常在一夜之间呈现奇异的生长，让我每天早上走出院子都会获得一份崭新的惊奇。最早埋入菜地的生姜在雨水连续的催生中终于冒出了地面，也许是不谙农事的我将之埋得过深，使它在地底经历了顽强的崛起。较早时撒播的丝瓜种子也有零星的几株破壳而出，而由于它的酝酿时间过于漫长，认定种植失败的我已经将地面重新翻整种上了几排通心菜，没想到丝瓜的幼苗就在通心菜畦的间隙中长了出来，倒有点像无心插柳了。

第一棵葫芦率先攀上了顶架，它之所以比同步生长的另一株爬得快，是因为丝毫不拐弯，完全就是抓紧一根细小的竹竿径直往上爬，而它一路分出的枝杈也开始向旁边伸展。另一株因为起先抓不住就近的大竹竿，滑倒、弯曲了几下，挣扎之后还是扶稳了，却显得弱了气势。还有一株葫芦原先奄奄一息，连日的雨水居然使它起死回生，终于开始往上爬了，但长势像是差了一个时节。几天来我不断地为葫芦的攀缘做指引，有时还会找来一截短棍就其长势接驳架子，葫芦仿佛与我心意相通，几乎是棍子一绑好，就将触须伸了过来，缠出一道道弹簧般优美的线圈。

在院子另一头还种着一片月季，我从苗圃买回时，它们就开花或打苞了，有红、黄、白、紫几种颜色，但移栽后只维持了几天就全部凋落。这个雨季同样给它们带来了福祉，我看到月季丛中又打出了不少新花苞，有一朵已迫不及待地率先开放。应该说，现在它才是真正地开花了，开在我参与或合作的种植与守望中。月季通常又被认为是玫瑰，四季常青，花期持久，即使在冬季也能开花，正因为它的这一特性，我特意种植了一大片，想着在万物凋零甚至白雪覆盖的冬日，还能在院落中看到绿色，或许还可看到几朵鲜艳的花在雪地里怒放。

院子里
可吃的
野菜

~~~~~~~~~~

　　我是越来越沉迷于自己的院子了，每天都要花上一部分时间与陆续种下的植物交谈，那些随处生长的野生花草，同样能唤起我倾注的热情。在雨季中获得最有力助长的不是我种植的蔬果鲜花，而是绵延的杂草。原本废弃的旧式院落，经过修整的泥地，更能催化各类野草的生长，野生的植物更能寻找到它生长的土壤。之前四毛曾叮嘱我，说入夏之后长出的野生植物，有好些是可以食用的，是实实在在的野菜，上个夏天，他曾尝试过一周多不去买菜就食用野菜。

　　这些天我看到院子里长出了不少花草，有些甚至油光滑亮，不禁想着哪些可以吃。我已经分辨出了两种可以食用的植物，并且确认了它们的名字，一种就是我打量良久的野苋菜，样子跟菜园里的苋菜类似，只是颜色单调了些，它是院子中长得最多最茂密的，一直吸引着我的食欲；另一种叫灰灰菜，叶片像锯齿一样，背面有一层好似灰尘一样的粉末，在院子里一处一处，我是通过房东的指认才知道的，据说生长很普遍，以前多用来喂养小动物。

另外还有一种不知如何冒出的植物吸引了我，它叫鸡冠花，可以像向日葵一样茁壮挺立，还可以长出如鸡冠状的红色小花。鸡冠花虽然是野生的，但无疑可以当作照料的风景，之前我已从野地里移了三株种在菜地边，现在已经长得根肥茎壮了，青翠的叶子有巴掌般大。还有三株我移到水龙头边，靠井台做了一个方形的花坛，花坛内原先还有三株向日葵，但都一一夭折了。

野菜早就可吃了，但我因为缺乏认识，又没有煮食经验故不敢贸然动手。野菜为天赐之物，但美好之物也通常挟带着危险，总会有一些是有毒的，就如有香椿还会有臭椿，再比如葫芦，细嫩的葫芦其实就是上好的瓜果，但带苦味的葫芦却是有毒的，缺乏经验者轻易不能分辨。四毛之前曾答应前来指导，但他最近忙于筹备画展，迟迟见不着人影。看着野苋菜一天天长高，很多渐呈老态，我有些焦急，干脆拉了吴震寰执一瓶酒直闯四毛画室，将他逮个正着，遂拉了他到我的院子中摘野菜，然后返回他那里去烹饪。四毛轻车熟路地摘着野菜，经他一指点，我们竟一下都能辨认出来，居然几乎整个院子都是，呵，好大的一片菜地啊！加工野菜也是极简单的，四毛仿贵州酸汤的做法做了一锅汤底，然后就像涮火锅一样将野菜涮着吃，味道简直使人难以忘怀。也许是第一次吃到野菜吧，在此时此地以这样的方式，一切都新鲜而愉快，真是一次幸福的美食体验。

因为是初次品尝，难免贪婪，况且野菜长得实在过多，我和震寰不顾四毛的劝阻各自拿盆子摘了一盆，虽然美味难以抵挡，但终究还是不管如何敞开肚皮来吃都吃不完，惹得其他人不免发出善意的嘲笑。

之前听说院子里会长出可吃的野菜时，我就展开过无端的遐想，想着这实在是一件值得大肆宣扬的事。开始采摘之前，我曾想着要举行一次"野菜会"，邀请一些城里朋友过来，在潘安大院中就地采摘，上演一出以品尝野菜为名的挂羊头卖狗肉式的诗酒盛会。没想到此时竟按捺不住先食为快了，也罢，反正院子里的野菜多得吃不完，而且摘了再长，据说还可吃上好些日子，在这段时间前来的朋友，自然也是口福不浅的佳客。不光如此，我种下的通心菜眼看着也在分节间迸出了无数嫩芽，看来吃上通心菜也是指日可待了。对比起来，这些通心菜也可称得上是野菜罢，因为它更多的还是自然生长，除了浇水之外没有任何料理，至少堪称绿色环保无公害蔬菜，妙哉！

"梁园"寄寓
及
题诗

~~~~~~~~

对院子愈来愈深的眷恋似乎使我有些得意忘形了,其实就不过是一个旧院子,而且简陋得不免寒酸,说到底还是一种乡村穷人的活法。或许是被城市生活困扰得太久了,这样一种自然和放松的状态,让我感到无比的自由畅快。我一直渴望过一种简单的生活,相信不少人也有过这样的想法,但社会和环境的变化使人们对简单的理解越来越复杂,事实上能够让人简单处之的地方也越来越少,因而我们总是处在纷繁之中身不由己,徒然喊着"诗意地安居",而诗意却越来越被消磨殆尽。

晨起无事,随手在纸上写了一首仿古意诗《题潘安大院》:"潘安颜何处,宋玉尚貌乎?南北半席地,天地一穹庐。"觉得似可炫耀一下,于是用手机短信发给吴震寰,他很快和了一首:"潘安女子貌,宋玉亦粉模。梁园住佳客,天地一酒徒。""潘安"和"宋玉"均是取巧式的借助及虚指了,不能不说有些刻意，但后两句却是我心胸的写照，格调还算高雅，颇见气度。而震寰和诗中所指的"梁园"出自司马相如"梁园虽好"之典故，也说出了这里无非是不可久恋的"梁园"而已。之前我还写过另一首题潘安大院的诗，同样引用了"梁园"之喻："顽石奉清茶，人生无参差。最是懵懂客，梁园数桑麻。"我一开始就是将潘安大院当作"梁园"的，但这并不妨碍我淡然自若、寓情桑麻的品性，在我看来，彼在也就是此在，并无参差可言。

寓居"梁园"的生活有着此时的自在以及精神的自足，这一点是殊为重要的，虽然我无法说出自己未来的去向，甚至局限到不知如何解决接下来的经济问题，但拥有此时的自在和自足，未来又有什么不可以迎刃而解的呢？很多时候，在我们着意为自己的人生做出安排之时，已不知不觉堕入了一个生活的圈套，并且浑然不觉地顺着这个圈套备受束缚而行。

院子里的野菜摘了又长，足够吃了再吃，我连续吃了几天，竟然毫不生厌。除野苋菜和灰灰菜外，我又认识了另外的一种，叫不上名字，问询之后也无人可知，获得的证实仅仅是确可食用。也罢，野生之物，也许本就无须指认，适时即景可也，大不必计较作何称谓。这种野菜并不像野苋菜那样遍地生长，并且多藏匿在草丛中，不留心难以找到，然而更为美味，吃起来有些滑腻，汁液丰富。遗憾的是野菜总无法长得比那些杂草旺盛，这与种植之物往往比野生之物更难生长是同样的道理，考虑到能吃到秋天，不能让杂草平白遮蔽了，我有意像呵护种植的蔬菜一样对野菜加以照料，恰好震寰过来，也言可惜，于是一同埋头除草，将院落一角的一大片杂草拔除，保留野菜，如同又开辟出一片已栽植入收的菜圃。

晚饭后几人一同到小堡广场散步，竟像走在熟悉的村镇一样不时遇上熟人。遇上外出回来的片山和刘桐夫妇，停下来略作寒暄，他们顺便拿了一本画册给我，是他们前些天被取消的展览的印刷品，我才知道这个展览叫"人间烟火"，本是宋庄艺术合作社推出的一个连续性展览，只是这一次因为某些作品内容显得敏感而未能如愿展出。

女画家陈活活和她的女儿领着被称为"斗牛士"的狗在街边闲坐，见我们无事瞎逛，便邀请我们去看她的画。不少画家的人像作品大抵都有自己的影子，或者干脆就是自己，女画家尤其明显。陈活活从学画起画了不少形态各异的自画像，现在又画了很多自己女儿的肖像，并喜欢在肖像的背景中加上家乡湛江的乡村场景，色调温暖妖媚，画面泛着较强的情绪，画中少女充满青涩和憧憬，显得纯净而又略带忧郁。

有土炕的
房间

～～～～～～

　　四合院是人们对北京老房子的普遍印象，但现在这些院子大都被保护了起来，还能让人随便出入居住的并不多，究其原因还是留存下来的四合院的确太少了。听说宋庄镇上就有两处受保护的大四合院，我没有看到，也不想专程跑去做眼巴巴观瞻老房子的举止。就我租住的院子而言，虽然只有正中的一排房子，但怎么看也脱离不了四合院的格局，毕竟地方风物建筑，万变不离其宗，何况这是旧式的农民院落。而村中的其他院落，保持传统四合院结构的还有不少，只是由于大多建得较晚并且家庭人员分散，不像旧时大户人家那样规模庞大，因此并不引人注目。

　　这里的房子给我的感觉首先是窗户很大，而且只有对着院子的一面留有窗户，往往就是大半面墙，仅齐腰以下砌着青砖。更吸引我注意的是整齐宽敞的花格窗页，虽远不如南方建筑考究精致，但也不乏传统之美。窗户虽然高大宽阔，但其作用更多的只是采光，不易打开并且极少打开，在冬天甚至要把窗户的缝隙全部糊上，使室内密不透风。这样的房子在今天已是相当罕见了，小堡村后来建造的房子，早就失去了这种韵味，不仅青砖变成了红砖，更让人失落的是窗户不再是花格窗页，而一律采用了铝合金镶成的大块玻璃窗，像潘安大院这样保留二十余年仍然居住的老房子已实属难得，几乎每一位到来的朋友，都要被我卧室中的那面大土炕吸引，这也是一个难能遇上的景观了。

有土炕的房间是我的主要活动场所，尤其是我持续不竭的写作及睡眠，屋内的陈设除固定的土炕及土炕上的一面小方桌外，唯一加入的就是一张写字台。土炕紧连着窗户，占据了半个房间；写字台靠墙面对着土炕，我的视野除电脑屏幕外还有满眼透亮的窗户。我时常在写作中抬起头来，透过一格格的窗格，一眼就撞上那个低出窗户的葫芦架以及香椿树的枝杈，天空和云层仿佛在骤然间向我涌来，有时目光还能遇上一架低飞的飞机。我喜欢在这样的不时眺望中在电脑上以日记的方式写下生活的点滴，包括院子里那些植物持续的声响，我有许多天没有写及葫芦，但它们并没有因此而延缓生长，而总是超出想象地在架上攀缘，几乎每次观望，我都感觉到又有一根藤蔓向窗户逼近了一点。

土炕上边的窗户原本并不能打开，窗页间的缝隙全部用泥浆糊死了，这自然是为了冬天烧炕时暖气不会漏出，但住惯了南方讲究通风透气房子的我总觉不适应，遂用小刀将糊住的旧泥剔开，这样就能从下方推开窗户。窗户虽然用条木做成了一个个小方格，嵌着一块玻璃，但整体上还是一大扇，从里向外推开时，得找一根支棍顶住，关上时把棍子撤下即可。当然，把窗户打开只能是夏天的举动，到天气凉下来尤其是寒冷袭来的时候，就得把窗户关紧并且重新把缝隙糊上，否则刁钻的风会从哪怕只是一丝缝隙的空间凶猛地刮进来。

窗帘只有在睡觉时才会拉上，而起床的第一件事就是把窗帘放下来。窗帘不过就是在窗户上拉上两块我自己找来的布，红色的一块错落着圆形的传统的龙形图案，像是盖着一方方印章的印鉴；蓝色的一块是贵州出产的蜡染，绣着很大的葵花图案。我在窗户顶上钉了三个挂钩，两头各一个，中间一个，在两块布的四个上角打了结，挂上即成了窗帘，白天将中间的角撤下来。窗台及小方桌上不断添加书刊，任何时候都搁着纸笔，很多时候我会盘坐在炕上，就着小方桌随意翻阅及乱写乱画。室内室外的风景不断流动，而我也不断地获得像星辰日月般更新的体会和喜悦。

朋友
连日来访

~~~~~~~~~~~

　　我在深圳结识及交往多年的老友乌沙少逸不久前也来了北京，在顺义的一家企业供职，这个周末专程来访。他对潘安大院表现出极大的新奇，顾不上与我叙旧，拿着一个相机在院内不停转悠。接连几个月，我一直沉浸在对风景的营造中，却未想到将之拍摄下来，而风景却是在持续变化着的。我尽管耽于生活的创造，却没有特意把这些流逝的景物留存下来。或许，长期的写作经验使我更相信记忆，沉迷于从沉淀的记忆中对往事进行补充，而当下的事件与景物总是带着不加修饰的瑕疵。临走时，乌沙少逸将所拍摄的照片转存了一份到我的电脑上，看着这些自己一手营造的风景，我竟有些恍惚，仿佛不像是每日沉浸的场景，而是往事的记忆片段。尤其是那组土炕的照片，更似是相隔遥远的怀念。其时阿翔恰好在场，他凑上来看了一会，扯过纸笔写了一行字：这组照片就像是在陕北。的确，这样窗明炕净、旷静安详的场景，在人烟生息之处早就失去印象了，即使我每日置身其中，仍然感觉恍如隔世。

阿翔比我先一步来到宋庄，在离小堡村两公里外的喇嘛庄已经居住了一年多。他来自安徽，是"70 后"诗人中较早进行写作的一位，年少失聪，严重丧失听力和说话的能力，交流起来只能使用纸笔。我与他早在 20 世纪 80 年代末就有书信往来，之前也在广西、广东有过会面。这组潘安大院的照片显然也强烈地吸引了阿翔，他兴致勃勃地拿出一个 U 盘，说拷贝一些回去发到他的博客上。他近段时间连续前来，上次回去后就在博客上声张了潘安大院，这次，更使他的阅读者眼见其实了。

由于入住宋庄艺术家村的多是画家，诗人属于稀有者，因此我与潘漠子所营造的潘安大院就引起了诗歌圈诸多人的关注，而慕名前来宋庄参观的诗人，自然必定先至潘安大院。武汉诗人艾先携家出游，路过北京，就在阿翔和牛慧祥的引领下到潘安大院过了一夜，他 10 岁的女儿居然比大人更享受这样的生活场景，问我这是否就是北京的四合院。我照例摘自种的蔬菜待客，敞开院子和心胸饮酒交谈，除此之外别无他物。牛慧祥也算是潘安大院的半个主人，常在这里借住，他是潘漠子的师弟，曾任安庆师院"白鲸"诗社的社长和《诗歌月刊》的编辑，写诗之外更执迷于佛学。此时，他正缠着要我介绍他到广东的林泉寺出家，因为林泉寺住持释雪尘法师是我的挚交。

客人走后的院落流露出短暂的空旷，也使我临时收起的情绪产生了瞬间的出轨，一时无法回到惯常的轨道。连日来不断有朋友来访，使我与院子产生了小小的隔阂，只有我不是这里的访客，也正是我赋予了这里被来访的理由。短暂的几个月，潘安大院业已声名在外，到来的朋友大都不是凡夫俗子，称得上是"谈笑有鸿儒，往来无白丁"，朋友们留下了灵魂和思想，带走了脚步和声音，这正是我所期许的。

院子东侧还有另一个水龙头，它最大的作用是就近灌溉那一边开垦的菜地以及栽种的树木，我同样捡拾院子中散落的残损青砖在水龙头下做了一个井台般的平台，又弄来了一截水管接到水龙头上，用一根木桩做支架将水管架起。这个地方已被充分当作天然沐浴之所，庭院幽深，四顾空旷却又独立封闭，完全可以在安静无人的时候肆意释放自己。这是我在这个夏天最大的创举，招得就近好几位朋友专门过来体验一番，而我更是乐于在入夜无人时惬意地冲洗，尽享夏日的清凉与畅快。

一次
彻底的
迟到的
种植

　　吴震寰一大早就在大门外猛烈地敲门，大叫起来劳动，原来他的院外正在挖水沟。由于北京市打造宋庄艺术产业园区已排上日程，村里大规模展开改造环境，首先是仿照城镇设施统一铺设下水道，开始在各家院落的围墙外挖沟填管。震寰眼看着要挖除院墙边一批长成的向日葵和玉米，心内着急，他狭小的院落早就植物拥挤，想到我空旷蛮荒的大院子，遂抢挖了五棵大玉米，过来叫我一块去搬。我原本将劳动当作娱乐，但求兴之所至，并不愿意太过辛劳，无端沉陷躬耕之累，况且玉米生长期已不长，又不知能否成活，多半徒劳。但看到震寰热情蓬勃，不便拂其美意，遂叫上吴才真一起跟他过去搬。震寰怕玉米种不活，连同一大坨泥挖起，那五棵玉米已近两米高了，结的苞也已有人的小臂大小，连同一大坨泥，简直就是五棵拔起的树。三个人费了老大的劲，终于将玉米弄回来种上，错落在原有的七棵小玉米旁边，仿佛在廊前又种上了几棵树木，真是一次彻底的迟到的种植。

吴才真是从贵州过来的一位大学生，他在贵州师范大学学习绘画，临近毕业想找地方实习，经我在贵阳的好友彭天朗介绍来到宋庄，就借住在潘安大院。他的到来使潘漠子获得了一个得力的助手，漠子在城内的工作室常会有一些城市环境雕塑之类的活计，而这里宽阔的场地则成了他的雕塑工作室，也正因为他常有一些雕塑活计维持着收入，使得我不必操心房租问题，专事看管院子和阅读、写作。

画家阿芳（李秀芳）是一个喜好栽花种菜的人，她不光将自己租住的院子内外种满了各种植物，还占用了相邻人家的院墙外侧，堪称一个义务的绿化师，赢得了左邻右舍的交口赞誉。她种的植物多不胜数，大多我都叫不上名字，但对那瓜果满棚、花菜遍地的场景颇为羡慕。有一个晚上她散步路过，顺便进来察看我的院子，看到我的院落杂草丛生，大叫浪费，嘱我第二天一早过去移植一些具观赏或者实用的植物，说时令尽管晚了，但倘能种活，也不失为一种景致。我赞赏这种态度，于是特地早起到她那里移了数棵牵牛花，近十棵玉米，数株瓜苗，还有几株薄荷和三株万寿菊，回来赶紧种下，又忙乱了几乎一个上午。

阿芳是我的广西同乡，又曾经在深圳、广州待过，算是较有渊源的了。她入住宋庄艺术家村已近三个年头，在创作上也已有所开创，但她与一般的架上画家又明显不同，因为她主要从事纤维艺术，即采用麻、丝线等纤维材料，编织成各种各样平面或立体的艺术图案，画面也由自己构思，跟绘画如出一辙，区别的只是并非用笔而是手工编织而就，当然也无法像画笔那样任意挥洒，却挟带着一种细腻中混合着粗犷的独特韵味。同时她也按工艺的方式编织一些貌似工艺品的作品，造型、结构等也是自己设计。她的作品，当然也可以认为是接近商业，但只有少数可以批量生产，大多还只能是创意下的手工操作，因为更偏重于艺术创作而非工艺程序，她自己也声称是当作艺术来创作的。我看到她的作品中有不少具有鲜明的图腾意识，这或许与她来自桂西少数民族地区有关，由此给作品注入了强烈的观念意义，也唯有艺术创作才能承载了。

移植回来的植物，我最感兴趣的是牵牛花，牵牛花不光会攀缘，开花时也颇见绚丽，因品种不同而具红、蓝、紫、黄等数种颜色，开花时可谓姹紫嫣红。我将牵牛花分别种在厨房和厕所的两侧墙边，由于厨房和厕所是新建的，在一排陈旧朴素的老房子中，总是显得扎眼而不适宜，我的用意自然是想让牵牛花将其低矮的墙壁及屋顶爬满，给我冬天来临之前的视觉美好。那近十棵玉米，则种在屋檐前面的泥地里，一字排开，像是一排守护在廊前的绿化树。

受到惊吓的
鸟

〜〜〜〜〜

　　迟到的种植最终被证明并未迟到，几天前种下的植物全部
成活，尤其是几棵牵牛花无一例外地获得了新的生长，它们已
经彻底将耷拉的茎叶从地面挺直起来，有几根触须还攀向了我
放置在旁的竹竿。我仔细地观察了一下牵牛花的触须，它们看
上去相当纤细，却显得异常有力，就像盘踞地面的长蛇昂起的
头颅。记得小时候曾在山中见过一种如长藤般的蛇，它的身体
纤细而柔软，颜色与自然生长的藤条几无二致，不注意很难分
辨出来，但如果不幸踩上，那可就危险了。这些牵牛花的触须，
使我无来由地重温了儿时的体验，看起来风马牛不相及却能在
记忆里串通。因为是迟到的种植，我多少有些听之任之的态度，
并不过多加以照料，没想到它们具有如此迫切的生长力，看来
牵牛花携带着花朵攀上墙壁和屋顶，不过是指日可待之事了。

　　心情大好，转身给廊前的七棵玉米各培了一层土，浇上水。

头天出门，我留意观察了别人院墙边种植的玉米，看到人家把玉米根部的泥土培成一垄一垄的，随即依样画葫芦，考虑到我的玉米太少，自然无须整成垄状，遂只是将根部培高。七棵玉米看上去也已成活了，种下时我已将它们靠下边的叶片剪掉，靠上的叶片剪短，吸收养分应该不成问题。别人家的玉米已经开始打苞了，而我的才种下不久，不过这没有什么，因为我更重视的并非收成。我热爱的自然主义作家梭罗如此说："我这个半路出家的农民压根就没有想到过这些。"

正在忙碌，突然听到门外不远处响了两下仿如火枪声的爆响，大片的鸟惊慌地飞起，跌跌撞撞地掠过我的头顶。我还是第一次看到鸟们如此惊慌失措，下意识地以为有人在开枪打鸟，一下子感到很愤怒，冲出去看，却发现原来是旁边院落在放烟花，后面还接着响了数下，不知是什么鞭炮，声音贼响，导致鸟们包括我都受到了惊吓。悬着的心稍稍放了下来，即使雀鸟们在猝不及防中感到惊恐，还不至于受到伤害而彻底吓跑，在恐慌落定之后终究还会再来。我发觉我对这些常来常往的鸟已无比亲近和眷顾了，它们和我院子里的植物同等，都是我的密友和伙伴。前两天，在此借居的大学生吴才真就因为追赶落在院子里的鸟被我数落了一顿，其时他发现一只应该是刚刚学飞不久的小鸟落到院里的地面，偷偷上去追赶并最终捉到手上，还得意扬扬地向我展示。他不过是童心大起，想将小鸟捉起来养。我跟他说这些鸟每天都在这里起落出没，对人已没有什么忌讳，比我们养的还要熟稔快活，难道这还不够吗？

曾有一个来串门的画家看到我在院子里锄地种菜，神情明显流露出不屑，由此我每次见他都爱理不理的，我看不起那种蔑视与自然亲近的人。他也许觉得一个艺术家不应该如此沉迷杂务，但如果一个艺术家没有一颗热爱自然、体察生命的心灵，又如何去观照美好，提升灵魂的力量？宋庄有不少艺术家惯于撕裂自我，以丑为美，这种品性过多地表现于他们的作品中，让人睹之感到压抑。

大雨
使院子
变成沼泽

〰〰〰〰〰

　　入住宋庄伊始，我常会因各种莫名的理由坐车入城，其时总觉得荒芜的院落中不时滋生着不适，比如吃饭、洗澡这些过于日常的问题，非得到城里调节一下。随着渐渐地安顿下来，我的态度发生了截然相反的变化，开始不愿意离开了，总觉得院落中有不少事物在牵动着我的心思。

　　又是北方夜雨，天色分外透亮，催人早起。莳弄了一番植物，临近中午时看菜地里的通心菜长得青翠欲滴，终至忍受不住诱惑摘了一小把，用作煮面条的佐料。原本我还想等汉子回来时方第一次采摘的，让他也享受到种植的成果，但眼看通心菜的长势已经不等人了，反正摘了再长，就权作我这个躬耕者该当享有的一点私福罢。由于自种的蔬菜相继成长以及野菜取之不竭，我几乎都不用去市场购买青菜，去买菜时最大的兴趣就是买上一堆骨头或一整个猪蹄，回来熬上一锅汤。小堡村的菜市场仅有一家鲜肉档，北方人不事煲汤，那里的骨头常常无人问津，因而卖得相当便宜，大大有益于我和吴震寰这两个新来的广东客。

下午又骤然下起了大雨，伴随着雷电交加，煞是吓人。我不敢打开电脑，只好蜷缩在沙发上看书。黄金明原在《南方都市报》上撰写的"乡村游戏"专栏，由南方日报出版社结集推出，寄给我已一周多了，而我还仅是零星翻阅了一下，更别说完成写书评之托了。他是我在广东为数不多的建立起兄弟情谊的朋友之一，作评自然责无旁贷。这一场雨水分明就是催促我阅读的伴奏，雨水充满追忆，正好促使我回到《乡村游戏》中对童年游戏的温习与怀念。

大雨从下午下至晚上，院子里的野生草木倒伏一片，甚至连我特意培土加固过的向日葵和鸡冠花，都显得摇摇欲坠，有几根挺直向上的爬墙虎和牵牛花触须，也被打得失去了攀缘之所。更要命的是由于雨下得太久，地面的积水无法排出，漫延到了廊前，门口也被溅进来的雨水打湿了一片，平日干旱萧索的院子变成了一个分不出深浅的池塘。不，应该是变成了一片风雨飘摇的沼泽，或者更像是一个被大水淹上来的渡口。我第一次对这个声息相存的院落生出疏离的感觉，一个围墙内的院子能呈现出这般仿如暴雨旷野的景象，真让我有点始料未及。

院落中旧大门的位置原本就长着数棵爬墙虎，据说以往每年都会将大门两侧的院墙爬满，只是因为爬墙虎在冬天全部枯死，我才未发觉，后来发现地里的爬墙虎在草丛中攀缘，于是顺藤摸根，把几棵爬墙虎又移到了新建的大门边。爬墙虎生命力顽强，即使藤蔓在冬天全部枯死，根部在第二年春天还会重新长出新藤，又开始一年的攀缘。移栽后的爬墙虎在数场雨水之后长势惊人，已将爪子般的触须抓住院墙的缝隙往上爬，可以想见，不用到秋天，它就能爬到院墙顶上，逐渐垂到外面。然而这一场罕见的大雨使壁虎般吸附在墙上的爬墙虎有些打滑的迹象，似是一不小心就会掉下来，使我看着不由得有些着急。

　　倒伏的植物几乎被浸没了，未倾倒的就像是浮出水面的芦苇，廊前一排低矮的玉米只剩下顶部晃动的叶片。我冒雨出去涉水走了数步，又被袭上来的一阵寒冷赶了回来。即使是夏季，北方的乡村仍然不适宜淋雨及涉水，而我也早已不是那个喜欢在雨中"疾走和消失"的浪漫满怀的少年了。记得以前我还写过"雨中疾走的人／又在雨中消失"这样的诗句，现在也仅可当作一场流逝情怀的追忆了。

一只
在雨中
死去的鸟

~~~~~~~~~

　　头天倾注过多的雨水使院子显得潮湿、凌乱和阴晦，好些长高的野苋菜因为浸泡太久而倒伏不起，完全失去了往日穷长猛蹿的势头，好在我种植的植物状态尚好，尤其是那一架葫芦丝毫没有受到影响。由于我为葫芦藤打了杈，这几天架上骤然多出了十数朵乳白色的花，跟前面开过的淡黄色花朵颜色不同，想必是另一株不同品种的藤蔓开的吧。给葫芦打杈就是把一些藤蔓的头掐掉，使主藤生长得更快，也利于开花，这是村里来收水费的人传授给我的经验，前些天他来收水费，看到我种的葫芦长势良好，赞叹了一番，随即告诉我要给藤蔓打杈，否则结瓜不会好。目前业已爬到架上的有三棵葫芦，彼此分出的枝蔓纵横交错，纠缠到一起，我早已分不清任何一株藤蔓的走向了。

　　架上的葫芦也称得上硕果累累了，有数个垂下的葫芦底部已不知不觉长成碗口大小，它们常常在一夜之间引起我的惊奇。我种植葫芦的初衷，自然是为了观赏，但又深知葫芦的价值远不止于此，受其味道的诱惑，我曾在某次晚饭时于垂挂稠密处摘了一个，特意不加任何调料煮着吃，感觉相当清甜脆嫩。我没吃过葫芦，但这种味道在记忆中早有体会，其实跟小时候吃过的芦瓜异曲同工。我想芦瓜之于葫芦，不外是同一种类，区别是家乡农村不叫葫芦而叫芦瓜。芦瓜外表跟葫芦也有差别，它并不长结，而更像一个柚子的形状，但风干后同样内部中空，外壳坚硬，剖开则成两个瓢，常被用作盛物的容器，在 20 世纪七八十年代的南方乡村较为常见。

在院子内察看，竟然发现一只死去的小鸟，羽毛蓬乱地躺在葫芦架的一侧，湿漉漉的沾着泥土。这只鸟不知死去多久了，已被潜伏的蚂蚁率先发觉。看样子还是一只幼鸟，想是昨夜的雨水将它尚且无力保全自己的羽翼打湿，而不断袭来的风又阻断了它生命的飞行。尽管已经中断了呼吸，但它仍然显得那么仓皇，看得出临死前的绝望与无助！我不由得有些感伤，毕竟它曾经是在我面前歌唱和跳动的生灵，也曾是与这个院落声息相交的一员，它还处在憧憬和梦想的萌芽期，却等待不到生命中的振翅高飞！

我将小鸟埋到那棵大香椿树下，这棵树曾是它及同伴们的乐园，现在，它只能静默地躺在曾经拥有的欢乐下面。鸟是院子中最活跃的生物，它们群进群出，比我还要充分享受在这里的自由。它们不光可以在香椿树的浓荫里歌唱，还可以随时躲在草丛中嬉戏。在院子东面靠大门侧边的荒草丛生的地带，我就常常发现有一群鸟躲在里面，每次外出回来，打开大门，都能看到一群鸟倏然飞起，拥作一团向天空斜掠而上，像是一次冲天起飞的仪式。院子东面是一个高起的斜坡，已被齐人高的野草完全覆盖，狭长的一块，就像是一道荒芜的堤坝。我总会不时看到成群的鸟由大树扑向草丛，像投入水中的鱼群一样失去踪迹，唯有摇动的草尖像激起的波纹一样久久荡漾。有时候，我甚至遐想自己就是其中的一只。

而它们中间，尽管会有更多的鸟加入，会有更多的快乐和更广阔的飞翔，但无论如何已缺少了一只，或许也是唯一一只最终留在我院子里的。

在
艺术产业化的
风口

~~~~~~~~~~

　　这个晚上，画家四毛的哥哥、普洱茶专卖商陈蕃又一次向我及震寰这两位广东客充分演绎他的茶经，他对普洱茶的倾心投入使我们也不得不小心翼翼地品味。他认真地询问我们对每一个品种的感受，请求我们以入口的直觉或者以一个艺术家的感觉去谈普洱，不必拘泥于对茶的认识。恰好，这两样我们都算得上擅长。

　　饮茶间隙问及小堡是否可以接收邮件，四毛说这里有邮件寄达时通常放在村委会，村委会会在广播中通知。我们才知道原来村里每天都会准时放广播，一时感到很有意思，这一情景亦是久违的了，感觉那似乎是生产队时期或者上学时的产物，至少是集体化的一个体现。四毛说小堡村还保留着集体化的一些特色，这个集体不仅仅指向村里人，还包括寄居在此的艺术家们，每天广播的信息到最后都会有通知领取信件一项，会念到具体的门牌号及收信者的名字，无疑大多数都是寄居在此的艺术家。如此重要的信息，我来了这么久竟未加留意，虽然不时听到过广播声。

由此看来，村里也确实将这些进驻的艺术家当作村子成员看待了。由于艺术家的不断到来和引起的影响，宋庄的确声名在外，引人追寻，我就好几次在小堡村内碰到慕名前来探访的人，这些人开着小车在周围转来转去，不时停下来向人打听宋庄在哪里，浑然不知自己就身在宋庄。事实上宋庄艺术家村只是一个泛地点和泛概念，宋庄是通州区辖下的一个镇，宋庄镇辖下又有 40 多个自然村，艺术家们聚居的村庄则是以小堡为中心的邻近十数个村落，小堡村与宋庄镇政府所在地仅数步之遥。外界只知道宋庄艺术家村，往往不明就里，以为宋庄就是单纯的一个村子，自然难以探知其中究竟了，或许在某些人的眼中，宋庄就像是一个艺术的集市，随处可见艺术家们出出入入和兜售自己，殊不知竟是如此四顾安静。追究起来，这些以画家为主的艺术闯入者，其初衷不过是为了寻找一方净土，他们更多的是艺术的逃避者，却无意打开了一片招惹观望的风景。

就目前看来，宋庄不过染上了一个在传说中令人揣测的名声，这与这里居住着不少享有国际声誉的艺术家有着莫大的关系，更主要的是当年圆明园艺术村的声名延续，尚谈不上是什么艺术的丰富的载体。听说继通州区政府投来关注之后，北京市政府有意借势造势，将宋庄进一步打造成北京市市级的艺术产业园区，已投入了部分相应的资金，以逐步解决这里的居住环境、交通以及公众场所等问题。只是不知对于这样的规划，当初那些多少抱着惜羽想法出走而至的艺术家，会是怎样的一种态度。他们抱在怀中的艺术理想，是否能够承受随之而来的商业洗涤？

宋庄从地面浮高的商业气息，会不会酿成今后又一场无奈的撤离？前些天与震寰在村里闲逛，看到到处都在修建的房子及越来越多的商业区域时，我禁不住与他谈到这个问题，他说要看这些画家成不成气候，艺术当然不能拒绝市场，而艺术家们的扎堆说起来就是要催生市场效应，但如果产生不了艺术对市场的突破，最终导致又一场逃离也不无可能。而在我混沌的头脑中，尚未能发现艺术产业化的一丝曙光，在我看来，艺术产业化在于以健全的管理形式和统一销售链，引入先进的画廊代理机制，而不是着眼于生产链上的批量创造。但就目前的情况而言，除了人数和作品的无序堆砌，根本就谈不上什么产业化，艺术家们的自救也更多地离开艺术，说白了不过是各凭运气，未来真像是一幅色彩有欠鲜明的画，根本就压制不了光滑的墙面。

朋友们

不期而来

~~~~~~~~~~

　　两天前阿翔发来手机短信，说胡子博周六要来，到时他会一起过来。据知他上次把照片带回去后，即在博客上大量发布，极尽渲染这就是宋庄著名的潘安大院，弄得动静颇大，不少城里的朋友看到后，纷纷打电话给我说要来参观，还有一些诗歌圈和媒体的人，到了宋庄，直接就找上门来。这时的小堡村还没有通网络，仅在宋庄镇上有一家网吧，我有时要收发电子邮件，一般都是进城到潘漠子的工作室去，自然就无法浏览博客，自己原有的博客也疏于经营了。不仅如此，潘安大院也没有电视，好在我对电视节目不感兴趣，甚至连新闻都懒得关注，有一个如此庞大的院落让想象驰骋，有书籍令视野和思维展开，已然足够了。

　　胡子博是漓江出版社的驻京编辑，同时也是一位诗人，还是我的广西同乡，此外，他与潘漠子、牛慧祥等均是"不解"

诗歌论坛的活跃人物，与我亦是几年的旧交了。由于阿翔、胡子博的到来，潘漠子和牛慧祥也相继从城里赶回，沽酒买肉，又将吴震寰喊了过来，就在葫芦架下开宴。首次种植的茄子早已经结果，有三个已长得相当茁壮，压得茄子树都弯了腰，我趁机把其中一个摘了，作为特殊和珍贵的招待之物。茄子长得比碗口还粗，紫得发亮，像是一个色泽光润的圆球，足够三四个人享用一顿。顺便卖弄一下，我和潘漠子均是烹饪的好手，虽然比不上专业的厨师，好在创意十足，能够依靠合理的想象安排菜肴。而我对这个茄子的烹调方式，是切片后加上五花肉和酱汁清蒸，确实味道非凡。

院子里的植物接受着每一位到来者的品评与喜爱，而我就像是一个技艺精湛的园艺师，同样接受着朋友们的赞扬。这几天院子里又增添了显著的新景象，首先是半月前种下的牵牛花开了，并且连日来均有开放，点缀在藤蔓上就像是闪烁的星辰。种下的牵牛花有几个颜色的品种，率先开放的一株是紫红色的，在缠绕伸展的藤蔓和绿叶间格外惹眼。牵牛花花期特别，每朵花只绽放一天，入夜即凋落，第二天看到的牵牛花，与前一天看到的必然不会是同一朵。

那个葫芦架是院子里最吸引人的风景，越结越多的葫芦陆续从架上垂下来，像一个个青绿的灯盏，煞是喜人。细细察看藤蔓间的葫芦，分明是前赴后继，最终必然将整个架子占满。我想，等葫芦长成、自然风干，再摘下来稍做雕刻加工，将会是潘安大院出产制造的绝佳礼品。

山东诗人和画家孙磊来宋庄听栗宪庭的讲座，结束后打电话给我，说他正在以影像的形式记录一些自由艺术家的生活状况，问能不能过来拍摄一下。其时我正和一群人在院子里喝酒，席间喧闹，一时没听清是谁，以为又是哪一个不相识的记者，便随口敷衍着。由于宋庄第二届艺术节临近，宋庄出现了不少媒体记者，不乏直接闯门而入缠着要采访的。直至孙磊来到，我尚未弄清他就是那个闻名已久的写诗的孙磊，坐了一会才终于搞清楚，连忙握手重新相认。我跟他素未谋面，但又显得熟识，前几年我曾担任过一届"柔刚诗歌奖"的终评评委，他恰好就是首奖获得者。之前我并不知他正在中央美院进修，更想不到他会突然出现在宋庄，并且直接闯入我的院子。

院落中
翻新的
地面

漠子回潘安大院住了两天，终于打算正式从城里搬过来。两天内他兴致大发，又在我的怂恿下与震寰一起动手将香椿树下的泥地全部翻了起来，整成一垄一垄的，准备明春栽花种菜。这片地是我们搬来时打掉水泥地面而空置的，尚未种植蔬果，经历了一个生长季节荒置，长了许多不明的植物，竟有几棵草参。村里收水费的人也兼任农技员，正是他告诉我那是草参，多属自然生长之物。草参长着许多黑色的小果实，汁液丰富，在掌心捏开手掌即染上一重好看的紫红色，由此阿芳曾想过摘来制作染料，用到她从事的纤维艺术上。

翻起的土地相当肥沃，土质略现黑色，相对本地地面的沙化，这算是较好的土质了。我之所以怂恿漠子将地翻起，原因是待下雪时雪水渗透进去有助于土地滋长养分，这是我记忆中仅存不多的模糊的农业知识了。漠子干劲十足，粗心大意，竟将一棵草参连根弄折了，于是索性将其挖了起来，令人意外的是竟相当硕大，有小孩的小臂大小，但看得出不够饱满。原先漠子根本不相信那是草参，认为我胡说，即使连番提醒也不加重视，现在他终于相信了，却已使其中一棵付出了夭折的代价。

漠子对地面的翻整兴趣达到了极致，而我由于连月的劳作已是倦怠了，只做旁观者和怂恿者。他还兴致勃勃地将那些散落的落叶扫起来，堆到刚挖起的泥地上去烧，燃起滚滚的浓烟，火光将入夜的院落映得通红。他说草木灰是最好的肥料，对来年的种植大有益处，可以减轻护理的劳累。话虽如此，但恐怕真种植起来，还是要累人不轻。必须清楚的是，在这里，种植只是一种娱乐，投入艺术创作才是根本，可不能本末倒置，真变成了被种植所累却又不地道的农夫。

受之前乌沙少逸拍摄照片的启发，我持续用相机记录着潘安大院的点滴变化，不能不说，其中不少图片是颇有诗意的，并且交融着我的情感。由此想到要挑选一些照片配上诗歌，也算是我的一项创作。近些天我已开始断续为图片配诗，配了土炕、窗户、葫芦等，命名为《诗歌静物及风景》（组诗），更多的是由图中场景展开想象，并不是单纯的诗配画。诗歌于我从来都只是一种锻炼，也是自我饲养的一种方式。我不知道会因这些图片的触发写多少首诗，也把握不准什么方向，但无论如何都会是一种美好，说明生活已经融入了我的写作。说起来，除了前些时候写作的《京广线》，以及前几天夜归遇雾，一时兴起写了一组《夜雾》之外，来到宋庄后我几乎没写过什么诗，但愿《诗歌静物及风景》能有所延续，潘安大院尚能自我满足的生活状态能同时促进我的写作。

　　下午在屋内饮茶翻书，竟看到一条草绿色的蛇，它居然爬到了门口，将头往里钻时发现有人，迟疑了一下，若无其事地掉头走开。我目睹它缓慢地爬进廊前的草丛，竟有一种亲切的感觉。在这个空落的院子内，我这个名义上的主人反而是孤僻的，那些鸟、虫子，还有植物等，才是快活和真实的存在者。

生活与娱乐的
方式

~~~~~~~~~

　　很多人会揣摩宋庄的艺术家们是如何解决一日三餐或者一日两餐的，因为在大多数人的普遍认识中，艺术家们在这方面的表现，要么是懒散，要么就是迟缓，或者干脆是低能。对此我不便辩驳什么，当然更加不敢苟同。艺术家们在一起喝酒聚会是司空见惯的事，但艺术家们如何单独在屋内处理自己的伙食，却并不为人所知，事实上也不必知，如果不是艺术这顶虚空的帽子，谁有兴趣了解一个人私下的吃饭问题呢？

　　我一直不愿意将自己等同于公众眼中的艺术家，这一区别首先应验在日常生活上。我曾一度是个倡导日常经验的写作者，并曾利用生活本身身体力行来写作，因此我绝不赞同一个艺术家可以不食人间烟火。实际上我接触过的许多艺术家均在不同程度上表现着对生活的热爱，只不过他们的热爱方式有时有别于常人，对此我又表示绝对的支持。为什么不可以按照自己的方式处理生活呢？

现代人尤其是囿于城市的人，没有谁会比艺术家们更自觉地回归自然、向往田园。以宋庄为例，有哪些人可以像这些艺术家这样安静自处，一边狂热创作，一边栽花种菜，追求自给自足？就我所见，宋庄好些艺术家都在自己的院子里种植瓜果蔬菜，自己做饭待客，有些甚至是农事或者下厨的一把好手。当然我并不排除部分艺术家在生活情节及细节上的粗糙，总有一些人耽于一面而忽略了另一面，这又算得了什么呢？

有人曾问我在潘安大院有什么娱乐方式，这让我有点迟疑。回顾这些日子的生活点滴，我想可以采取一种答非所问的方式来解释一下。在我看来，独处的娱乐莫过于随时享受一场心灵的盛宴，或者热衷于一些生活细节的创造，它更偏向于思维及动作在无人看见的场合的小小出轨，如同一声突起的鸟鸣促使我关掉音乐或者放下手中的书本。有时候，我会长久注视一只在窗台上爬行的瓢虫，它爬上了明亮的玻璃，仿如一粒缓慢移动的斑点。更多的时候是看着一只探头探脑的壁虎从玻璃上倏地滑下，就像一个在外窥视已久的不速之客被猝然发觉……我不是不需要娱乐，而是这样的娱乐实在太多。

我还有不少自找的娱乐，锄地、种菜、除草、浇水、采摘野菜，在院子里有意无意地做着各种摆设，最盛大的摆设就是那道被我命名为"京广线"的装置，其次是捡拾散落的青砖，给院子东头那个不常用的水龙头搭了一个阶梯状的井台，并且不忘为旁边那棵从地里冒出来的爬墙虎留了一个伸展的空位，试图让它攀上水龙头。诸如此，常常让我忙得不亦乐乎，甚至有些影响我的阅读和写作，这时候我觉得自己实在是有些贪玩了。

至于在葫芦架下读书或者煮茶，则是相当高级的娱乐了，我并非享受不起，而是享受得太多。很多时候我一个人边煮茶边翻读一本书，先沏好一壶茶，一小杯一小杯地喝，一壶茶喝完了，往往能读上十数页至数十页，由此循环往复。当然也会读着读着忘了喝茶，或者沉湎于泡茶而将书本搁置得太久，再或者被一个电话或念头引进屋内而让书本和茶具长久地候在外面。

还有一些时候我会与来客在院子里喝啤酒，各人手执瓶子相对着饮，就像喝泉水一样公平礼遇。我酒量尚好，但尽量少喝，假若碰到一个贪杯的熟客，我也会开怀畅饮，或者有时我自己也会变成贪杯的主人。院子内的石台上摆着电热炉子，假如菜不够，不必担心，随时可以摘一把野菜，或者加一撮菜地里的蔬菜。喝醉了也不要紧，我有几间空房子和一面大土炕，足够做一个酣畅淋漓的梦。

假若还要问我的娱乐费用，我只能说这是一笔无法清算的账。例如我种过近十种蔬菜，却从未担心过菜种从何而来。头天还有一位邻居问我需不需要种玉米，如果想种就过去挖。除了给菜地除草、浇水和为葫芦攀爬做一下多余的牵引，我从不刻意护理及施肥，有无收成并不重要，向日葵或者玉米即使是迟栽的，长起来也是一处培植的风景。

进入
冬季的
收成

在絮絮叨叨地谈论种植之后，我又不厌其烦地谈起在潘安大院的收成，从夏天到秋天，直至现在开始入冬，仍然像一位缺少见识的老农一样喋喋不休。

连续几天我都发现了葵花瓜子的空壳，散落在几棵向日葵高耸的秆底下，像是有人故意撒过去的。开始我有些不明白，接着才省悟一定是鸟的杰作。我常常无意间看到有鸟在向日葵的茎叶上晃动，以为它们不过是贪恋一根枝条，原来它们是在偷享我培植的果实。鸟扔下的瓜子空壳，大多数完整地分成两半，跟人嗑的没什么两样，看来它们才是天然的享用主义者，而我却一直未记得去享用果实，仅仅享受了一个种植生长的过程。

前些时候被风吹倒而摘下的葵花，整个放在廊檐下，已经彻底风干了。这些日子也偶尔看到有鸟光顾，似乎每天晚上还有两只猫在那里逗留，旁边也散落了一些空壳。我不知道猫是否也对葵花子感兴趣，但它们至少将这莲蓬一样的葵花当成了玩物。向日葵是迟栽的，瓜子虽不太饱满，却相当香脆可人。我拿了一整个小花苞到屋里去吃，却下意识地舍不得拿大的，似乎怕亏待了每天前来的鸟。进入冬天，院落中的鸟反而多了起来，每天一大早就叫聒不停，显得我才是多余的闯入者。

　　柿子树上的柿子看起来也趋向成熟了，大多已发黄变红。我拿向日葵秆打落了两个，掉到地面，裂了口子。但还未成熟，味道有些生涩，适宜放两天再吃。之前我也曾几次试尝过柿子从青涩到金黄到粉红的各种滋味，最终证实只有到粉红才是真正成熟。因为未护理，柿子长了虫子，被破坏不少，但恰好又是长虫子的柿子特别甜。有人说柿子是冬天北方村落的景致，其时万物枯干，树叶都落尽了，而柿子却还橙黄粉红地挂在枝头，显现出无限的喜庆气氛。

　　四毛从一开始种植葫芦时就答应为我做酒葫芦，现在，是时候了，葫芦已完全长老，而架上覆盖的叶蔓已满目衰败。四毛应约前来，在葫芦架下转悠半天，最终挑长相入眼的摘走了几个，很快做好送了回来。做酒葫芦其实很简单，在葫芦尖上锯开一个口，然后用铁丝将葫芦内的絮和核钩出来，将内部清理干净，再做一个木塞封口即可，关键在于不要损坏内壁。葫芦里装了酒，显得光润发亮。酒渗透到了葫芦肉层里，将呛人的酒味消解掉了，居然有糯米酒的甜味。我逐一品尝，几个葫芦内的酒味居然都有差别。欣喜之下，又请四毛摘了几个葫芦再去做，想着有朋来访，每人发一个酒葫芦，相对而饮，饮干即止，该是何等的惬意。空葫芦可以再灌上酒，滋养着等下次喝，装上酒的葫芦过些天就得添酒，它也像馋嘴而又受到制约的酒鬼一样喜欢偷偷喝掉一点，葫芦越养越光润，惹人垂涎。

冬天说来就来了，动不动就狂风大作，天气也较为寒冷，夜间最低温度降到了两度，但并没有想象的寒冷，要知道在南方，两度的气温足以冻死人了。我还没有经历过北方的冬季，之前想着也许到冬天难以适应，做好了天冷下来即返回南方过冬的准备。现在看来大可不必，北京冬天尽管气温较低，但因为气候干燥，冷在表面，除非在寒风中吹着，否则完全不觉寒冷难耐。

老龙大龙
来到
潘安大院

~~~~~~~~~~~~~~~~~

　　初次决定将院子以"潘安"谓之时，我和漠子就想过要养一条狗，取名"宋玉"，增加院落的声息及谐趣。但大半年下来，却并没有机会物色，更多的时间花费在照应植物上了。在前几日的一场酒局中，我不经意重谈此事，恰好鹿林在场，当即表示由他代劳，不日即会将狗送来。其时我并不太在意，之前已有四毛答应将他的小狗送给我，因为他常常往返于小堡的画室及通州的家之间，照料不便。没想到鹿林真的上了心，"物色"的结果竟是将他养了近一年的两条沙皮狗送给我。那两条狗我见过多次，一公一母，很是活泼可爱，据说是纯种的沙皮狗。鹿林能够割爱，足见情谊真挚，而我却一时不敢接受。他解释说因为最近从原本租住的农家院落搬到了工厂大院，厂区里有十数条大狗，常会打架，前两日公沙皮狗还与一条藏獒对上了，被咬伤了脖子。这条狗居然敢跟藏獒对阵，当真勇气可嘉，而在我印象中它是相当友善的，不会随意对人龇牙咧嘴。鹿林说这两条狗很忠勇，不会无故伤人，有人进来时只是以吠示警，但对私下闯入的其他犬类绝不放过，即使因力量悬殊而受伤也在所不惜。这两条狗在朋友圈中也很受青睐，有好几位相熟的朋友都想收养，还有人想以八千元买下来，但他不肯轻易易主，要送给他信任的人。

鹿林做事一贯风风火火，在电话中对我说完，当即驱车来接我去他工厂大院的画室。那两条沙皮狗由于有了"惹事生非"的前科，已被剥夺了随意走动的自由，被关在一个用铁条焊成的宽大的笼子里，看见熟人走近迅速将爪子抬起搭到铁笼上求助。那铁笼很是笨重，鹿林叫来几个工人，连笼带狗一起抬上工厂的货车，又开车跟我一起返回潘安大院。鹿夫人对两条狗很是不舍，眼巴巴地看着我将狗带走。安置好了，鹿林又向我介绍了狗的一些情况，说它们十分好养，不会挑食，人吃什么它们就吃什么，米饭面条馒头无一不可，对这两条狗他也是十分喜爱，但多方考虑还得送出去，因为在那个大院里，群狗混杂较难相处，而他本来还养了两条黑贝和一条藏獒。还有一个原因是他夫人怀孕了，狗太多怕有影响。他还打趣说母沙皮狗也怀孕了，人、狗都要生，总是不美。

母狗名大龙，公狗名老龙，"二龙"得名源自鹿林的重要作品《龙脉》，而鹿林原先居住的院落也称为"龙脉"。大龙怀了"龙种"，距生产已为期不远了，看来用不了多久就会有一窝小狗，那时我恐怕要变成狗保姆了。承鹿林如此厚情，无论如何，我都得照顾好这两条狗，从此以后，它们就是潘安大院的一分子了，必将使这个空阔院落洋溢着生气。

　　就我对养狗的认知，要真正饲养好一条狗，使之将自己当成唯一的主人，最好在小狗满六个月前领回，半岁后的狗已认准了主人，此时领回，它始终会对之前的主人念念不忘。然而这又有什么要紧呢？大龙、老龙先前尽管受到宠爱，但并未娇生惯养，所喂食的也是平常之物，不用给它们准备狗粮之类，花费不多，要不以我的经济环境恐怕难以将养。沙皮狗属中型犬，身形也算得上高大，自然饭量不小。我一贯主张不能过分宠爱豢养的动物，否则劳心劳力并且耗费钱财，难免本末倒置，也使人玩物丧志。将"二龙"安置好，看家中四顾无物可喂食，又想对它们表示一下亲近，让它们先认识一下我这个新主人，于是煮了一锅面条拿到笼边，愉悦地看着它们飞快地吃完。我想，过上一两天，等它们适应了新主人和新环境，就可以将它们从笼子里放出来，还它们在院子内奔跑的自由。潘安大院偌大的院子，将会是它们快乐的新天地。

与
老龙大龙的
相处

　　由于老龙、大龙的入住，以往平静沉寂的潘安大院一时显
得有些凌乱无序。这两条狗还算安静听话，尤其是老龙对主人
几乎言听语从，能够遵从指示不捣乱。而大龙毕竟是母狗，喜
欢缠人，常常是人走到哪里跟到哪里，呵斥它时，还知道先察
言观色，看情形不对才会走开。更多的时候它们喜欢趴在廊下
晒太阳，假如人在屋中，它们就会趴在门口，堵住去路，一俟
主人进出，就站起来摇头摆尾，作势往身上扑。一开始潘漠子
和牛慧祥对它们均过于宠爱，舍不得呵斥它们，更不忍棍棒威
吓，甚至连续买骨头给它们吃，导致它们脾气和吃食都有点娇
惯了。幸好这两位喜欢宠爱的爷们只是偶尔回来，顶多待上几
天就会离开，我及时纠正，恩威并施，使它们有所收敛，看到
我声音严厉并板起面孔，大都会乖乖走开。我想它们也明白我
才是能够与它们朝夕相伴的主人，对我表现得尤显热乎。对比

起来，它们原先在旧主人鹿林那里，一只总是被关在笼子内，一只老被拴在笼子边上，活动空间只是一个笼子或者一个圈，而到了潘安大院，整个院落都是它们奔跑的天地，也难免有点放纵贪欢了。

冬季气象渐深，院内的树叶已经落尽，荒草也几乎全部干枯了，那种挪空般的萧索是我从未体会过的。这个时候，已无什么植物可以莳弄，这两条狗真是来得及时，为我的院落补充声息。据鹿林介绍，这两只狗是地道的国产品种，优良纯正，对人驯顺却又不失凶猛。我特意去查了资料，沙皮犬产于广东佛山大沥镇一带，又名"大沥犬""打（斗）犬"或"中国斗狗"，是世界稀有犬种。沙皮犬毛短而刚硬，像刷子上的毛一般，外表看来似乎神情忧郁，充满哀怨、凝重，其实性格非常开朗、活泼、顽皮好玩。

对照资料，我自是十分相信其确切性，作为打斗犬，公狗老龙敢于与藏獒对阵便是例证，而它们对人的友善亦很显见，回来当天它们就认了我这个新主人，有人来尽管会冲着叫，但我一出声就不会再闹。为此，当天晚上我就将它们放了出来，让它们在院子里自由奔跑。或许在鹿林的工厂大院禁锢得过久了，它们一脱离笼子就来回跑动，老龙还跑到前面的大门和西面的侧门处各撒了一泡尿，我明白这是狗的特性，类似于圈地，它已自觉接管这个院落，划定它的看管范围了。

那棵高大茂密的香椿树早已褪尽叶子，庞大的枝杈空空如也，看上去显得缩小了许多。柿子树的叶子也已几近落光，柿子还橙黄地挂在枝头，尽管今年结的柿子不多，但在这个凋零的时节，却十分招人眼。房东过来聊天，顺便搬来梯子帮我把柿子全部摘了下来，说晾晒几天再吃味道会很好，于是我将柿子一一摆在门廊前的窗台上，足足摆了两间屋子长，煞是惹眼，成为一道别致的风景。

小堡村的
平静
将被打破

〜〜〜〜〜〜

　　阅读是我最主要的娱乐方式，而对一部喜欢书籍的反复阅读，则是一种贪恋的娱乐了。反复阅读梭罗的《瓦尔登湖》，翻到结尾部分，不由自主地画下这段文字："不要给我爱，不要给我钱，也不要给我名，请给我真理。我坐在餐桌前，饭菜丰富，侍候周到，但却缺乏真诚和真理；等我离开这张简慢的餐桌，我依然饥肠辘辘。这种招待像冰一样冷，我想用不着冰，就能将它们冻起来。他们跟我讲起了酒的年代和酒的美名，但是我想起了一种更陈、更纯的酒，一种更负盛名的佳酿，可是他们没有，而且也买不到。那风格，那房屋，那庭园，那'娱乐'，在我眼里，所有这些都不值一提。"

　　这一段在轻描淡写中倍见深刻的描述，直切我的心境。我忍不住在电脑上打开小说《京广线》，找一个恰当的位置插入这段文字。这已是我在《京广线》中第三次引用《瓦尔登湖》中的段落了，大大打破了我一贯倦于在写作中使用引文的习惯。

　　傍晚出门散步，往小堡广场方向走，想顺便买点食物回来。走到小堡村最宽阔的北街，却看到有一个纪录片摄制组正在那里折腾，将路人拦住。也许他们想要的只是一个用作衬托的场景镜头吧，来回拍摄几个小孩子在巷道里奔跑。这一造作的情景拍摄于我并不陌生，以前我到贵州少数民族村寨去拍纪录片时，也没少做过这样糊弄人的事。小堡作为享誉海内外的宋庄艺术家村的中心地带，来一个摄制组自然已是家常便饭。除了纪录片摄制组不时出现外，听说还有电影、电视剧的剧组进入。我认识的诗人老巢和阿诺阿布正在筹拍的电视连续剧《画家村》，其中就有以宋庄为蓝本的情节，他们也自称是半纪录形式，届时小堡必定也是他们的外景地之一。阿诺阿布是贵州彝族人，几年前曾与我在黔西的六盘水有过一面之缘，其时我随同深圳的一个纪录片摄制组到六盘水参加火把节，他也恰好从北京回去参加本民族的盛会，我们由在贵阳的共同朋友彭天朗特意介绍相识。阿诺阿布与宋庄的画家鹿林等人也有交往，又由于筹拍电视剧《画家村》而常来宋庄，因此与我再次遇上。

　　也许小堡距离成为一个村庄历史的终点已为时不远了。自我到来之后，一直看到小堡在大兴土木，继修建下水道之后，另一举措就是像城市街道一样植树，自然也是从人流最多的北街开始。一路走出去，我看到两边路旁挖了许多树坑，临街口的位置已种了一排，几个园林工人正在忙碌。我隐约感到这里最近可能会有什么大事，大抵是有政要人物或者国际友人前来视察参观，再或者就是为了迎接宋庄第二届艺术节。因为去年第一届艺术节的成功，北京市政府有意将宋庄打造成文化艺术名片，由此小堡的平静注定将要被更彻底地打破。

宋庄
最初的
网络和网站

网络这一今天已无法缺少的科技事物，应该说在 2000 年前后就已在国内城市得到普及了，在随后几年更是在广大的乡镇全面铺展。然而宋庄却是一个例外，在我到来的 2006 年，网络还是稀缺资源，听说仅有一条网络光纤铺设到宋庄，也只有镇上及就近一带能够使用，接入居民家中可供私人享用的实属屈指可数。我由于依靠给报刊写些稿件来维持生计，常要收发电子邮件，更重要的是得查找资料，因此入住小堡后第一件事就是询问该如何安装网络，但得到的回答是至少一年内难以实现，因为我租住的院子在村子的最西面，地处偏僻，网络光纤能否通到这里，还是未知之数，而在靠近小堡商业广场的北街和南街，则有可能要快些。

这一消息委实让我有些沮丧，但又无可奈何。开始我还不死心，托房东找他的弟弟周旋一下，因为他弟弟是镇上的干部，但房东弟弟的回复让我有些啼笑皆非，他说这事要办成恐怕得请电信局的人吃饭，之前有些艺术家安装电话，也得请客吃饭，否则人家根本就不会办理。这真有点本末倒置了，要知道，在广东，电信局都千方百计动员各家各户接通网线了，要安装不过是打一个申请电话，不仅不需要费用还讲究效率，三五个工作日即可解决。不仅我遭受如此困惑，住在喇嘛庄的"物主义"发起人、诗人苏非舒也跟我提起过在这里安装网络的难度，说他是喇嘛庄独一无二安装了网络的，原因是他的房东就是村支书，跟电信局专门打了招呼。之前我万万没想到，在这闻名海内外的京郊之地，信息、服务竟是如此的滞后和顽固，而且请客办事的劣习还是如此风行。

虽说网络没有普及，但宋庄的艺术家们还是意识到了网络这个平台的作用，只是限于条件，因陋就简。宋庄最早出现的网站，据说是画家天兵及他的女友创办的，名字就叫作"画家村"，介绍宋庄的一些画家及作品，也有一些相关的艺术动态。创建和运营网站的全部设备仅仅就是一台笔记本电脑，天兵之所以能办网站，不过是有幸在自家的院落接入了网线而他又懂得网络技术。京城的媒体也曾把宋庄办起第一个网站当成一回事做过报道，我曾循着媒体报道去浏览过，内容不是很丰富，页面设计也显得单调，但无疑算得上是创风气之先。

不过，对于特立独行的艺术家而言，没有网络又未尝不是一件好事，至少不必为繁杂的网络世界而费心劳神，可以更专注地观照心灵。也好在我素来不迷恋网络，仅仅止于适而用之，但上网是必需的，开始我每隔几天就到城里去处理一次邮件及接收信息，或者到宋庄镇上的网吧，后来又发现小堡商业广场对面的街口有一家经营公用电话的小店可以上网，只是那里仅有四台电脑，网速慢还可将就，主要是常常被人占着，常常半天轮不上。老板也许也是小本经营，设施购置有限，远远未能满足前来上网者的需求。接着我跟老板混熟了，便提议他多接一条网线，直接把笔记本电脑带过去，插上网线即可使用自己的电脑上网，不用在那里苦苦等候，问题也算是得到解决了。说起来，我在网上逗留的时间也不多，无非就是收发邮件并顺便浏览一下新闻之类，去一些朋友的博客看看。

　　连上网都如此费劲，解决电脑出现的毛病自然也是一个麻烦事。也许是经常用 U 盘拷贝文件的原因，我的电脑感染了病毒，竟然严重到即将摧毁系统，我不得不考虑将之格式化重装系统，但这项工程似乎得进城去才能解决。好在四毛适时帮我解决了这个问题，他说村里有一个叫杨小兵的画家熟识电脑，这里的艺术家们有与电脑相关的问题一般都找他，他也很乐意帮忙。于是我在四毛的引领下敲开杨小兵的院门，他住在小堡北街，院落中撑开一面偌大的遮阳伞，摆放着桌椅和茶具，显得相当休闲舒适。只是大门两旁各拴着一条凶猛的大狗，让我进去时有点战战兢兢。

小堡村
终于有了
报摊

〜〜〜〜〜

　　小堡北街街口网吧外面，不知何时有了一个报摊，这是我近两日才注意到的，以往进进出出竟未留意，但应该也出现不久。按说这也不是小堡的第一个报摊，先前在北街和西街相隔的小市场上就出现过，一张小桌摆在药店门口，但仅出售《北京晚报》。想来应该是药店中那位城里来的医生的举措，药店开张不久时，有一次我进去买感冒药，那位医生热情地跟我谈起艺术家们的读报问题，认为村里应该有报刊亭，也许他正是因此兼营起报纸来。我原本就不太买报读报，不知效果反响如何，但有市场就有购买力，大抵也能迎合部分人的需要吧。药店门口的报摊昙花一现，而网吧外面再次出现的报摊，却显得颇受欢迎，毕竟仅此一家，而买报读报还是许多人乐意的。信息时代，宋庄即使再滞后，各类媒体也必定会逐渐普及开来。

　　我不知道这个报摊是否网吧老板兼营的，网吧原来小得可怜，并且最先是经营公用电话的，现在却扩大了一半以上，不用说是赚了钱。网吧老板若由此而兼营报纸，亦是意料中事，毕竟是他最初发掘了信息商机，不像其他人那样只知道跟风经营画布和颜料等物。报摊上出售的报纸有十来种，相对来说也算是丰富了，小堡终于打破了无纸面新闻媒体经营的局面，想来也是一个创举。如果不是置身其中，之前我也不敢想象这个中国最大的艺术家聚落竟是如此的视听封闭，当然，这并不妨碍艺术家们观照自我，毕竟艺术家们的思想是内敛的，他们并不需要过多的道听纷纭的消息。

信息的敞开，或许也是因为艺术节的临近。第二届宋庄文化艺术节开幕已进入倒计时，这一届因为受到政府部门重视，而宋庄也在今年被列为北京市的艺术创意园区，据说会相当隆重，艺术节前夕的宋庄也出现了不少媒体记者，不时有相关的报道见诸报刊、电视。北京市政府对艺术节的打造是显而易见的，相关部门正在加快对基础设施的建造，已经开始进入"面子工程"的营造，我看到，同样是小堡北街，沿路的不少围墙在拆掉重建，按规划保持在同一标准线上，重建后的巷道将像城市街道一样整齐划一，添上树木和花圃式的绿化带。又据说，除北京市在此打造艺术创意园区外，通州区政府方面还锐意将小堡打造成文化新农村，除规划街道外，还将兴建农民公寓，让农民去住楼房，从而将平房全部转让给外来艺术家，使之成为真正的艺术家村。在我的经验接触中，农民公寓已不是什么新鲜事物了，记得十几年前我在《深圳人》杂志供职时，就采访过深圳沙井一个村庄的农民公寓，那个中国最早的农民公寓，在当时也吸引了全国媒体的轮番报道，看来这一模式即将应用到宋庄了。

另外还有一个呼应艺术节的事件，是电视连续剧《画家村》的开拍。我认识的诗人老巢和阿诺阿布是这部剧集的导演和编剧，主演是香港演员吴启华和内地青年演员王雅捷，他们要在剧中演绎一对画家情侣在画家村的悲欢离合故事。当然，这样的剧集不过是挂羊头卖狗肉，不由得使人发笑。我想，倒不如就直接找村中的艺术家来演更合适些。这些天剧组的人经常在小堡村出入，而由于跟阿诺阿布相熟的关系，鹿林对此事相当热忱，主动带剧组的人到处看场地，并且闯入了我的院子。阿诺阿布也在电话里打了招呼，说想借我的院子作其中一个场景的拍摄地，他之前已来过几次，被我院子的陈旧味道和院落中的荒芜气息吸引，早已动了念头。我尽管不太情愿，却也不好推却，但愿他们到时不至大兴糟蹋扰乱之能事。

遭遇

《画家村》剧组

～～～～～～

　　外出数天返回宋庄，我听得最多的是《画家村》剧组进驻的事。似乎是这个班子过于潦草，不但借用画家的院子不付场地费，并且要画家们充当群众演员也无报酬，有些画家还被支使来支使去，给大家的印象颇为不佳。其间剧组的老巢和刘不伟均打过我的电话，而我也连续在网上看到老巢和一位落选女演员的桃色纠纷，《画家村》总导演与女演员的"潜规则"事件闹得沸沸扬扬，就我看来不过是为了炒作。因为我的外出，他们最终未能来成我的院子，于我反而成了一件幸事。还有一个情况是，原本任副导演和编剧之一的阿诺阿布突然隐身，不知是回避还是退出。如此看来，我这次出行同时也避过了一场莫须有的尴尬。

　　窃以为《画家村》剧组已经鸣金收兵，却想不到还在小堡活动，终究还是闯入了我的院子。这天上午我正坐在屋内饮茶翻书，有人在外面敲门，是之前以阿诺阿布的名义来跟我打过照面的剧组人员，说得知我回来了，想过来拍摄几个镜头。碍于老巢和阿诺阿布的面子，并且之前已应允，我不好推辞，只得答应说可以过来。

大队人马下午就开了过来，一进门就开始折腾，随意拨弄院落中的草树，在地面上铺设拍摄用的轨道。他们看中的正是我院子中的荒芜，草木森森，活像《聊斋》里的味道。在此拍摄的场景是一个画家带着一个外国妞、男主角及几个人参观院子，台词中就有院子真像"聊斋"之说，外国妞怪腔怪调地问会不会有狐仙出没，画家神经兮兮地仰天大呼："假如真有狐仙，就给我一只吧！"让我看得啼笑皆非。我一个人躲在屋内翻书，任由他们在外面折腾。说起来，小堡村像我这样的院子真是不多见了，这种原始而宽阔的状态，恰好切合画家们进驻宋庄的最初情景，也难怪他们终究不肯放过来此拍摄的机会。

然而我对院子的状况是满意的，我喜欢这种野草丛生的苍凉，它的确显得有些阴森，夜晚一个人待在里面，确实需要一些胆色。但在更多时候，它表现的是自然与静谧，还有那种不可言状的散漫。更主要的是，这个院子业已融入了我的情感，从我最初进驻时的寸草不生到现在的草木萋萋，尤其是那片葫芦架和菜地，那些我种植的花草，那些设置的场景、记忆与声音，使我深深地浸染其中。

出行数天回来，整个院子简直称得上是蛮荒了，尤其是大门近处蔓延而出的野草，几乎已将过道掩没；而令我惊喜的是野草丛中盛开着无数红红绿绿的花，特别是在早上，草丛中花团簇拥；牵牛花几近将厨房的屋顶爬满，连同伸展过来的葫芦藤蔓缠绕在一起，一直伸出了围墙外；有几根葫芦和牵牛花的藤蔓，从屋檐上垂下厕所的门口，形成一个天然的帘子，几种颜色的牵牛花，还有一个个浅绿色的葫芦，几根长长垂下的迟暮生长的丝瓜，错落地分布其间，好一幅悦目的景象。

　　时令已进入秋季，草丛下面不再稠密，野草虽略现干枯却依然高耸。树木开始落叶，院子里铺了厚厚的一层，风吹过发出持续的沙沙声。我不想扫开落叶，因为这正是我喜爱的景象。

冬日的
院落气象

~~~~~~~~~

踩着这一年春天的末尾来到潘安大院，开垦和种植的夏天显得过于短暂，而秋季似乎没怎么觉察到，冬天就跟着来了。这里季节的反差跟我所熟悉的南方形成了鲜明的对比，南方一年下来仿佛只有春夏的天气，而北方却仿佛只有夏和冬，秋天的迹象竟是如此不明。气温降到了零度，感觉寒冷倒还算不上，只是时时吹起的狂风使人招架不住。一夜狂风延至白天，飞沙走叶，安静的世界似乎要毁灭了。狂风是最好的清道夫，院落里原本四处散落的落叶，被风吹得全部堆积在廊下，一处一处，没有堆积处一尘不染，而背风处却尘土杂物凌乱。屋内也沾染了厚厚的灰尘，像蒙上了一层纱布。我无法去擦拭任何一处灰尘，因为它们仍在不断地堆积，唯有关紧所有的门窗，将每一道裂缝都用细软物塞上，任由大风在屋外呜咽般地荡来荡去。

院落中的植物，本来还有一些保持着绿色，但随着狂风吹过，仿佛一夜之间全蔫了，皱巴巴的毫无生气，地面像失去水分时日已久，灰白、坚硬得不忍目睹。夜间的风较白天仿佛更大，一切都被吹倒摧毁，就连那盆放在砖头搭起的花架上的铁树，也被吹了下来，盆子都摔破了，我不得不挖坑将铁树直接栽到地里。但在这样的天时种下，恐怕逃不了夭亡的命运，纵使铁树是常青的植物，但在寒冷的北方还得将之移到屋内方可度过冬季。因为怕狗被吹冻得受不住，我将屋内的数块木板全部搬了出来，搭在铁笼子上挡风，但第二天早上发现木板竟全被吹倒，让我束手无策。两只狗分明也怯于寒风，屡次往屋里钻，躲在我练习书法丢弃的废纸堆里不肯出来，但我不想让它们待在屋里，那样睡觉时没法将门关上，终究不安全，况且沙皮狗体味较重，狠狠心还是将它们驱赶了出去。看来在狂风大作的晚上两只狗没少受苦，以至于我早上起床开门出来时，它们很委屈地往我身上扑，老龙的两只爪子甚至搭到了我的胸前，一脸苦相。这几天它们已养成一个习惯，每天早上我一打开门，它们就往我身上扑，含有委屈撒娇的成分，把我的衣服一次次弄脏。大龙还有一个习惯，很喜欢伸出一只前爪跟人握手。老龙因为原先跟藏獒打架受伤，脖子上有一道长长的伤口，这几天连续给它涂云南白药，伤口终于结痂了，它毕竟是公狗，较之大龙要生龙活虎得多。

牛慧祥从城里回来，我与他一起将笨重的狗笼子抬到屋廊尽头一个背风的死角，又将笼子的顶上以及向外的一面用木板、草席及一块大石棉瓦遮上，顶上压了砖头。牛慧祥还跑到野外弄了一堆干草回来放进笼内,给它们铺了一个舒适的窝。大龙、老龙理解主人的用意,高兴地躲到里面久久不见出来。

葫芦架已被大风吹得空空荡荡,除了葫芦还保持着青黄色之外,藤蔓和叶子已全部枯干,好像已经失去了生命。葫芦零零落落地吊在架上,显得萧索而又有生趣。葫芦本来长得很多,但近来连续有一些来玩的朋友摘走做纪念,已显得疏疏落落。而之前来过这里的几个小朋友曾对葫芦表示出渴望,如王顺健在深圳的儿子和武汉艾先的女儿,我也特意挑了几个给他们留着,不管如何都不让人摘走,想着等葫芦自然风干完好之后摘下给他们寄去,还决定遵照承诺找人为他们雕上图案。

老龙大龙
荣升
狗爸狗妈

~~~~~~~~~~

　　老龙、大龙入住潘安大院的第十天即荣升狗爸狗妈。早上我在睡意蒙眬中听到狗猛烈抓门的声音，以为是它们饿了催促我起床，因为天气寒冷我不想起床而磨蹭着，待过得一阵终于穿好衣服走出来时，大龙已在窝里生产了，想必是老龙过来抓门叫的主人，而我却粗心大意不加理会。大龙送来时就已怀孕，鹿林也曾叮嘱我要多加留意，到临产时叫他及夫人过来，但我又如何懂得这些。老龙昨天晚上就焦躁不安，不断地奔跑叫唤，而作为狗妈妈的大龙则躲在窝内不出现，我也感觉到奇怪，在临睡觉前还特意过去察看了一下，看到老龙在窝前乱转，迟迟不肯进去。然而缺乏养狗经验的我又怎能明白它们的用意？大龙尽管是第一次生产，但母性的本能使它显得有条有理，我看到它自行将小狗的脐带咬断，并且不停地细心舔遍小狗的全身，显得异常专注而温情。

因为狗笼子太深，大龙平素就占据着靠里的一个角落，更大的空间被老龙霸占着，我的手够不着，所以只能束手无策地远远看着它。我看不清小狗的样子，仅仅看清了它们的颜色。大龙最后一共生下了六只小狗，令我讶异的是每一只都是黑色的，而老龙、大龙均为黄色，很显然大龙生下的并不是纯种的沙皮狗，想着鹿林那里还养着一只公黑贝，保不准就是黑贝和沙皮的混血。又据鹿林之前所言他是人工为大龙授的精，所授的狗精子就是大龙的，那么保不准其间有红杏出墙事件，阴差阳错。生下的小狗在大龙的照料下开始发出叫声，竟然像极婴儿的啼哭，让我在外面听得不知所措。

这个猝然发生的母狗分娩事件令我有些慌乱，愣了一会我才想起打电话。阿芳住得较近，闻讯最先赶来，还带来了狗粮和钙片，那原本是为她家的狗备着的，她说刚生产的母狗急需补钙，还需吃煮鸡蛋，她还向我传授了一些照料的经验。接着是鹿林夫妇来，也带来了两袋狗粮。考虑到喂养成本，我平时是不给两条如此高大的狗喂狗粮的，而它们也不挑食，但此时的大龙当然得例外了。鹿林半个身子探到狗笼子里，将其中一只小狗拿出，提起来看，小狗安静地伏在他的巴掌内，眼睛都没有睁开，小小的煞是可爱。我之前也曾想到探身进去拿小狗看，但听说刚生产的母狗护犊心极强，即使是主人去碰，也可能会发急咬人，因此不敢尝试。没想到大龙只是抬眼看着鹿林手中的小狗，并未表示不情愿。我终于看清了小狗的样子，模样跟沙皮狗并无二致，区别的只是小狗的毛都是黑色的。黄狗产黑犬，究其原因，终是令人费解。

　　据说狗在生产时，一般都会产下一窝，并且总会有一两只无法成活。这一说法也许是有道理的，大龙所生下的六只小狗，有一只就不幸夭折了，其他五只均顺利活了下来。而大龙生产的过程却意想不到的漫长，从清早一直延续到上午十一时左右，我发现时才生出一只，之后几乎目睹着一只只小狗如一个个小黑点般出现。这期间大龙一直在忙乎着，神情疲惫，看来累得够呛。后来大龙终于走了出来，跑到草丛中去方便，然后又急匆匆地跑回去。我趁机拿狗粮来喂它，它吃得津津有味，确实是又累又饿了。

　　我将夭折的小狗拿到院子中间的地里，挖坑埋了。想起不久前《画家村》剧组借我的院落拍摄电视剧，有一出埋葬一条叫"黑格尔"的黑狗的情节，就在此处立了一个虚拟的狗坟，那扮演艺术家的傻瓜演员还夸张地念着悼词。没想到此事竟成事实，恰好这只死去的小狗也是黑色的。

这个冬天的
第一场
雪

〰〰〰〰〰

　　在这个寒冷的冬日骤然多了几条小狗需要照料，让我有些手忙脚乱。五只小黑狗几天下来就会在窝边乱叫乱转，老是缠着狗妈妈大龙要吃奶。生产后的大龙一下显得小了很多，瘦得变了形，皮内骨头毕现，让我看着心疼。好在准备了充足的狗粮，专门赶回来看望的漠子又特地跑到通州去买回两大袋狗粮，足够大龙敞开肚皮去吃。

　　也许是产下小狗的大龙带来了新气象，这个冬天的第一场雪在几天后悄然降临，让尚未见过下雪的我目睹了此生的第一场雪景。早上还在睡意蒙眬之中，漠子在门外大叫："老安，快起来看，下雪了！"我一下子清醒过来，连忙从被窝里坐起，掀开窗帘，一片雪白骤然映入眼帘。雪显然是凌晨时分开始下起来的，院子里已铺了薄薄一层，除了高起的土块和草丛，已几乎看不到地面了。窗前的葫芦架也挂满了雪花，而绒毛般的雪片还在纷纷扬扬下着，显得那么清澈明晰。尽管是第一次目睹现实中的下雪，可那时时间还早，睡意难消，我看了一会，还是继续缩进被窝里，只咕哝了一声"以后看雪的机会多着呢！"就再续梦境了。请原谅我的不解风情，我这样一个怀着浪漫情怀的写诗的南方人，竟然对第一场撞入现实的雪如此无动于衷。

当然以后看雪的机会确实会很多，但每个人生的第一次总是值得投入的，那样才不至于丧失生活的热情，而熟视无睹确能令人生出厌倦。幸运的是，这个冬天的第一场雪也是我人生看到的第一场雪。上天似乎有意弥补我贪睡犯下的错误，大约两个小时后，我起床走到门口，发现雪下得更大了，天空中一片涌动的苍茫，洁白的、细小的雪花像飞絮一样飘荡着落下来，无声无息，仿佛是一场仪式的开端或者持续。前面院落的屋顶已被完全覆盖，看不清高低起伏的瓦面，院子里翻起的地面像铺上了一张白色的起伏的毛毯，树枝和葫芦架银装素裹，像是雪水漫过后沾上去的一样，尤其是那一丛依然保持着绿色并挂着几朵花苞的月季，更是鲜明惹眼，越发显得可人。那一刻，我竟怀疑我这一年在这个院子里目睹和做过的种种，而那从无到有的绿，那愉悦的种植和收成，那些蛮荒和疯狂的生长，那些曾发生在院落中的场景，似乎都变得无比陌生而遥远！

水龙头是露天的，龙头下的水池子也被雪铺满了，我不想破坏这一景致，蓄意不去洗漱，就坐在门廊上看雪。老龙听到动静，从狗笼子里探出头来，看我坐着不动，也没有像平日那样飞快跑过来，而是把头缩了回去。坐了一会，我终于抑止不住跑到院子里，让雪花打落在我的头上、身上，甚至打到眼镜片上，模糊了眼睛。我继续往大门走去，在雪地上踩出一行清晰的脚印。老龙看我往外走，也跟着跑了过来，踩出一行梅花图案，它粗短的皮毛上很快沾了点点白色。周围一片安静，平素声息起落的村庄上午，此刻竟然听不到任何声响，唯有悄无声息的雪像是无声的演奏一般不断地落下。

潘安大院的夏天，草木疯长

潘安大院的秋天，植物萧索

潘安大院的冬天，雪满庭院

院子一角的水龙头，也成为一个景致

葫芦架是每个院落中的标志风景

葫芦架下的写作时光

天气和阳光正好，恰好又有朋友从城里过来

旧土炕和小桌，还有窗外的风景

自由
与
野生

〰〰〰〰

　　外界关于宋庄艺术家村的诸多文字记述，提到这些艺术家时，往往会在前面加上"自由"二字，也即宋庄艺术家的身份及状态只能以"自由"来指认，他们大多未归属于任何带有统领性质的机构，并且许多人的身份和创作都处在边缘状态。在国内，公众对于艺术家的普遍指认往往偏向于是某某协会的会员，这一看法极大地影响了人们对作品的判断。作为中国最大的艺术家村，宋庄似乎也不能免俗。虽说这些艺术家是自由聚拢而来的，但宋庄在声名鹊起后很快成立了一个管理机构，叫"宋庄艺术促进会"，虽属民间组织却含有一点官方的意味，因为促进会的头头是由当地政府的领导兼任的。促进会委员中包括栗宪庭、方力钧等在艺术圈一呼百应的人物，而在宋庄能够混成艺术促进会的委员，对许多人来说无疑是一件荣耀的事情。

　　艺术家们在宋庄的扎堆，说到底就是奔赴一个名利场。宋庄艺术促进会的成立，无疑也使一些人趋之若鹜。促进会确也能够为散沙般的艺术家们提供一些便利，他们会对先后来到宋庄的艺术家进行登记，受到登记的人会获邀参加各项活动，说到底就是创造一些露脸的机会。此外，宋庄也聚集了一些已在艺术界获得公认的重要流派或代表，比如一度盛行的玩世主义、政治波普、艳俗艺术和现今的"水墨同盟"。自由形成的艺术家村，实际上其中大小群体暗涌，可谓形散而神不散，人散而意不散。当然，假如真要从群体到个体指认这些由四面八方自然聚集的艺术家们，确实只能用"自由"来概述之，他们尽管不免追名逐利，跟风参照，但已经越来越远离状态、观念到创作的趋同。

艺术家们对梦想的追寻，不仅表现在观念和创作上的思考突破，还包括他们在生活和生命状态上的突围，因此这些人远离乡土奔赴宋庄也算是追寻梦想的旅程。他们葆有艺术的热情和想法，即使他们更多人的创作并未得到认可或公开，也一时难以作出界定。艺术的自由品质似乎并不需要尘埃落定，尽管创作者本身可能会在内心挟带着渴望，但谁能保证这种渴望不是一种欲望的附加？坚持自由是重要的，它是艺术旅途上的景致，却是现实道路上的荆棘。自由意味着一个野生的环境，一个艺术家能够在自我的心灵世界中安静若素，那么不管是怎样的蛮荒之地，都会出现繁花铺设的小径，这条小径就像风景一样伸向远方。问题只是那么多人都喜欢拐到大路上盲目奔行，有那么多人喜欢随波逐流，因而坚持特立独行的艺术家总是越来越见寥落。

艺术家们来宋庄，除了在创作上寄予希冀，不能不说也是向往这里的名声，它等于是一个命运的磁场。但谁又知道，在这个考验着把持能力的磁场中，有几人能够以固守的方式缓慢地释放自己的磁力呢？有几人能够真正地将自己闯入的院子当作一方独立徜徉的天地，而不是过多参与院墙外的走动？不能不说，在宋庄貌似自由的野生的环境中，必然会出现一簇一簇营造的风景，弄不好就会如同园林中的花木，逐渐按照既定的秩序生长。

"水墨同盟"的
一次聚会

宋庄的"水墨同盟"近两年在画坛风生水起，已形成一个重要的艺术团体。这个团体的理论阐释者是与我屡有来往的诗人海上，因而我很自然地与他们产生了交往，这些天更是连续被他们邀去饮酒交谈。和"水墨同盟"的频繁来往，使他们对我颇有好感，画家鹿林就在酒席间向我推心置腹，他一向认为诗人大多狂妄自大，但与我多次接触后，却发现并不尽然。他们一致认为我形象酷似张大千，由此怂恿我也去画画，说这种形象天生就是玩水墨的。鹿林也是早期由圆明园艺术村过来的画家，在宋庄艺术家村算是元老了，他生性活泼，口没遮拦，由此也遭到一些人的疏离误解，当然这些均是各人或者阶段之成见了。

周末与"水墨同盟"又进行了一次聚会，这次"水墨同盟"的幕后扶持者崔总也来了，我对他并不了解，只知道他商业有成且钟情于水墨艺术。据介绍他是土生土长的小堡村人，长期在外面做生意，小堡成为远近驰名的艺术家村中心后，他近水楼台做起了艺术投资，投资的方式不仅仅是购买画家作品，还资助他看好的有潜力的艺术家。尽管宋庄在国际艺术界都有影响，世界各地的艺术品投资商都闻讯而来，但本土居民对艺术基本知之甚少，能够参与的就更为罕见了，这位崔总应该算是第一人。

崔总似乎在村里的地位不错，在小堡广场的酒席间，他指着在座的人，大声叫一旁过来殷勤打招呼的餐馆老板及其他人要善待他的艺术家朋友。在"水墨同盟"的主将之一梁建平的画室，我无意中见证了他们关于重整"水墨同盟"阵营的一次对话，因为原来的"军师"海上在之前的一次集体活动中表现出格，遭到他们的一致排拒，因此他们有意重新审视队伍。"水墨同盟"如今已是声名鹊起，艺术界的权威刊物《中国艺术》新近一期就推出了他们的一个专题《水墨制造》，整整用了58页，刊登了梁建平、鹿林、迟耐、李常宝、田小赤等人的访谈、作品以及对他们的评论，封面也是鹿林的代表作品《龙脉》，称得上是一次蔚为壮观的群体展示。专题第一篇是由海上执笔的综述文章，在开头，我居然看到了他引用了《外遇》诗报1999年"中国'70后'诗歌版图"大展编后语"你不给我位置／我们坐自己的位置／你不给我历史／我们写自己的历史"，只是他显然有意淡化了出处，在座的众人至此才知道这一引语就出自我和潘漠子多年前发起的"70后"诗歌运动的宣言，也算是一个巧合了。

海上以一个诗人的身份在一段时间内加入"水墨同盟"，不可否认，这一群体能够以挟带着理念的整体面貌引起外界关注，与他的努力密不可分，尽管如今已为他们所不美，但无论如何他也算得上是理论的创始人之一。饮酒归来的路上，梁建平再次跟我谈及海上，说他读到过我写海上的一篇文章，里面的看法相当到位。那应该是我今年春季为海上即将出版的文集所写的一篇小文，当时我不过是受文集的编者粥样之邀，可以说与海上无关，文中保持了点滴个人成见，但书出版至今我尚未得以亲见。梁建平是"水墨同盟"的主要缔造者之一，他 20 世纪 90 年代初曾徒步走完黄河全程，这一文化式的寻根苦旅无疑使他获得了强烈的思想嬗变，造就了诸如《苍生》《浮生》《厚土》等堪称大象无形的系列作品。

小堡广场
露天大排档
见闻

〜〜〜〜〜〜

　　在筹拍电视剧《画家村》前，阿诺阿布的身份是一位诗人，热衷于艺术活动，几年前我们在贵州有过一面之缘，去年又一起参与了"中国当代视觉艺术独立创作现象文献展"的策展，目前他的主要身份是编剧、导演和制片人。他从贵阳彭天朗那里得知我来了北京并在宋庄居住，特意打电话给我，一再邀请我到他的办公室去看看，说他正在筹建彝人文化工作室，在北京推广彝族文化。我对少数民族文化一向有兴趣，几年前就曾参与拍摄制作了几集关于民俗文化的电视纪录片，曾在香港播出。于是这天上午我从宋庄出发前往王府井，他的公司就在王府井步行街的前面，下午他又与我一起回到小堡。不久前他曾在小堡与"水墨同盟"有过一次对话访谈，自然与我一起去见水墨画家鹿林。

　　在我印象中，诗人海上似乎是"水墨同盟"的代言人，"水墨同盟"在报刊上出现的理论文章，大多出自海上的笔下，可以说，宋庄"水墨同盟"能够迅速在公众视野中崛起，与海上的推介不无关系。但此次会面，鹿林在言谈中却表现出对海上的某些不以为然，大致是海上自居有功，处处托大，以文字喧宾夺主。我和海上在南方也有过数次会面，向来敬重他是前辈，不便置评，也不想探究他与"水墨同盟"之间的争端。鹿林是来宋庄后偶然结识的，第一次照面是有一次我们一帮人正在路边喝酒，鹿林开车路过，停下来喝了两杯酒又走了，但我对他当时的义气与谦谨较有好感。他在宋庄算得上是个元老，近些年因为"水墨同盟"的崛起而名气更大，很多人千方百计想讨他的好，也有一些画商之类的蓄意往他身上投注。随我和阿诺阿布一同来宋庄的文化商人及书画家叶浓对鹿林就很是看重，在经济上有过扶持，听说较早前还送过鹿林一部汽车。此次，叶浓被宋庄艺术家村的氛围吸引，也想抽空前来小住创作，遂让鹿林帮忙在小堡西街也物色了一个画室。

上午在阿诺阿布的办公室，竟与刘如潮不期而遇。他在一家杂志社兼职，常常采访一些艺术家，也住在小堡，前些天于贞志从城里送他回小堡，专门来看过我。于贞志是山东来的诗人，我与他早在中学时期就有过联系，后来又陆续在他主办的民间诗报《转折》上发表过诗作，他得知我来了宋庄，便趁机上门造访。傍晚与阿诺阿布、叶浓、刘如潮及"水墨同盟"的鹿林、梁建平等人在小堡广场露天大排档饮酒，一个衣着不整、形容略显猥琐的人拿着一幅画从旁边走过并打招呼，我以为不过是个送画框之类的民工，没料到鹿林介绍说此人也是个画家，而且是早期颇有预见的知名收藏家之一，曾以买画又重新赠回的方式资助过几个当初名不见经传而现今鼎鼎有名的画家。此人名叫宋伟，在网上能查到他的相关资料，而现在他落泊宋庄，几乎每天都拿着自己的画在小堡广场附近转悠，常常以几十元至一两百元的价格卖出去。他的画相当独特怪异，看上去就像随意将几种颜料堆上去，高低起伏，像是花花绿绿的蛋糕。刘如潮就买过一幅，但鹿林等人却对他的画不置可否。我无法对之作出评论，造化弄人，也唯有如此理解。

艺术节前夕的
街头海报

这些天小堡的街巷悄然出现了许多展览海报，大概有十数种，走不了多远就会看到沿街的张贴，与以往通常贴于前哨画廊一带的大不一样，开展时间大多是在第二届宋庄文化艺术节期间。我注意到一个命名为"水墨·当代——宋庄水墨同盟邀请展"的展览，筹划者及参展阵容颇为强盛，均是国内水墨创作方面响当当的人物，其中还有一个由头是"水墨基地"落户宋庄。宋庄一贯以架上绘画为主，尽管其中也活跃着一个"水墨同盟"，但相对而言毕竟曲高和寡，大大有逆于中国的绘画传统。而这次借艺术节来临做出如此声势，就我看来，至少有着一点预示，就是有关机构或者人员有意重张国粹，回归中国传统绘画。自然，就当前的艺术市场来说，这样的坚持需要肩负更大的担当。

还有一个展览是我个人颇感兴趣的，即"宋庄自由艺术家大展"，时间正值宋庄第二届艺术节开幕当日，而这一天恰好也是传统的中秋节。这一活动说是"展览"，倒不如说是一场有意思的聚会，因为其展出并无多大实质性，充分体现了集结的自由，即由画家自行选送作品，就在聚会现场临时搭建"展厅"。我之所以要为"展厅"加一个引号，乃是因为展出场所很是特别，不是在美术馆、画廊或是画家的个人画室，而是在天高地阔的潮白河边。宋庄与河北燕郊之间就隔着一条潮白河，从小堡往东经过喇嘛庄、辛店村即是潮白河，不过就是几公里的路程。潮白河常因流水不足而现出宽阔的沙滩，因此备受艺术家们的青睐，成为郊外的聚会之所。此次"宋庄自由艺术家大展"的由头也很有意思，大约是沾艺术节的光弄到了一点经费，因而有人牵头在潮白河边搞一场聚会，散漫式的展示、交流，兼带烧烤、饮酒等内容，顺便欢度中秋佳节。凡在宋庄居住者见者有份，感兴趣即可去，免费参加，皆大欢喜。不用说，这是我个人相当喜欢的方式。

艺术家们来到宋庄，大抵都有着强烈的创作意识，但也不免沾染功利目的。我尽管并不排斥类似想法，但更多的是一种生活的偶然介入，我能收获的顶多是置身其中的体验，而不可能获取任何名利。当然，这些体验，于我弥足珍贵，必将有益于我的思考和写作，我愿意像一个旅行者一样记述沿途的见闻。我一开始就是把来到宋庄当作一场旅行，我在人生的旅行中来到宋庄，在这里做了一段带着观察打量的驻留，然后在文字中再做沉思，仅此而已。

事实证明我也难以真正进入宋庄艺术家的圈子，由于这里普遍盛行绘画艺术，我一个门外汉夹杂其中，确实没有来由发出自己的声响，唯有像一个旁观者那样观察和倾听。我唯一希望的是能够在坚持倾听的同时取得一种辅助式的发挥，即起到观念的作用，促进自己的思想发展并能有所影响，同时我也希望借此对各种艺术形式获得更深入的了解。有一个愿望是，我希望自己能有机会编一本与之相关的刊物，以此做出应有的传播和提升。

深闭的
画室
即将敞开

~~~~~~~~~~

　　第二届宋庄文化艺术节的来临催生了不少新事物，这天上午，我就遇到小堡广场侧边的上上美术馆举行开馆典礼，他们像酒店通常开张那样依照俗礼，张扬着花篮和条幅，还放起了鞭炮，看起来并无什么艺术做派。恍惚间街上的行人骤然多了起来，看来很有一些人趁着周末假日前来宋庄观瞻。宋庄成为一个文化式的游览去处已是无可避免，像这样的地方，虽没有什么可供观赏的自然景致，但有那么多富有特色的美术馆、画廊以及画室可以参观，有那么多的风格各异的展览可以观赏，怎么说也值得"到此一游"吧。

　　媒体关于第二届宋庄文化艺术节的造势，显然产生了很大的效果，艺术节选择在国庆期间举行，也显然是为了吸引城内的人们前来，不用说国庆期间的宋庄已引起了外界的诸多猜想。村里到处飘荡着艺术节前夕的气氛，整个村庄都蓄势待发，不光街巷修饰一新，井然有序，许多画家也都在自家的工作室门外标注了识别名牌，以往庭园深闭的画室即将为未知的艺术市场敞开。听说上一届也即首届宋庄文化艺术节的做法就像是举办庙会，画家们像摊贩一样将自己的作品沿街摆放，可以当街讨价还价，场面颇为热闹别致，也缔造了开创性的轰动传奇。而此届艺术节因为相应筹备、设施的完善，各种展览场馆均已完备，这样的无序场景将不会再现。除在美术馆安排各种展览外，再有就是采取了开放各人工作室的形式，供游客自由参观。不得不说，这一举措使以往在公众眼中神秘莫测的创作场所得以很大限度地敞开，不光是满足了参观者的好奇心，对艺术家可能也是一个机缘，也能提升宋庄的声名和人气。但我依然觉得，各个画家工作室的开放，不过就如同将街边的摊档移入店内，所指向的作用依然是艺术集市，而最终效果自然视各人命运际遇而定。

毫无疑问艺术家村即将揭开神秘的面纱，以往本地居民与外来艺术家混淆不清的庭园，将首次得到清晰的甄别。艺术节组委会为了区分，统一制作了"第二届宋庄文化艺术节·工作室开放展"的牌子，逐一挂在艺术家们居住的院门上，无一遗漏，潘安大院的前门和后门甚至各挂了一个牌子，挂上牌子的当天，就有人敲门请求入室看画，我无画可展，又为了不浪费场地和成人之美，遂将漠子的画室暂时借给了广东湛江来的画家苏志强，因为苏志强的画室小得挂不了几幅画。按组委会要求，以往通常紧闭着的大门将全天候敞开，每个画家院落都是一处个展现场，同时也是一个参观景点，即使看画看得麻木了，也可进门看看院内的陈设和布置，而艺术家居住的院落总会有打动人的独特之处。

在潘安大院闲居日久，除去阅读和写作，我又重拾久疏练习的书法，每天都会在案前写一会毛笔字，不在乎写得好不好，纯为排遣时间。习字而无印章，苏志强为答谢我借用画室，送了两枚小印石，我打算一枚刻上"安"字，另一枚刻上"石榴"二字，本想自己动手刻，重温疏远了十几年的篆刻手艺，又不免心怀惴惴，不知还能否执得动刻刀。恰好在震寰处看到他以前出版的一本篆刻集子，心念一动请他出手，他非常爽快，隔天即刻好了送来给我，果真出手不凡，尤其是"安"字备见造诣，两枚印章刻成一阴一阳，相映成趣。

第二届
宋庄文化艺术节
开幕

一段时间内"山雨欲来"的第二届宋庄文化艺术节终于开幕，宋庄艺术区中心地带小堡，迎来了空前汹涌的人潮，宋庄美术馆一带如同集市一般热闹非凡，从四面八方赶来的人们，穿梭于一个个展区，仿佛置身于艺术春天的花市。按照组委会的安排，本届艺术节的重点场地就是新落成的宋庄美术馆和相邻的由旧厂房改造的优库展区两个地点，包括优库展区门外的雕塑及装置展区，开幕式就在优库展区外的马路环岛处举行。这个环岛中间矗立着一个巨大的雕塑，名叫"七色塔"，出自著名艺术家方力钧之手，被认为是宋庄的艺术性地标。开幕式人群拥挤，围得水泄不通，我带着几位专程从城里赶来的朋友去看了一下，根本看不清就里，遂转往别的展览场地参观。

除宋庄美术馆和优库展区两个主展场是组委会特意安排的纯艺术展览外，其他的展场均含有商业和私人的成分，或者显得潦草，特别是居住在宋庄的艺术家们的展览，只是象征性地冠名曰"工作室开放展"，其实等同于让艺术家们自己安排，也只有居住于小堡的艺术家有此待遇，其他更偏远的艺术家工作室就不在此列了。或许可以说，这只是一场冠以节庆之名的艺术秀，主展场参展的艺术家有很多也不是宋庄的，追根究底与艺术本土及原创本身并无多大的实质性的关联。

但毫无疑问这是一场巨大的集会，对我们这些置身宋庄的艺术家来说，更像是家里举办了一场喜事，经历了令人愉悦的迎来送往。开幕当天，早上八点多我即与魏克、震寰出门转悠，近九点人流开始集聚，我们先看了露天展区的雕塑及装置展，然后城里的朋友们陆续到来，使我们不得不数次中断观展而去迎接朋友，柳宗宣、西娃、花语、阿琪、吴小曼、广子、阿翔、阿牛、蝼冢……朋友们分成几拨、不同时间到来，我和蔡志勇作为本村人，一次次地充当向导带着他们来回转悠，累得筋疲力尽，也看得麻木不堪。好在这些朋友多是写作者，对艺术展览的观看并不仔细，不过是一次次的走马观花罢了。说起来，展区虽然集中在小堡一带，但平野旷阔的北方村落，看起来并不遥远，走起来实在花费时间和气力。新落成的宋庄美术馆外墙采用了抢眼的褐红色，造型独特，远远地即可望见，但走过去却有着意想不到的距离。

从上午开始一直到晚上，一整天的时间都在陪同朋友，这也是我来到宋庄以后在村内转悠得最彻底的一次。连续看了七八个展览，但关于宋庄本身的展览更多的是图片展，只有两个展览与当下宋庄的创作密切相关，即"水墨同盟"的"水墨·当代"和"宋庄艺术家大展"，然而这两个展览均不是艺术节组委会的既定项目。"水墨·当代"是"水墨同盟"自己借机举办的，展馆也是"水墨同盟"的支持商建造的。"宋庄艺术家大展"即原先由宋庄艺术家自行发起筹备，原拟在潮白河边举行的"宋庄自由艺术家大展"，因为已成事实，组委会最终将之纳入项目，安排在优库展区对面未交付使用的新厂房内展出，展出作品经过市、区宣传部门审查撤掉三十余幅，展览名称去掉"自由"二字。

由此可见，宋庄艺术家在某种程度上还是被本届艺术节的组织者排拒在外的，组织者更需要的是对外的艺术幌子而非原创力量的集结。这一貌似轰动的盛事背后，隐含着不可言状的压抑与限制。

一次
被取消的
展览

〰〰〰〰〰

　　宋庄艺术家成力、沉波、张海鹰以及我所认识的片山、刘桐、邝老五等人，几个月前曾在潮白河边实施过一个行为艺术——"国际裸体日"，引发了不小的争议。这个行为其实很简单，无非就是数位男女艺术家全裸或半裸着在潮白河的沙滩上晒太阳，还有几位裸体跑到沙丘的顶上呼喊。发起人成力声称其初衷是让人重归大自然，坦然地面对自己。他们也考虑到会令见者难以接受，因而选择在郊外偏僻之处进行。"国际裸体日"按国际约定为五月的最后一个周末，实际上这样的做法在西班牙、瑞典、韩国等国家均举行过，而在宋庄也并非是第一次，早在去年成力等人就做过，第二届的主题为"接近天然"，参加人数也从上届的十余人增加到了近五十人。

　　"国际裸体日"吸引了大批媒体的关注报道，一时争议纷纷，似乎指责的更多一些，由此也受到相关部门的干预，据说他们预备于第二届宋庄文化艺术节期间开展的一个相关的视觉艺术展也被勒令取消，而他们已做好出展准备并公开发布了消息，又不得不以手机短信形式逐一告知，让大家不必前去参加开幕式了，我的手机中就收到了展览被取消的短信。说起来，这个视觉展不过是展出之前的行为图片，并且只是在村内的一个小画廊展出，根本就不值得大惊小怪。就我个人看来，像"国际裸体日"这样的活动，假如有主题有组织，那么应当无可厚非，像我所知的曾在西班牙巴塞罗那举行的"国际裸体日"行为，目的是裸体示威抗议使用动物皮毛制作衣服，这样的行为应该是值得赞赏的。

我得承认我关注着宋庄的艺术响动，然而我从始到终都不是一个参与者，更非一个热衷于传播小道消息的人。尽管我置身其中，但宋庄之于我，不外乎一个生活的现场，因而我总是尽量将自己置于客观之中，保持一个旁观者的身份。若干年来，我对事件的了解似乎从未深入过，以前因为报纸、网络的便捷，还会陆续探究到大概的信息，现在身处其间，反而了解得更加模糊。也许是由于这里公共信息不畅而本人又未介入圈子中吧，问题是，公共信息总是摆脱不了道听途说，即使我真正地介入了，又如何充当一个在场者做出合乎时宜及本质的判断？当然这些只是外因的部分，重要的是我自身的倦怠，以前在别的地方，我也会对身边的某些事件懵然不知。外地的朋友还会偶尔问我宋庄的一些动态，他们常常意想不到我身在其中竟茫然不知，而我也并不觉得有非把身边的事件都弄明白不可的必要。

这些人中，片山、刘桐夫妇与我算是较熟悉一些，他们曾在我初来宋庄时来过我的院子，我们也多次在村里相遇。最近又与片山见过一面，那时他正为"国际裸体日"的事情频频接受媒体访问。我们会面的第二天，就听说凤凰卫视的胡一虎要来采访。遇见过邝老五两次，均是在一群人聚会的酒局上，他喝酒的样子透露出内心的纯真与执拗，在他身上我察觉不到有多大的另类和极端。我说不出这次未能实现的展览对他们会构成什么遗憾，唯有祝福他们，无论如何，艺术总在继续，理想与生命依然需要执着向前。

萌动中的
宋庄油画展

〜〜〜〜〜〜

　　随着冬天的深入，北京已到了正式供暖的日子，就季节规律来说，这个城市的寒冬已经开始了，但在我的感觉中却远不符合想象，白天阳光高照，温暖依旧，晚上尽管气温下降，走在外面会觉得寒气袭人，但待在屋里感觉尚好。探究起来，乃是因为北京的寒冷是干冷，完全不同于南方的湿冷，也可以说北京的冷是清朗的，表里如一，而南方的冷是阴郁的、持久的，如同风湿的隐痛，令人难以忍耐。

　　在村里住久了，与城市似乎已有了隔阂。我主要是惧怕人群，北京人流汹涌，出门乘车称得上是痛苦的事情，因此如非必要我并不喜欢进城。但想着身边所带书籍不多，久不进城也未补充新书。城里的朋友告知我地坛公园正在举行北京冬季图书展，已接近尾声，这两天肯定会有不少图书以低折扣出货。心念一动，于是与震寰相约一起前往地坛公园，没想到乘兴而去，败兴而归。书展尽管阵容很大，完全开放式就地设摊摆放，却过于杂乱无章，充斥着各类垃圾书，难以找到自己喜欢的种类，一个个书摊转过去，所见图书大同小异，几乎均是地下渠道的旧书，更不堪的是盗版书占大多数，堪称堂而皇之的盗版书市。最后，我仅买了一套全景式的《中国国家地理》及几本字帖，质量均不理想，但价格还算合理，也算不负此行吧。

前两天在陈鱼的生日宴会中，鹿林曾跟我提及他正在筹划的一个展览，说想跟我专门聊聊他的想法。我以为他只是随口说说，没想到从城里回来，鹿林即带着初定的参展名单来到潘安大院。原来是一个以宋庄画家为主的油画展，还有北京798艺术区及上海莫干山路艺术区等一些艺术集聚地的画家作品，力图做成一个纯中国力量的油画展示。这个展览最初由另一画家天兵策划，计划在宋庄东区艺术中心开展，由于鹿林在宋庄的影响及与东区艺术中心的关系，所以拉上鹿林以他的名义牵头，同时在名义上牵头的还有原圆明园画家村的村长伊灵。然而热情好事的鹿林显然不想只是挂名，因而与天兵商议要做就将之做大，扩展成以宋庄为主，兼顾国内其他艺术聚居区的群落性大展。鹿林的想法是做成一个带澄清性质的展览，因为宋庄以往跟风严重，无意中构成了谁当红、谁能卖画就模仿谁的不良风气，尤其是不少新人急功近利，喜欢翻新宋庄一些当红画家的创作，使外界认为宋庄不外乎是这么一回事。而这次的展出意在让外界重新认识宋庄及国内的艺术家群落，意识到艺术家的聚居其实是在坚持自我创作并有属于自己的优秀作品。

至于对参展作品的筛选，则以原创为参展标准，倡导画家的原创性及个人品质，杜绝模仿及套用，力争回到艺术创作本身。

　　鹿林专门找我聊萌动中的宋庄油画展，其实还有着一个意思，他想让我充当展览的理论阐述者，撰写评论文章并负责媒体推广。聊罢展览，鹿林又拉着我、漠子和邻院的罗华江出去喝酒，之后又去把刚到小堡的画家杨涛接了过来。杨涛是鹿林在山东时就来往的好友，原先住在附近的任庄，因为鹿林搬到了工厂大院，因此他就搬了过来，入住鹿林原来的院子。杨涛之前虽不住在宋庄，却是宋庄艺术家村形象标志的设计者，他将"宋庄"两个字合为一体，融合宋体汉字等元素，颇具特色，是一个较为成功的设计。

桂林一年

从旅居几年的北方返回面目全非的南方家乡，我并没有回到桂东山中的石榴村，而鬼使神差地来到桂林市区近郊的莲花塘。从2008年底开始，我作为一个身份不明的异乡人在莲花塘居住了整整一年又一个月，目睹了莲塘的两次收成以及一次完整的生长。莲花塘村在我进入之前就已恍然散布着衰败的气息，而它的最后衰败就是没有征兆却又如期而至的拆迁，村庄不是被整个移走，而是被彻底覆盖。我的到来，仿佛就是为了见证它的消亡。

过继的
村庄

～～～～～～～

　　我最初把莲花塘当成一个过继的村庄，之前我对它一无所知，然而命运将我惘然又清晰地推向它的怀抱。假如有乡村成长的经验，一定会明白"过继"意味着什么，但没有哪一种从风俗出发的理解跟得上我迈向莲花塘的步伐。乡村如此辽阔，只是太多的人总愿意将自己赶向城市，很多人一去不返。当我在出走多年之后返回乡村，最先发现的就是乡村已经移风易俗，城市也是一样，没有一种记忆里的习俗得以在怀念和美好中保持，尤其是在我们经历过自讨的沧桑之后。村庄不是成为妇孺老幼枯燥无味的留守之地，就是中青年人残缺破碎的团圆之梦，或者在田园和家长久的荒芜与清寂之后，像新年的鞭炮般燃起的短暂的生气和喜悦。

　　在我们奔赴城市之时，城市也在悄然地向乡村靠拢，终于渐渐逼近我们最后的归途。谁也没有预料到，一阵从中国沿海展开的经济改革居然同时带动了一场不可遏止的城市化，我们在城市疲于奔命地寻找立锥之地，城市同样以它的穷奢极欲垂涎乡村辽阔的土地。这个时候，或许乡村的偏僻遥远已不再是一种闭塞，而是一种坚持。城市缝隙中没有乡土，乡土却渐渐布上城市的投影。楼房是城市的庄稼，却威胁着乡村的收成和季节。

从一开始我就陷入了恍惚，居然使用了这么多犹豫的转折的词语，并且如此语焉不详。我对莲花塘所知甚少，无论是过去还是未来，正如一个内心骤然变得无所依托的过继者要将陌生的地方和面孔当作今后人生的亲近之本，我尚未来得及辨认命运，命运已将我推上了冥冥中定好的生命之途。从一个家乡到另一个家乡，我屡屡遭遇的就是失守的悲凉，更悲哀的是，也许在看得见的将来，没有一个名义上的家乡会留下我的哪怕是一丝的痕迹与慰藉。

从旅居多年的北方返回面目全非的南方家乡，我并没有回到桂东山中的石榴村，而鬼使神差地来到桂林近郊的莲花塘。我不是一个能够拒绝城市的人，而城市也一直与我貌合神离。离开城市，我在实际生活和人生识见上一无是处，而滞留城市同样捉襟见肘。我丢失的不是家园和方向，而是越来越空落的梦想和心灵。帕慕克在谈及康拉德、纳博科夫、奈保尔等人时说：离乡背井助长了他们的想象力，养分的吸取并非通过根部，而是通过无限性。而我的离乡背井只是助长了悲凉，如同莲花塘进入我眼帘的蓬勃伸展的莲叶，看上去像一株株生长的挺拔的植物，实际上是看不到根部或者必将被连根挖起的正在季节中走向衰败的浮萍。

莲花塘村在我进入之前就已恍然散布着衰败的气息，而它的最后衰败就是没有征兆却又如期而至的拆迁，我的到来仿佛就是为了见证这个村庄的消亡。村庄不是被整个移走，而是被彻底覆盖，成为不久之后的看得见的城市。我在记录中忽略了日期，一个城市规划的微小局部并不重视清晰的具体的历史，只有整个城市或村庄才配拥有立市或者开村史。我所记取的只是莲花塘作为一个村庄的瞬间，这应该算作这里作为一个村庄的最后一年，而追溯起来它却异常遥远，在我有限的了解中至少可以回到一千多年前的唐朝，从那时起这里的村民就以种藕为生，进入我眼中的数千亩原生的荷塘，无声地做着历史的旁证。当然莲花塘开村的历史或许还会更早，在很久很久以前，人类以姓氏为主要标准的开村其实也类似于今天以行政规划去建立一座城市，甚至村庄的壮大和外姓人的加入也和今天城市的多元扩张异曲同工。人类总是梦想并实现着扩张，从来没有终止过借助越来越先进的农业、工业、科技或其他，而最原始最久远的生产性农业却越来越被忽视。莲花塘村从唐代开始选择以种藕为生，缔造了今天我们所知的前世。若干年之后，我们也许只能记得它作为村庄的终结和成为城区的开端，传统的专门的耕种即种藕的千年往昔或会成为一种农业的缅怀与回响，尽管缅怀归根结底就代表着一种扬扬自得中的丢弃。

在我最后一次回到莲花塘，把我放置在那里的一批书籍和居住过的痕迹彻底移走时，拆迁的气息已经笼罩了整个村庄，而村口靠近 321 国道——不久之后的街道——的一带已经被建筑工地的围墙围起，曾经绿波盈盈或者莲叶无穷碧的地面已经长出了连绵的钢筋，比莲藕更为密集并不知深入多少倍地扎入肥沃的泥土中。大桂林的行政规划使莲花塘这个处在市区和县城之间的村庄一下子成为未来的新城市中心过渡区，也是即将看得见的莲花塘大社区。据桂林的一位朋友说，由于莲花塘还将保留一个大约百亩的湿地公园，种植国外优异的极具观赏性的莲花品种，而从古至今莲花塘村数千亩的荷塘周边群峰映衬，独特的喀斯特地貌使桂林的山峰从来就是国画中的群山远景，为此他曾动过念头想到这里来购房安居，但又听到传言说这里千年来都是荷塘，地基恐怕不甚稳固，而现在屡被人为贬低的建筑质量又实难作出足以取信的保证，不免让人担心未来的高层楼房会是见风摇晃的空中楼阁。此举似是有些杞人忧天，却让我听出了深深的惋惜和惆怅。另外，我在新砌起的建筑围墙上看到过莲花塘社区的未来图景，不免怀疑即将崛起的高层楼房是否会将那些独立奇秀的山峰映衬为盆景般的乱石堆，而失去了生气弥漫的辽阔田园的映衬，这些山峰又将如何成为国画中的风景。

在成为城市街区之前，莲花塘村距离桂林市区不足十公里，离西边的临桂同样不足十公里，这让人想起先前城镇几里开外常有的五里村或者八里屯、十里堡等，我承认我有着致命的想象，总是觉得城市之外应该更为辽阔，而五里村或者十里堡之类的地方提供了一种出走的停顿和延伸。实际上我们一生的大多数时间都在城市里打转，并且总是想方设法使得出走的时间和距离缩短，当越来越密集的高速公路和铁路从广袤的乡村切割而过，我看到的竟是城市与城市之间令人窒息的接近，而沿途的村庄越来越像一个个不起眼的站点或服务区。我在莲花塘居住期间曾有过一次值得记取的出行，从桂林出发沿着321国道驱车前往黔东南，在贵州肇兴侗寨一带，看到正在修建的贵广（贵阳至广州）高速铁路，仿如过山车一般从一座山峰跨向另一座山峰，碎屑岩坚硬的山体被凿出了一道半隧道般的轨迹，不禁在啧啧称奇中又感受到一股凉气。据说通车后的贵广高铁全程只需四个多小时，那当真是一段凌空飞跃的旅程。我觉得黔东南山区拥有世界上最美的风景，然而它不会属于贵广高铁上飞掠而过的乘客，除非他们选择在某个站点下车停留，但恐怕火车持续的嘶叫迟早会扰乱那里的景致，包括风景中纯朴、真挚和静谧的部分。

随着城市向西的规划，临桂升级为未来的新城市中心，并将改为临桂区，据说桂林市的行政中心随后也要搬迁至临桂。这在国内的城市扩张实例中算不上什么值得称道的创举，但对于莲花塘来说却是翻天覆地的变化。我们过多着眼于那些被称作沧桑巨变的事物，往往忽略了变化中那些历尽反复的个体，更多个体的人生巨变被发展的洪流淹没，而我们一无所知。我们从大城市的崛起中目睹了村庄的消失，并遐想着一个城市区域的未来，却很少关心这个村庄和那些村民的命运，他们很快就会被遗忘。一个村庄开始了蜕变为城市的新生，而一群村民是否做好了成为城市人的准备？世界总在不断地发生变化，人群亦然，一切都会适应并产生新的动机，无论是带着期盼或者责难的人为事件还是自然的灾害，时间总会弥补一切，哪怕是天地间的裂缝。而我，不过是莲花塘村一个一厢情愿的过继者，对于这个村庄的消失，我没有权利发出一言，当然也阻止不了我信马由缰地感慨和书写。

　　我作为一个身份不明的异乡人在莲花塘居住了整整一年又一个月，除了我之外，没有人知道我将之当作我的过继的村庄。实际上这里并非只有我一个外乡人，像几乎所有的村庄一样，莲花塘的多数青年人已经丢弃他们的村庄去了城内或者别的城市，而在他们的弃置之处，同样有更遥远乡村的外乡人来此践行着与之相似的梦想，但也许没有一个人会像我这样转移自中国最大的城市。有一次，我抱着一捆从书画市场购回的宣纸，在傍晚时分兴冲冲地回到莲花塘，在村口碰到一位操着江浙口音的同样寄居于此的外乡人，他饶有兴味地问我是不是来这里暂居写生的画家。应该是我的外表和举止给了他这样的错觉，但也许只有这样的理由才最适合我对这个村庄的介入，然而事实上恰恰不是。我不过无所事事，心底平静，尽管我从到来的第一天起就喜欢上了这座村庄，它美丽的名字和风景让我恍若来到了世外桃源，以为可以像陶渊明或者塞林格那样归田园居、离群出世，但我注定了只是一个必将遭受冷遇和驱赶的过继者，我鬼使神差地来到莲花塘，仿佛就是为了见证它的消亡。

莲花塘村
到了

～～～～～～～

　　临近中午的东安街口人来车往，像众多城市的众多街口一样难以辨认。城市的街道总在制造陌生和遗忘，不像村庄的巷道长年泛着熟悉、亲近以及往事的气味。一位戴鸭舌帽的老人站在公交站旁的报刊亭前，向着正在街道对面东张西望的我招手。我知道这就是朋友唐文刚的父亲，他一定远远地就从他儿子的描述中认出了我，并即将按照儿子的嘱托把我带往莲花塘——那个他们全家都业已离开的郊外村庄，于我，则是一个陌生而充满憧憬的去处——我即将展开的未知与生活的源头。

　　我终于回到了桂林这个十年前就决意要居留的城市，并即将在这个城市——准确说应该是城市的边缘——拥有第一个私人的满意的居所，在经历了整整十年以及国内几座城市或长或短的游走停留之后。请原谅我在进入莲花塘之前就使用了"满意"这个词语，因为我早已获知我即将"接管"的是一个乡村的万顷荷塘边上的院子，对于一个游走经年、胸有块垒的人来说，能够有这样一个去处暂时安顿身体和内心的疲倦，哪还有什么不满意可言呢？城市异彩纷呈的楼房社区越来越多，而居住的空间及空气却越来越窘迫，同时也剥夺着我单纯的遐想，已经没有一个去处能够容得下我简单的愿望。一本书的后面是翻滚的波涛，一张书桌的下面是汹涌的大海，生存和物质随时会将我们的阅读和梦想沉入波谷，而挣扎追逐的结果只能是随波逐流，在好生活的圈套中"身陷囹圄"。

莲花塘是我在北京结识的一位朋友和曾经的同事唐文刚的家乡，在这个桂林近郊的村庄里还有着他家空置已久的一个农家院落，朋友以做房地产的习惯口吻热情洋溢地称之为乡村别墅（它的确是一个别墅）。在我决意从北京返回桂林之前，唐文刚就向我盛情推荐莲花塘以及他家的小院子，说从火车站坐公交不过 15 分钟的车程。这并不妨碍我在城市和乡村之间取决的犹豫，更重要的是可以无偿提供我长期居住，这对长年居无定所却又随处安身的我来说确实是一个莫大的欢喜。我在那里居住了几个月之后的清明节，唐文刚的父母回乡祭祖，看到我安之若素的生活状态，再次声明我愿意在那里住多久就多久，不仅不会收取房租，他们甚至连水电费都坚决不要我来交，而直接由水电部门从他们的银行账户上扣除。只是，唐叔叔接着略带遗憾地对我说："可惜，这里用不了多久就要拆除了！"

"你的朋友就是我的朋友嘛！"在去往莲花塘的出租车上，唐叔叔对着电话中的唐文刚爽朗地说。他的桂林话地道而亲切，尤其是哥们般的口吻使我及陪伴一同前往的刘春都被感染得笑了起来。刘春是我在桂林最早认识的朋友和这个城市的文化名人，他的热诚、仗义及才情也必将成为桂林独步天下的山水中的一道人文景致，至少在朋友们的眼中是这样的。唐叔叔对我选择回到桂林居住表示了极大的赞许，说桂林山好水好空气好，总之就是好地方，尽管儿子一再要他去北京住，他却总是舍不得走。在临动身去莲花塘前，老人还兴致勃勃地带我们参观了他目前居住的东安街上的一幢楼房，并特意为我们指认房子前面一块空地上圈起的一个斗鸡场，老人饶有兴味地说他常在那里看鸡打架，话语间的俚俗味道与那地方依然延续着的斗鸡这种古老的民间游戏，当真相映成趣。

　　莲花塘在桂林市区的西郊，按照桂林向西发展的城市规划格局，那里几年之后就会成为城市新区。令我万万意想不到的是，我进入莲花塘最先撞上的就是拆迁的气息，村庄最后一桩重要的农事不是耕种，而是加建为了获取更多补偿的房屋，仅仅一年之后村庄即已面目全非，我亲眼看着一条六车道的马路从无到有自辽阔荷塘的中间劈开。当然这不是我此刻所关心的，我所关心的是这个时刻我正走在去往莲花塘的路上，以及即将出现在这个名字后面的遇见与想象。从桂林市区抵达莲花塘的公交线路较多，有 26 路、27 路、88 路、91 路、12 路等，而 26 路、27 路公交的终点站就在莲花塘村的村口，其他车次则是途经莲花塘开往前面的临桂或者两江机场等，莲花塘村实际上就处在机场路也即拓宽的 321 国道的边上。在去往莲花塘的出租车上，唐叔叔每看到一辆相关的公交车，都会向我们指认一番，顺带着还说出公交停靠的站点。莲花塘村比初次前往的我和刘春想象的要近得多，我们甚至还没有从唐叔叔对公交车的指认中缓过来，出租车就拐进了一个不太显眼的路口，路口的牌坊顶上赫然闪现着"莲花塘村"四个金色的大字，字上方还镶嵌着一朵莲花图案。莲花塘村到了！在我们刻意奔赴却毫无预兆之间，莲花塘村到了！

进村后的道路有些复杂，出租车在唐叔叔的指点下一弯一拐，才在我们的迷糊中停在了在一个巷道里的门口，我恍惚看到某个拐弯处有一个古朴的井台，几位妇女正在那里清洗衣物。巷道狭窄杂乱，纯粹的城乡接合部景象，使我略略有些失望。但接下来的情景却又使我惊喜而疑惑，唐叔叔掏出钥匙打开大门，向着眼前骤然出现的庭院深处喊了一声"哥"，一个身材高大、精神矍铄的老人应声走了出来。这是唐文刚的伯父，一位退休回乡颐养天年的大学教授，他穿着布衣布鞋，几近及肩的银白头发平添几分神采和隐逸气质。接着，同样是退休回乡的大学教授唐伯母也走了出来。两位老人显然已得知我们要来的消息，并无任何询问的话语，只是一脸的亲切微笑，邀请我们进屋。庭院幽深，院子入大门后还有一个圆拱门，一前一后两进院落，绿荫簇拥，拱门后是一左一右两个微缩的景观水池，拱门上盘绕茂盛的三角梅开得正艳……这是典型的古典式院落，当属风雅之士闭门清养静读之所，似乎只适合在古代或者书本中出现。一时间，我不由得为自己的贸然闯入感到有些迷惑和忐忑。

简单寒暄后，唐伯父、唐伯母和唐叔叔领着我们走向后院。拉开巷道中一扇自内侧插上的木门，一只灰黄花白的大狗突然跳了出来，冲着我和刘春大叫。唐伯父低低呵斥了一声，大狗随即住口，跑近来在我脚面上嗅了一下。我试探着摸摸它的头，它仰起脸看看我，摇了几下尾巴。"花花，记住了，这是你的新主人。"大狗随着唐伯父的话音又抬起头来看着我，摇了几下尾巴。不用说这只懂事的狗就叫作花花，它守护着一前一后两个院子，更多时候是待在空旷无人的后院。花花在后来成为我亲密的伙伴，它对我的眷恋有时候甚至超过了唐伯父和唐伯母他们。在最终离开的时候，我曾在浅浅的狼狈和忧伤中泛起过这样一个担忧，在村庄最终成为城市，院落都变成了楼房之后，花花将何去何从？失去村庄的不仅仅是这里的人们，还有那些与之生息与共的生灵，包括家禽家畜、栖居鸟雀，甚至包括村庄里每一棵生长了多年的树木。

后院其实也是前院，这两个院落一个属于唐伯父，一个属于唐叔叔，只是由于我最先由唐伯父这边进入而下意识地把其当作后院，但要从唐叔叔这边的院子进入，得绕上一个大圈，或者说要走不同的路，因为院子与邻居家的院子中间只有一道院墙相接，中间并无巷道分开，整体就像是一所庞大的错杂的院落。唐家的两个院子其实是一幢楼，两座连体的双层楼房分开一南一北两个朝向，由一前一后的大门进出，视觉和感觉上就成为两所房子，事实上确也起着各自分开的效果。前院也罢，后院也罢，一所房子也罢，两所房子也罢，都不是造成我错觉的原因，也没有什么错觉可言，令我茫然的大约是一种美好的恍惚。而真实的情形则是如此，前面的院落由唐伯父夫妇静居，后面的院落二层租住着一家三口，一层则专门为我留着。屋内空无一物，正好等着我来布置。向我敞开的院子面积不大，也就三四十平方米，却显得空间辽阔，安静通透，接受天空、阳光和雨水的注目与光顾，也即将接受和堆积我的气息与声音。

莲花塘村到了！这个正向着我的命运和生活渐次打开的村落和院子，实际上正在走向消亡，我尚未来得及发现这个村庄的隐秘，村庄已在拆迁的确凿传言中泛着衰败的气息，人们已经无心于劳作。我注定面临离开，这在我随遇而安的游走经历中尚属首次，每次去到一个以美好开头的地点，我总会恍惚以为自己会在此间居住很久，事实上这些年很少有一个城市能够像缰绳一样拴住我抽身离开的念头。但如莲花塘这般抵达即意味着离开，无论如何都是一个颓废的打击。这些年来，尽管现实的真相一再消磨着我安居乐业的愿望，但我依然愿意相信会有一种际遇在设身处地中展开，这一次也不例外，在提前知道的结局中间，应该还有着难以消除的倾听与体验。例如现在我在另一个地点为莲花塘写下的这些文字与记忆。

两个村庄

我从未发觉自己拥有过一个城市，即使曾经在不止一个城市中萌生出热爱并获得过丰富的阅历，却一直拥有两个村庄：一个在清晰的往昔，一个在模糊的内心；一个在出生和宿命的山中，一个在寻找与遭遇的远方；一个毕生都纠缠不清，一个只是短暂而暧昧地介入。现在，这两个村庄短暂地具体起来，一个是石榴村，一个是莲花塘。

石榴村是我出生和成长的山村，处于广西藤县层层叠叠的群山之中，这个即使在人烟稀少之处也显得毫不起眼的自然村落，隶属新庆镇（原新庆乡，2000 年后才改称为镇）同敏村委，距县城近两个小时的车程，当然在我的记忆中出走和返回更为遥远，由徒步至汽车而一路变更的行走方式也更为艰难。我无法选择自己的出生之地，命运将我降生在石榴村，时间在 20 世纪 70 年代初期，那时的中国大地到处飘荡着饥饿的气息，即使石榴村再偏远闭塞，即使那深不可测的大山物产再丰饶，也依然无法摆脱饥饿笼罩的阴影。因此，像大多数同龄人一样，我对童年最深刻的记忆，就是无法抑制的饥饿，它导致了后来我在物质追求上的谨小慎微，并不自觉养成了对饮食的不免饕餮的恶习。想起来，很多人会在某些诸如美食、美色或者金钱等方面显得难以自持，大都与儿时的压抑有关。当然，其后所获得的梳理不当的生命觉醒及所处位置的无端诱导更是致命之伤。

石榴村因何而得名？从来没有人告诉过我答案。一个村庄必定有着它始于蛮荒的开村史，但总是容易被它充满渴望的后人所忽略，渐渐随着环境及人员的流变而被遗忘或篡改，尤其是那些靠近城市的村庄，越来越多地遭遇了消亡或者面临着消亡，即使村庄本身有着值得津津乐道的历史。所有的乡村都在衰败，很多村庄都人烟寥落，生态流失，田地荒芜，尤其可惜的是失去了村庄的象征物。在我的记忆中，儿时的石榴村到处都是石榴树，自然这些石榴树是南方常见的番石榴而非最早从西域传入的安石榴，它们曾引起我最初的遐想和后来徒劳的弥补。我宁愿相信我无从追溯的先祖在初来乍到时，目睹了荒芜中遍地的蓬勃的石榴树，自然而然把即将安身立命的村庄命名为石榴村。现今整个村落已看不到几棵昭示着村庄渊源的石榴树了，而我也算是石榴村至今唯一一个将村庄锲入名字和生命的人，石榴村使我注定拥有一个在外传播的符号，即"安石榴"，这个我自取的名字至今已完全取代了我开始上学时祖父给我取的原名。

莲花塘村作为一个村庄的肇始同样无从考据，我获知的仅仅是这里的村民自唐代开始种藕为生，这一集聚型的农业耕作成为与众不同的传统一直延续到村庄的末年。自然这个说法也缺乏文字的佐证，在广大古老的乡村，除了一个宗族以记录人丁繁衍为主要内容的族谱，从来就缺少文字的参与，而更多的是口口相传，包括耕作、生活技艺的传授以及风俗习惯的传扬，甚至对气象、水文、季候等的观测。按照这个说法，假如此处种藕的历史当真始于唐代，那么莲花塘的得名也许就始于唐代某个年月，这个村庄不知从何处迁徙而来的祖先在察看过此处的水土并决定以种藕作为开土的方式之后，自然而然地把即将安身立命的村庄命名为莲花塘。在雨水充沛、土壤肥沃的南方，水稻作为最重要的农作物，等同于一项常识，然而莲花塘村的先民早在一千多年前就另辟蹊径，选择以种藕为主业，造就了这个村庄农业产业化的千年历史，不能不说是开风气之先。

　　由此可以证实，莲花塘这个名字的真实寓意其实不是栽莲赏花，而是种藕营生。古往今来，田园都附加着一种发于风雅抑或隐逸情怀的美好想象，但这种美好仅仅止于观望或者短暂的体验，从来就没有一位经年侍弄田亩的人会将这种美好置于辛劳的怀抱之中。莲花塘的莲花年年开放，但重要的是莲藕岁岁丰收。这里的莲花不是理学鼻祖周敦颐笔下的莲花，而是维系人民生计的莲花，它指向的也不是莲花盛开时的美丽景象，而是深陷于淤泥之中的看不见的藕根，只有在满目萧索的残荷时节，这一片土地才真正走向了庆典的时刻。或许，我们都被周敦颐的《爱莲说》迷惑太深，以至提起一个以莲著称的地方时总会引发联想。说起来，在桂林乡间，确实也有一个与周敦颐有关的去处，不过那地方并不以莲为名，而是叫作江头洲，相传濂溪先生的后人流放至此，大兴先祖遗风，在明清时期人才辈出。江头洲位于灵川县，一村周姓，风气流传。莲花塘村位于临桂，四面荷塘，世代躬耕，在此扎根繁衍的百姓也不是周姓，而是唐姓。现今莲花塘的村民虽多属唐姓，但早已姓氏混杂，唯一没有受到时代变迁影响的是不管唐姓别姓基本上仍以种藕为业，直至这个村庄走向末年仍然保留着数千亩原生态的荷塘。只是，这幅打开了上千年的辽阔田园风景画卷，终至迎来了溘然合上的一刻，不留一株斜刺向上的残荷。

从石榴村到莲花塘，我经历了漫长的人生及地理上的迂回，却注定与之相遇，并被命运安排在莲花塘作为一个村庄存留的最后年头。我的到来，仿佛是为了见证它的消亡。在我从广西到广东，再从广东到北京，又经历了西北、东北等地连续十数年的游走之后，有这样一个守候在我返回之处的村庄，以它迟暮却动人的景象迎接我做最后的奔赴。这一年，也是我人生一个寒冷的季节，母亲在八月间被确诊为癌症晚期，而我在北京的工作也日见厌倦，因此我决定返回家乡，以便能就近回去看望照料母亲。出于经济上的打算，起先我接受了桂林一家房地产公司的工作邀请，但工作时明显心不在焉，这段日子，我频频往返于莲花塘和石榴村之间，内心常常满含凄怆。这两个村庄，一个濒临消失的边缘，一个有着我生命濒危的母亲，我整个世界的天空都布满了灰暗。其时桂林到梧州的高速公路尚未通车，从省道返回藤县，接近我老家的村镇时，需要经过西江上游一个宽阔的渡口，客车上的乘客都得站在渡轮的甲板上过江，水面开阔，水波激荡，我的内心也随之起伏不定，仿佛一江流水都载满了哀愁。母亲在这年离春节还有十三天时在石榴村与世长辞，办完丧事，我留在家中守候一个注定没有欢乐的新年。吊诡的是，母亲去世没几天，横跨西江的大桥就通车了，我再也没有搭乘过渡轮过江，不必再触及渡江时那无端的伤逝思情。

母亲的病逝，使我的这个春节充满哀痛。触景伤情，农历正月初三刚刚开年，我就萌生离开石榴村的念头，并决意推掉了县城里的中学同学聚会，直奔桂林。桂北气候阴晦寒冷，莲花塘空旷的屋子倍见凄清，但可以供我一个人沉默地梳理心境。几天之后，我在寒夜中趴在床头，写下了献给母亲的悼诗《母亲睡着了》。这首诗，我有意写得浅显易懂，想着识字不多的母亲在天上也能读得明白，其中几行写到母亲去世的时间，让我每次重读都心生惆怅，眼中不知不觉噙满泪水，这简直就构成了春节对我的桎梏："从父亲把她带到这个村庄／她养育了一个家庭／谱写了三代的光阴／她守着儿孙度过了几十个春节／在这个冬日，离春节还有十三天／她厌倦了新年／我不是节气／但回家可能是一个节日／却没能再和母亲一起度过……"

我并没有失去石榴村，但失去了母亲，她是我离乡之后返回石榴村的最大理由与慰藉。而这时候，我在莲花塘的生活才称得上刚刚展开，在这个村庄我没有一个亲人，甚至没有一个可以交谈的对象，但这并不妨碍我亲近这里的院子、田野、山水以及其他自然的事物。假如莲花塘真是我的过继的村庄，那么这里的风貌风物就是我垂暮的继父，我承接见证这个村庄的消亡而来，承接这里的人文草木对我的最后馈赠，并承担义务竭力将之转承到文字当中。为了纪念我来到莲花塘的第一个春节也是仅有的春节，我特意撰了一副对联——"逐春莲塘外，寄情山水间"，用红纸书写了张贴到大门上。春联原本最迟在大年当天就要贴上，而我竟迟了数天，却是我在这个春节做过的唯一一件寓意吉祥的事情。

春节假期后，回到原先就职的公司，第一件事就是递交辞职信。我决意要在莲花塘度过一段无所事事而又心无旁骛的日子，以每日的亲历见证这个村庄最后的时光。今后的莲花塘将不复作为一个实际的村庄存在，尤其是村边那数千亩沿袭千年种藕传统的荷塘也将被城市街区占据，比藕根不知密集和深入多少倍的钢筋将代替藕根伸展在肥沃的泥土中。或许，不久之后摇身变成城区居民的莲花塘村民们并不会觉得失去了家园，可能有些人还会为之沾沾自喜，但毫无疑问他们从此失去了村庄，更失去了名下的土地和本分的生计，在调换了安居的方式之后，他们是否做好了立业的准备并能够保证如愿以偿？当然，这不是我所能关心的问题，我只是这个村庄末年匆忙赶到的一个缺乏名分的过继者，除了旁观式的见证，没有权利继承这里任何一点有形的资产。我只允许自己怀着这样的一点私心，希望能够充当一名记录者倾听这个村庄最后的口述。无疑，我并非自作主张，而是受到了命运的委派。

前世

与

未来

~~~~~~~~~~

　　接受命运暗定的委派，我决意要在莲花塘度过一段无所事事而又心无旁骛的日子。在朋友唐文刚授予居住的他家空置的院子刚安顿下来，我就迫不及待开始打量这座时日无多的村庄，试图捕捉那些原本在村落里飘荡的声息。起先我满怀憧憬，以为总会有一些既定的事物迎面而来。然而最先令我意外的是，这个我本以为可以轻松地追根溯源的地方，竟然找不到任何相关的文字记载，"历代种藕"只不过是一种模糊的口头传述，其可以称作历史的真相竟然就像深埋于淤泥中的藕根，总有一些在挖掘的时候探寻不着，就永远沉伏在幽暗的地底。遍询的结果，仅仅是有人告知说这里从唐代开始就已种藕，而他也不过是从上一辈那里听来的。尽管出处不详，我还是愿意沿袭这一说法，毕竟种藕无论如何都是此处古老的耕作传统。在民间，口耳相传即是最为盛行的记载方式，虽然谁也无法有效证明传言的真实成分究竟有多少，但大抵不会是无中生有。就我看来，诸如此类对于往昔事物的偏向于美好的传扬，孰真孰假其实并不重要。

即使相信种藕历史始于遥远的唐朝，"千年荷塘"绝非一个模棱两可的溢美词语，莲花塘也远算不上有着风气遗存的古村落，否则就不可能缺乏文字的记载。在今天的地方行政区划上，莲花塘也不过是一个单位最小的自然村，隶属桂林市秀峰区甲山乡东莲村委。这串自区至村的名字美得令人恍惚，不能不归功于桂林这山水甲天下之地的钟灵毓秀。东莲村既然以莲为名，自然也是历代种藕所在，实际上此处绵延数公里的莲塘，并不仅仅归属于莲花塘村，还属于邻近的唐家村、琴潭岩村、东莲村以及其他村落，只不过莲花塘村占了名字之利，又确实整个村庄都依傍着辽阔的荷塘，紧密得就如同专事看管荷塘的人烟聚落。于我而言，由于我来到的就是莲花塘村，自然就以这个村落为中心展开追溯，我无意将自己的目光和思绪拉得更远，然而对于将各个村落连成一体的荷塘，当然得尽可能探个究竟。无论面前的荷塘属于哪一个村或者哪一户人家，我所着眼的都是一个整体，我所关注的只是这片流传久远的辽阔田园，它模糊却绚丽的过去、忧郁的现状和消失的未来。

甲山乡还有一个甲山村，据说那里才是附近最早种藕的村落，有传说为证。话说桂林城西北面有一道长达十里的山岭叫芳莲岭，芳莲岭西南端有一山即是甲山，甲山下自有人定居就开始种藕，起初种出的藕味道并不好，不甜不脆且煮熟了还有点涩，非但人不愿意吃，拿来喂猪也不讨猪的欢喜。后来一位决意改变莲藕口感的耕种能手受到神仙点拨，神仙告诫说："人要忠心，火要空心，你不妨把莲藕钻七个洞，让它七窍相通，也许能改变藕的质量。"于是这位耕种能手千方百计要让莲藕穿孔，苦思不得其法，忧积成疾，感动了嫦娥，嫦娥乔装打扮来到甲山村，拔下头上的玉簪化作一条条泥鳅鱼，跳下荷塘将藕穿了七个孔。嫦娥告诉耕种能手：鳅鱼乃无鳞鱼，身上多黏液，钻进藕心内，自然就有丝。至于为何要钻七孔？除了应合七窍之外，还有解释：藕切成片，形同圆月，再加七孔，七星伴月，美妙圆满。钻孔后的藕果然味甜质脆，藕断丝连。由此，甲山村的藕远近驰名，相邻村庄纷纷引入藕种，就在耕地上挖起荷塘，由于这些村庄的耕地连成一片，越扩越广，竟成了绵延数公里的近万亩荷塘。

传说虽属人为编撰，且多半是捕风捉影，例如现今几乎所有被开发旅游的地点都会有一个或多个拙劣的传说，却能引发无穷遐想，在此恰好可以借以说明荷塘的形成及分布。补充一点小常识，藕一般都是七孔或九孔，但并非所有的藕都长成如此孔数，后来一些地方又出现过十孔藕和十二孔藕，属罕见品种，有藕孔越多味道越佳的说法。据说东莲村就有十二孔藕，但在莲花塘村居住了一年又一个月，又常常在东莲农贸市场出入，我竟没有去验证过，甚至没有想到要加以留意，因为即使藕孔再多，也不如这个传说中的七孔之数那么应景宜物且引人入胜。

莲花塘村与东莲村紧密相连，东莲市场的一侧即有一条小路直接通往莲花塘村，距离不过是数步之遥。而进入莲花塘村的主道则在东莲市场往西再过去一点，村口立着一个牌坊，牌坊顶上镶嵌着"莲花塘村"四个金色的大字，字上方还有一个莲花图案。牌坊对面隔开一条马路即是琴潭岩村，马路再往西就是唐家村。按照未来莲花塘社区的规划，村口旁边即将建起数幢高层楼房，用以安置列入拆迁范围的村民，据说迁入户均会发放国有划拨土地使用权证和产权证，拆迁后的村庄包括村边那片面积偌大的荷塘，将全部充当商贸用地。商业的侵入总是比种植迅速，犹如杂草总是比作物生长更快。在我来到莲花塘之前，村口正对着的琴潭岩村已有一个正在兴建的楼盘，令人啼笑皆非的是这个楼盘竟然打着"近千亩荷塘""原生态湿地公园"这样的宣传噱头，在我看来就像霸占了人家的田地还要盛赞庄稼长得好。当然这样的噱头又不能说是凭空捏造，按规划显示，未来这里还会有一处以"千年荷塘"为主题的公园，也即保留一片原生荷塘加以打造。又据说行将崛起的莲花塘社区已被当作桂林市城镇化和新农村建设的典范，是"百镇千村行动计划"的重大举措，所有的建筑将以桂北民居为载体形成"白粉墙、小青瓦、坡屋面、石板路"的风格。我看过规划所示的平面图，那确实是一处古色古香的特色街区，看不到一丝曾经的村庄的痕迹，更无从想象曾在荷塘中披星戴月的农民将如何在此安居乐业。

　　颇有意思的是，在报纸上公布的莲花塘社区规划方案，竟成为我接触到的关于莲花塘村的唯一文字资料，它准确而清晰地标注了莲花塘壮阔的未来，而关于莲花塘的前世不仅缺乏文字佐证，就连极其少有的口头传述也是语焉不详。我无意对宏伟规划中的莲花塘未来指指点点，更不必杞人忧天地担心洗脚上岸的农民将如何与这一处富丽堂皇的街区相处，这不是我所能关心的问题，我只是在这个村庄历史末年匆忙赶来的一个缺乏名分的过继者，我承担的不是对莲花塘未来的猜想，而是对这个村庄的现有事物作最后的打量，并尽可能多地探询它前世的蛛丝马迹。后来，在居住了几个月之后，我曾萌生出这样的一个念头，设想对莲花塘村做一个深入的访谈，访谈分为两部分，一部分是跟村庄事物尤其是那一片荷塘的文学性对话，另一部分是选择一些村中人做口述实录。第一部分自然由我个人完成，第二部分却有些困难，因为村里人能够思维顺畅地说普通话的实在不好找，而脱离了母语去做漫长的表述明显又有着隔阂。虽然同属一个省份，但我的地方母语却是梧州白话，桂林人普遍是说桂柳话，两种方言泾渭分明，莲花塘一带的村民又明显带着当地土腔，要想深入交谈并完整记录下来，效果无疑会大打折扣。我也曾考虑过请供职于《桂林晚报》的朋友肖潇来完成第二部分，因为他就是桂林本地人，终因他身为一线记者终日奔跑劳碌分身乏术而未能实现。

伴随着莲花塘村走向末年的并不仅仅只有我一个外乡人，但也许只有我一个人专事记录而来，其他人大体都是一些小生意人、小手艺人或者养殖户。在我居住的院子正对门，就有一家来自桂林下面县里的小手艺人，他们从更为偏远的乡村来到靠近城市的郊外，租住当地村民一个空余的院落开了一家豆腐作坊，他们使我享受了无数次就近并廉价购买新鲜豆腐的美事。在靠近村口的一个搭建的棚屋，还有另一家做腐竹的外来者，我常常看到他们在路边晾晒腐竹，眼见着灰尘滚滚故从来不敢光顾。此外，在村庄与荷塘交接处，还有几家在此养猪的外来户，我常常从那里经过到荷塘边散步，每次都必须首先忍受群猪的乱叫以及刺鼻的臊味……莲花塘村处在市区的近郊，与桂林著名的农贸市场西门菜市相距不到十公里，就近也有一个可事交易的东莲农贸市场，由此也吸引了众多入城谋生的人聚集于此，他们也称得上是这个村庄最后的见证者，只是他们的见证未必会说出，更未必会自觉地去观察和聆听，更多的是茫然、漠然或者无奈的亲历。

也许没有人会像我一样无所事事地奔赴一个缺乏渊源的村庄。说起来，我尽管一再声称为见证莲花塘的消亡而来，但事先对这个村庄的境况委实一无所知，直至踏上这片土地时才略有了解，之后又进入那一片四顾辽阔的荷塘，内心才骤然闪出这样的念头，又随着更多的耳闻目睹包括置身其间的生活展开而愈加强烈。我并非先知先觉，而是受到了命运的委派，以及自然与生命的提示。

在残荷时节，油菜花会填充那一片萧索

莲花高过了莲叶，犹如雪白的珍珠浮出碧绿的水面

莲叶如同天河，莲花犹如繁星流动

冬日的莲塘，只剩下枯干的莲茎，莲藕还没有开挖

农人在池塘中清洗挖上来的莲藕

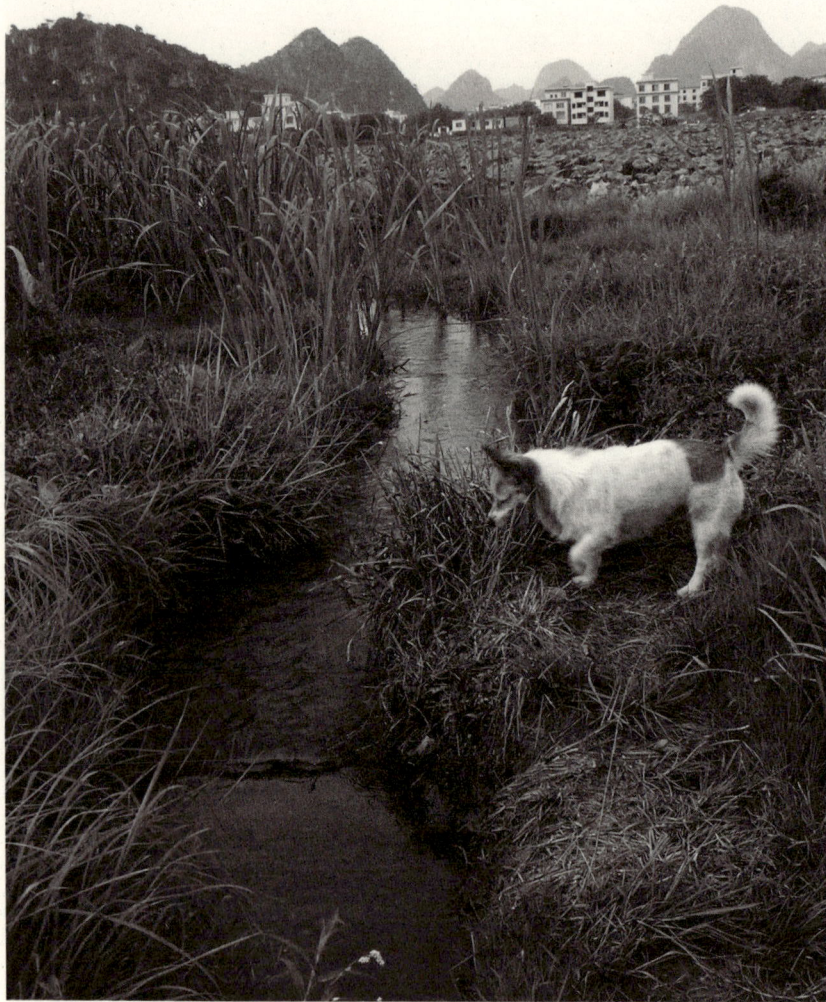

有一次，田野中的小河水流涨起，跟随我一起在荷塘边行走的花花犯了难

村　落

虽然在乡村出生长大，但我在桂东山中的祖屋却是没有院子的，或者算作没有院子。农家房屋的选址极其讲究风水，并非一片看上去显得入眼的空地就能造房，即使地址选好了还得经过择日、旺地（驱邪祈福的一种仪式）、落脚（奠基）等过程，而每一方水土都有着其根深蒂固的造房习俗，包括房屋的构造都有着不可动摇的模式，即使现今大部分农村造屋也仿效城镇建起了小洋楼，但其布局始终或多或少遵循着传统的样式。传统无疑越来越被丢弃，但万变不离其宗这个道理，应该算作还幸运地存在于乡村大众的观念中。在我的家乡一带，一般都会在房屋正中设置一个方形周正的天井，大小视占地范围以及人丁情况而定。天井之所以以"井"谓之，乃是因为它通常被四面遮盖的房子围绕着，整座房屋只有这一处位置向着天空敞开，俯瞰就如同一口幽深的井。旧时乡间宅院基本都是青砖灰瓦，加上斜下飘出的屋檐，从高处俯视天井，确实显得别具韵味，可视为房屋吸纳天地灵气之所在。实际上天井也可视作院子，但在我的家乡却无这个说法，假如二者果真可以混淆，那么我更喜欢称之为天井，它意味着与天地以及风气的接近，也更为雅致生动。

莲花塘村在这个冬日撞入我生活的院子，当然也可称之为天井，它同样显得小巧而精致，只是靠大门的一面仅有围墙遮挡，不像正规的天井一样有门房或偏房相隔。请原谅我的贪婪，这些年，在我内心深处一直规划着与一个乡间院落的相遇，它至少有前后两进的布局，不仅有进门时宽敞的院子，也有层进后精致的天井，或者是一个小小的后院。这座唐氏兄弟合建的院落，从整体来看，与我的想象真是不谋而合，尽管业已逼近的拆迁气息明白无误地告诫我只能做短暂的居留。分属唐文刚父亲和伯父的两座双层楼房虽然分开一南一北两个朝向，大门背对着各司进出，看上去明显是两户人家，但充其量是一座院落中的两户，而楼房实际上就是连体的两进，两边大门进门处各有一个略开阔的院子，中间则空出一个十尺见方的天井（这个才是无可争议的天井）。假若天井处的小门敞开着，那么整个院落就前后畅通，不分彼此。小门自然由唐伯父掌控，也只有在他那一面才可以将门由内插上，事实上在我于此居住的一年又一个月当中，除了晚上或者唐家伯父伯母出门的时候，小门罕有关闭，我随时可以移步过去跟两位老人聊天，更多时候我喜欢观看他们在庭院中悠然自得地莳弄花草。

院子与左右邻居的院墙直接连起，中间并未留出巷道，与城市中的连排楼房并无二致，区别只是并不规则，高矮不一，格调不同，看上去远谈不上融洽。这也许是众多接近城镇的乡村房屋的建造特色了，由于人口趋向密集，房屋集中布置。迈向城镇化的乡村的用地越来越稀缺，划作宅基地的自然就寸土寸金，相邻两家仅在前后留出巷道行走而两侧合为一体，几乎就是一个约定俗成的现象，或许更是规划中事。有时候，我很怀疑乡村人家历代所重的风水宅理是否会由此遭受颠覆？乡村原本无比隐秘而辽阔，而一个以血脉、生命等渊源聚拢而成的村庄，屋舍对应田地错落分布，既独踞一隅又声息相闻，本是一种美好的安居形态，聚居就意味着对一方土地的亲近，以及对一方百姓的安抚繁衍。然而这些年随着貌似摧枯拉朽的城镇化的深入，乡村的居住也显得越来越局促，村庄可供自然舒展的空间越来越少，能够在屋院前后留出种植一棵私有果树的位置都属一种奢侈，更别谈那些公共场所了。说起来，一个村庄失去了可供村人聚集以打发闲情的场所，例如一所祠堂或者一株大树下的开阔地。公共场所的消失可以看作村庄与人的隔阂的开端，某种程度上也是村庄作为一个有着人脉渊源的集体的终结。

莲花塘村作为村庄的终结到今天已成一个既定的事实，行将崛起的莲花塘社区自然不会再是以唐姓为主的带着宗亲性质的人群聚落，而新建起的高楼，也不过只有一部分用以安置村民，其他则作为商品房公开出售。城市的扩张使人们越来越难以追根溯源，人口的分散及迁移更使人们逐渐丧失出处，除了即时的栖身之处及户口归属，未来恐怕没有多少人能够拥有可以长久回望和奔赴的故乡。这些年，我们已目睹了太多这样的现实，不少人离乡经年，再也无法回去，不是因为近乡情怯，而是家乡已不复存在，或者只保留了一个模糊的地名，一切都已陌生疏离，没有了自家的房屋、土地、熟悉的场景或者是牵扯得上的亲属，甚至记忆也找不到落脚点。根源的丧失，无论如何都称得上是一种生命的伤逝。这两年在广州，我连续参与了诗人黄礼孩发起的"诗人出生地之旅"活动，随同熟识的诗人返回其出生的地方，探询其出生和成长，追溯其精神及写作根源。黄礼孩组织这一活动，自然也是有感于村庄的逐渐消失，而事实上即使是对故乡怀着无比敏感的诗人，也渐渐对曾构成写作之源的锲入生命的乡土感到迷茫，不少人也是无从找寻、无法还乡了。

我得以来到莲花塘，缘于在北京结识的朋友唐文刚，他正是在莲花塘村出生成长的唐家后裔，他曾向我纵情描述过村庄周边的万顷荷塘以及他成长的情景。我曾有意按照他的描述对村庄进行过对照，不难找出他言辞中提到的痕迹，然而不久之后，他的这些描述就将无迹可寻，而他也终归失去了故乡。实际上，我看到的莲花塘与少年唐文刚的莲花塘，已有了较大的变化，除了那片荷塘依然辽阔原始，一切近乎移风易俗，最明显的莫过于村庄面貌向市集圩镇式的靠拢。由于地处桂林市区的近郊，莲花塘村较早步入了城镇化的进程，自然这种城镇化非行政规划中的城镇化，而是接受商业诱导的自主进程，最显著的特征就是在房屋中突出了自以为是的商业功用。步入末年的莲花塘村，早就丧失了一个村庄独立安静的风貌，而更像是一个混杂的小小的圩集地，房屋密集而无序地扎在一处，除了中间一条横贯村庄两端的主要巷道还算有些规则外，其他巷道均显得杂乱无章，不仅回环曲折，而且过于狭窄。巷道中隔不了多远就会出现一家店铺，或者一家小作坊，在一个巷道交叉处，两边甚至布满了各色各样的店铺，入眼可知这便是套用商业的黄金三角地带。村庄也有了为数众多的外来者，不能不说，作为人员活动之所的莲花塘村，过早染上了诸如发展中城市的城中村那样的混乱不堪的顽疾，如果不是屋舍之外那一片具有千年生息的荷塘，我不会对这个村庄做过多的打量，更不会为之做出生活和生命的停留。也因此在这里居住的一年又一个月中，我极少在村内行走，而一次又一次地将脚步迈向村边的荷塘，丈量般几乎走遍每一道田埂，尤其是那条贯穿田野笔直通往另一个村庄的青石板古道。

假如排除了笼罩在久远和辽阔光环下的荷塘，那么莲花塘村真的是乏善可陈，它作为一个村庄历史的终结也不会让我产生任何情愫，更不会成为一个为了见证而来的过继者。这些年消失的村庄太多，也并非每个村庄的消失都值得一声叹息，实际上在时代变迁和岁月流逝中，村庄自古以来一直历经着改变，其中也不乏颠覆性的巨变甚至消失。我们也许不会反对一座腐朽的村庄被连根拔起，却难以承受一个承载着美好的村庄像花草一样被突然铲除！除了荷塘，莲花塘村还有一处景象令我为其走向泯灭而耿耿于怀，就是村口不远处紧靠着屋舍的一口水井。这口方形的水井用打磨考究的条石砌成，造型古朴精致，井台也是用青石板铺设，井台上还放置着浑实拙朴的石槽和条石，井水充溢得几乎就要漫到井口，伸手即可打水，种荷之处自然水源更为丰富。毫无疑问这是一口历史悠久的古井，然而始于何时却无人知晓，我曾试图向村中老人探明它的出处，仅仅获得模糊的信息说至少存在了好几代，它就像这个村庄的种藕历史一样不着文字，却轻易将人的思绪引向遥远的未知的岁月。我曾经做过这样的猜想，这口水井也许就是莲花塘开村时期的产物，是伴随着种藕营生而展开的安居的证明，那么它的历史至少可以延伸到一千多年前的唐朝，若真如是，这口水井无论如何也是一处罕见的古迹了。

当然这只是我着意赋予的一个美好的猜想，毫无依据可循，但根据这口水井的布局及构造可知不可能是今人所为，我只能笼统地称之为古井。令我惊奇的是，尽管村中家家户户都用上了自来水，但这口水井至今仍充分发挥着作用，我几乎每次路过都看到有妇女们在此间忙碌，间或还有一些孩子在一旁玩耍。或许是由于井水充盈几及井口，打水毫不费劲，因此村中妇女喜欢将衣物拿出来在此清洗，一来场地宽敞方便省力，二来亦可节约家中水源，三来还可与人互道一下家长里短，不失为一件美事。在我看来，妇孺流连于水井处其乐融融的情景，也是乡村一个生动的景象，是一个村庄迷人的组成部分。

院 子

〜〜〜〜〜

　　我并非第一次拾掇弃置已久的院子，也不是首次面对破落的需要修整的生活。几年前的春天，我由南方奔赴北方，刚入住北京远郊宋庄小堡村的院子时，就经历了一次称得上庞大的安置，把一个足有一亩地面积的荒废院落整理成未明生活的场所。北方积压更沉厚的灰尘并未影响我初来乍到的热情与想象，那一次，尾随我进入村庄的是一场北京有史以来最大的沙尘暴，令我在第一个夜晚就遭遇了措手不及的慌乱。这些年，我们遭遇了太多"百年不遇"的自然之祸，似乎所有载入记录的特大灾害都在这些年间被一一打破，使我等短促的人生在尚且青壮年间就历尽大地的沧桑。宋庄大而无当的简陋庭院在很大程度上导致了我之后对院子的迷恋及营造，同时加深了我对城市森林的厌倦。在遇上莲花塘村这个院子之前，我就在内心深处规划着与又一个乡间院落的相遇，它有着打开院门时触目可及的美丽风景，同时有着关上院门时的幽静和孤独中的安宁。

　　莲花塘村数千亩的辽阔荷塘和清奇秀丽的远山完全符合我的追寻与想象，而那个可以短暂拥有的院子也足以暂时安放我彷徨不定的内心。由于这个两层楼的乡间院落二楼一直有人居住，那是从桂林更遥远的乡村来此谋生的三口之家，因此院子还算干净清爽，只是空空如也的一楼屋子内积满了灰尘，墙壁上也布满了岁月的斑点，需要我花时间去清扫和洗涤，更需要人气的充溢和生活的感染。这个空空荡荡的屋子，尽管时日已久，据介绍已建了近二十年，在唐文刚全家搬离之后也陆续有人租住，却丝毫看不出以前的生活痕迹，于我今后的生活更是无所预设，但似乎更有助于我一点一点堆起自己的兴趣和遐想。

　　我最先打量和规划的是屋外的院子，而随之而来的生活和习性尚在未知与欠缺谋划之中。院子不大，不多的空间被水泥地面占据，仅有一侧留有一块花圃般的方形泥地，不像我之前在宋庄的院子那样宽阔荒芜，可以容纳种植的构想，但不同的是外面是辽阔空茫的田野和旷日持久的劳作。正对着院门有一棵高大茂盛的榕树，它率先让我想起北方院落那棵大香椿，随之涉及在初夏采摘香椿叶品尝的情景，每一株与村庄和院落声息相关的植物，都会勾起或浓或淡的生活回味，但现在这种与自然的同源感及亲近正逐渐被削减。这棵榕树，尽管并不属于这个院子，却切切实实属于这个村庄，属于周围每一个院落。在这里居住的一年又一个月中，我目睹了榕树四季的声息，它永远那么茂盛苍翠，牵引着人们的目光，给人以慰藉，尤其吸引着众多飞来飞去的小鸟，我常常在早上听到榕树深处的鸟声，仿佛是榕树的叶子在晨光的舒展中发出鸟叫的声音。

院子一角放着一个退役已久的小小的磨盘，我一眼就看上了它，当即打算把它当作一个用来泡茶的茶盘。久居南方的经验和长久的闲居使我染上了泡工夫茶的习惯，听说在工夫茶最盛行的潮汕地带，泡工夫茶会使一个讷言的男人变得活跃，因为他能够从泡茶的过程中渐渐消除生性的拘谨。初到宋庄时，我曾在院子外面发现一个被扔掉的大树墩，跟房东打了声招呼，他很爽快地帮着我把树墩抬进屋内，成为我北方生活的一件家具。接下来，我用布团裹上棕色的皮革油把那个树墩彻底染擦了几遍，使之变得光滑沉厚，一改之前灰头土脸的样貌，且可以防水，于是我又把它挪到了院内，它记录了我和来访的朋友们一起在香椿树下饮茶谈论的时光。我喜欢在如此的自然与简陋中发挥生活的热情，常常会有一些事物在时光和嫌弃中退出了某些人的生活，却在另一些人的生活中充当起别致或者重要的角色，包括人与人之间亦是如此。

现在，这个与我遇上的磨盘，它的命运也发生了转折，成为我来到莲花塘的第一件家具。这是一个以前乡间常见的石磨的底座，椭圆形，外侧是一道环形的人工开凿的凹槽，而凹槽中间平坦的平面之上，应该还有一个石碾。小时候，我在乡村中常常看到这样的石磨，并熟知它的使用方法，把经过浸泡、需要磨成浆的大米或豆类加水从石碾上的开口灌进去，转动沉重的石碾，磨出的米浆、豆浆就会从底部渗出汇入磨盘的凹槽，然后从壶嘴状的出口流入放置的容器中。记忆中，在我生长的石榴村，由于村小人稀，全村仅有一个石磨，安置在村口的一个屋子内，屋内还有一个石臼，那里就是属于全村公用的加工作坊。石臼是与石磨异曲同工的乡间手工物，与一个长凳状的木头相连，在一头踩动长凳，用铁皮包住的像是粗壮凳腿般的另一头就会高高昂起，再随着人力的作用重重撞下，把石臼内的大米等物逐渐碾碎成粉，俗称对子。每逢节日，这个有着公有制意味的作坊就变得热闹非凡，家家户户都要加工糯米制作粽子或米饼之类，因此都要到那里去，或在对子上加工米粉，或在石磨上磨制米浆。那时，我们这些小孩子们常会跟着大人们到作坊里去，帮着踩对子或推石碾。对子和石碾都很大很笨重，光凭小孩子们是无法操作的，且需要一些技巧，因此我们常常是捣乱多于帮忙，但能够参与其间，无疑是一件欢喜的事情，在某种程度上代表了那个年代孩子们对于节庆的关注和表述，当然，更多的还是其时乡野生活的乏味枯燥以及饥饿的压抑。

当一个在城市中滞留过久、积压过多的人返回乡村，总难免会对一些已经或者正在消失的乡间事物絮絮叨叨，尤其是那些曾在童年中刻下印记的物事，总会勾起一种相连于美好的欲罢不能的回忆。我承认我染上了这样的毛病。后来，在把屋子打扫干净住进去之后，我做的第一件事就是把院里的磨盘搬进屋内，用一张木凳子做支架，就成了一个富有创意的茶盘，把我随身携带的紫砂茶壶和茶杯摆上去，竟然透着一种艺术的感觉，终至成为我每天最为亲近且最感惬意的一件物品。到我离开时，那个磨盘已被茶水染得棕红发亮，竟使我有些不忍舍弃，却又因过于沉重同时不愿意把属于莲花塘的物件带走，不得不留在那里。那个即将消失的院子的真正主人——唐叔叔看着也相当欢喜，他对我之前对这个磨盘的巧妙利用赞赏有加，表示会把这个磨盘搬到城里的屋子去，继续当作茶盘。在我离开之后，唐叔叔应该会如他所言把磨盘搬走，那本来就是他的家中之物，或许也将成为他对莲花塘这片土地和这座祖屋的一个恒久的纪念。

在城市中困顿已久，我对栖身于天地之间的这样简单的人生也已渐失感受，而更多在楼房缝隙的狭小空间中冲突游走。确实，众多奔赴城市或者本来就处在城市中的人们，随着城市更庞大的崛起和扩张，早已失去了天与地的感受。原本人类是生于天地之间，转在尘世之中，然而现在天地越来越狭小，尘世越来越空茫，试问普天之下，现世之中，还有几人能够自如地仰望天空，亲近大地？那么多屈身于高楼大厦中的人们，甚至连接近泥土都是一件奢侈的事情。而我还能以卑微之身在与天地无限接近的乡间和院落中释放生命力，应该是不幸之大幸。院子的一角，还摆放着几根长长的方形条石，这在以前的乡间也是常见之物，在那些广阔天地间错落分布的村落，它们通常是巷道或者屋前的摆设，代表着村庄和房屋的深厚渊源和翔实的岁月回声。院门是两扇高大的铁门，从里面可以插上，出去时，在外面挂一把锁就可以锁住。看得出，这是由以前乡村大屋的高耸木门演变的，尽管已具有了现代居屋的意味，但其高大、古朴和粗拙仍可提供幽深空阔的感觉，代表着门外门内有着两重迥然不同的天地。

这个院子在我到来之前缺乏植物，这让喜欢树木花草的我略带遗憾，然而所幸的是从不缺少阳光和雨水的眷顾。又由于院门正对着大树，因此院落也显得不失阴凉。在我到来两个多月后的春天，前院的唐伯父不知从何处弄来了两棵玉兰树，在院内那块花圃般的方形泥地上种上，说一年后就能开花。我深入领略过玉兰开花时那沁人肺腑的香气，十多年前在深圳宝安，我住所不远就有一条长满玉兰树的街道，那里被称为玉兰街，开花时节沿街香气弥漫。然而使人不解的是，雨水充足的桂林和土地肥沃的莲花塘并未使这两株玉兰树成活，它们在两个月后彻底夭折，令我很是遗憾了一阵。再后来，在与朋友们去尧山的一次游玩中，我从这个桂林方圆数十里之内仅有的土山中带回了一棵罗汉竹，把它种在原先玉兰树夭折的地方，意外的是不久之后竟然长出了新叶。然而好景仍然不长，大约半年之后，这棵竹子逐渐干枯，最终成为一根插在泥土中的竹竿。其时，拆迁的气息已经完全弥漫了整个村庄，我也在酝酿着最后的撤离，再也无心种植。或许，植物有灵，也感受到了最后必将被连根拔起的命运，不肯接受徒劳的生长。联想至此，我不由得又一阵黯然神伤。

田　野

~~~~~~~~~~

　　需要特别甄别的是，莲花塘作为一个村庄，最大的意义不是居住，而是耕作。如果不是屋舍院落之外千百年来依然辽阔壮观的荷塘，这个村庄的名字必然变得不值一提，像众多丢失了渊源及营生的村庄一样无可凭靠。可以想象，此后缺少田园依托的莲花塘社区，必将难以引起特别的注目，用不了多久就会湮没于充满遗忘的城市街区之中。这就是一个村庄及其得名的宿命，从来就没有一个地方能够单凭一个空虚的名字而长久地屹立。

　　作为田园的莲花塘，并不是一大片浅水沼泽或者连片的池塘，它的确是一片散发着泥土和作物气息的辽阔田野，与南方大地一望无际的稻田并无二致，区别的只是它并非种稻而是种莲，更准确地说是种藕。进入莲叶枯萎败落、莲梗枯干瘪缩的冬季，莲塘里的水也已放干，田野上的景象就等同丁收割后的稻田，密密匝匝的莲茎如同稻秆一样低低挺立在苍茫的田地中。恰好在这貌似萧索的空置的时节，莲花塘迎来了一年一次的盛大收成，期待已久的农人们纷纷荷锄下田，清淤挖藕。当清洗后或雪白或嫩黄的藕只一垄一垄地堆到田埂上时，我看到了莲花塘最动人的景象，远比夏季时莲花开放的情景显得真实丰盈。

我在莲花塘村总共居住了一年又一个月，从上一年的初冬到第二年的岁末，目睹了莲藕的两次收成以及一次完整的生长。假如简单地按照一岁一生长或一岁一收成这一耕作规律来算，那么我逗留于此的余出的一个月，正好见识了多一次收成。或许这就是命运的安排，事先我并未计划过到来和离开，却率先撞上了这个村庄的传统耕作的真谛，使我一开始就获得了清晰而简单的认知，在这里，种莲并不是为了观叶赏花，而是为了收获莲藕。我来到莲花塘，仿佛是为了见证这个村庄的消亡，又仿佛是为了完整见证这个村庄的最后一季耕种。

莲花塘村的外侧靠近 321 国道，国道对面是琴潭岩村，东面是东莲村，西面是唐家村，内侧则是连排连片的荷塘，举目壮阔地延伸至远处的喀斯特峰林。我在莲花塘村总共居住了一年又一个月，循环往复地沿着塘基或田埂走向荷塘深处，却没有一次能够走到峰林的边上，田野如此辽阔，如果不是前往耕作的农人，恐怕没人可以依靠漫步丈量它的距离。或许，远处那些突兀崛起、交错挺立的峰林，注定是这幅田园画卷中可望而难即的背景，倘若没有这些奇诡秀丽的山峰，这片田野就不过是连绵展开的水洼相接的平地，类似于江河冲积而成的平原，并不能构成犹如水墨画的特别景观。挟带着种藕传统而来的莲花塘村，坐落于山水甲天下的桂林，不能不说也是天成的恩赐。

田野与屋舍紧密相连，不少荷塘就从院墙甚至窗口下面展开，抬眼便可无遮拦看到荷塘的景象。我曾对村中那些零距离贴近荷塘的住户充满羡慕，一度有些遗憾自己获赠居住的房子隔开了两排屋院，但又想到我得以来到莲花塘，已属一种人生的造化，不能过于贪婪，况且我可以随心所欲地举步走向田野，也许唯有我不受时间和劳作的牵制，并且不会熟视无睹。我知道我与每一天的荷塘都有秘而不宣的邀约，尽管在此地的一年又一个月中，有不少日子我疏于应赴，但不能不说我完整而真切地看到了荷塘的四季，感受到了荷塘在时光流动中那些悄然变换的声息，它们与我毫不相干，却按照征兆或规律吸引着我的目光和心灵。

我说不出面前平野伸展的荷塘究竟有多大的面积，按理说，它应该有相对准确的田亩计算和明确的田地归属，例如莲花塘村有多少亩，唐家村有多少亩，几个村庄加起来有多少亩，哪几亩归属于哪一户人家。然而我无意追究这些，我只知道，我所看到的荷塘，绵延相连达数公里之远，约略推测应该有近万亩之多，这只是我目力所及的一个测算，还不包括我曾经试图探究却从未抵达的峰林的那边，是否有着另一重同样的天地？未知和遥远从来没有停止过对人思维的不拘，但对这一片不明的荷塘，我并不想过多地纠缠于它的宽阔，而更在乎它在命运的撞入之中能够打开多少我生活以及内心的尺度。

除了网状交叉分布的塘基或田埂，这片称作荷塘的田野阡陌纵横，一条条纤细蜿蜒的泥土小路忽隐忽现，部分小路旁边还错落着几处零星的果园和小树林，稍远处数棵看上去有些年头的大树并没有被砍除。我常常将那数棵大树或其中的一处小树林当作迈向田野的参照物，在平坦空茫的偌大荷塘间，树木是那样的鲜明夺目，仿佛是田园的守望者。必须承认，对于这片田野，无论是用目光还是脚步，我都无法做出精细的测量，但我自始至终都竭力进行细微的观察，努力与田野间的更多事物相认，我明白荷塘之中不仅仅生长着莲藕，还穿插着其他作物，还生长着众多花草，还蛰伏着种种可见或不可见的生灵……在田野深处，还交叉着数条淙淙不息的天然河流和人工水渠，靠近村屋和道路之处还分布着鱼塘和菜畦，在几处田头，我还看到有数个坟地，在不同的地里田间，我常常看到有曾经相遇或未曾相遇的人们在劳作，在某处地旁溪畔，我不时看到有一只或几只青蛙以及蜻蜓倏忽闪过。田野是人烟的延续，是生活和生存的繁衍，是人类与世界相处的原始而永恒的链接，在人类的印记之外，还保留着自然的奥秘和生灵的踪迹。人类长期遵循着规律和方向走向田野，而田野并不会因为人类的进入而变得彻底驯从。

道路就像河流一样，从来没有一条道路是孤立的，总是由一条路通往另一条路，由数条或无数条小路汇成大路，总有一条道路在一方土地中占据着主导，即使是田野也不例外。我必须花费一点笔墨来叙述从莲花塘村通往田野的主要道路，因为这条道路打破了我一贯迈向田野的想象，它并非是简易开辟的在时间和风雨冲刷中不免坎坷及溃烂的土路，而是一条随着岁月流逝愈加明净、质感愈好的青石板古道，它虽然并没有比荷塘更早吸引我的注目，却构成了我对荷塘的深刻不泯的印象，在此处的田野中间，唯有这条青古板古道可以与特殊的作物莲藕媲美，它对应或加深着田园的隐秘。后来，在我的脑海中，只要一闪现出荷塘，必然随之闪出一条质朴沉厚又雅致精巧的石板路，它与远处那些峰林一样成为不可忽略的景致，成为这幅田园画卷中奇妙而生动的补笔。

我并非刻意将这条田野间用青石板铺筑的道路称为古道，试图以此对应田园的古老，事实上它的确是一条随着岁月及人烟而来的古道，所起的作用并不仅仅是方便劳作行走，更在于方便村落与村落之间甚至外来过往人们的走动。古道宽度约有一米，路面由一块块大小相差不大的青石板拼接而成，每一块青石板都打磨平整，石板与石板的缝隙间缀满细密而短小的青草，虽然处在水土充溢的田地之间，但这些青石板常常保持着光洁明亮，不会过多地沾染水渍和泥泞，凝聚得更多的是岁月的幽光。这条从田野中穿过的青石板古道，据说是以前的官道，属于桂林城西出临桂的必经之途，可以想象，在 321 国道开通之前的久远年月，这里曾是怎样的行人络绎，而往来的旅人商客，又是怎样通过这一段犹如画中的风景之途。我无意探究这条昔日官道的来路和去向，在我到来之前，它已经自动切除了旧有的意义，也仅有田野间的这一段青石板路面保持完整，从莲花塘村出来，随即进入笔直延伸的青石板古道，到抵达另一端的唐家村，青石板古道随之消失。我宁愿相信这一段硕果仅存的青石板路面是特意为这一处古老的田园而保留下来的，它也许远比不上田园古老，却是岁月和人烟出入于此的更具体和更有力的印证。我无从得知这条古道出现和存在的时间，更无从想象它不久之后的未来，接下来，随着村庄和荷塘的消失，那一块块积淀着岁月流光的青石板，不知会遭受怎样的命运。最好的结局，是完整迁移，另行安置；最坏的结局，是在罔顾中被轻率地沉埋。

我经历了莲花塘的两个冬天，在初来乍到的第一个冬天，当我走向村子旁边的田野，撞入眼帘的是一派萧索的景象，荷塘里的水基本已经放干，莲梗已经全部干枯，莲叶已几乎掉落殆尽，连片的田地像是一块块遭遇失收而潦草收割的稻田，稻秆一般疏疏密密、参差不齐而一律干瘪的莲梗瘦弱无力地挺立在松软的泥土中。恰好是在这样的满目苍凉的时节，这片土地走向了收成的庆典。我一来到莲花塘，就目睹了这片田野一年中最美好的景象，当我看到柔软黝黑的泥土被农人们一下一下地挖开，当我看到一根根长长的莲藕被抛上田埂，当我看到农人们将挖出的莲藕转移到旁边的水渠或水塘，当我看到沾满泥土的莲藕在农人们的清洗中露出或雪白或嫩黄的真容，我一下子明白了这片土地及其种植的真谛。在这里，固然每年演绎着莲叶凝碧、莲花盛放的壮丽景象，但这样的在外人眼中无与伦比的风景，于种植而言不过是一个美丽的插曲，而在纷繁迷人的表象逐渐去除之后，甚至是在难以洞察的苍凉到来之时，这片土地上的田园交响曲才真正进入高潮。

荷塘四季

~~~~~~~~~

　　我在莲花塘村总共居住了一年又一个月，从上一年的初冬到第二年的岁末，经历了莲藕的两次收成以及一次完整的生长。然而，无论我如何重复这一段随同耕种而流动的时间和季节，无论如何关注这一片风尚流传的荷塘和这种人们称之为莲藕的作物，我始终都是一个无所事事、不问劳作却假装心事重重的旁观者，我真正触摸到的不是农业传承中的耕作景象，而是田园凋零前的最后一场舞蹈，又或许我自认为感染到的这片土地的衰败，只不过是不明所以的杞人忧天。

　　一年之计在于春，我必须从春天开始描述我亲见并切身感受的荷塘四季，尽管我是在冬季来到莲花塘。我所牢记的那一个春季，是从一阵雷声和鞭炮声中展开的，紧接着是一场寒雨，更应该说是春夜喜雨，桂北寒冷的气候并不影响春雨来临带来的喜悦，那一阵随着雷声滚过而适时响起的鞭炮之声，即是人们热烈的呼应。我并不明白那个春雷初响的夜里为什么家家户户要燃放鞭炮，第二天请教村里的老人，说是当天为农历二十四节气中的惊蛰，惊蛰响雷，雨水降临，万物复苏，蓄势待发，意味着一个好年头的到来。虽然我在乡村出生成长，但在印象中，桂东家乡并无这样的习俗，而同属一个省份的桂北却有这样的农耕之礼。然而颇具意义的是，这一个依然遵循着美好开端的惊蛰，指向的却是这个村庄最后一轮传统的大规模耕种。

因为经验欠缺及疏忽，我错过了观察农人们是如何将藕种入田间，在此之前，只在不经意间看到重新蓄上浅水的荷塘中杂七杂八地堆埋着装着肥料的编织袋，而这个时候据说藕种已经入土，又据说藕种是从藕身中部截取合适的藕节，通过假植发芽后再埋入水底的土里。对此我不求甚解，而将更多的热情落在对情景的观望，例如留意莲叶何时开始从水中冒出，叶片如何逐渐遮住水面，莲苞如何绽开成花朵，莲蓬如何成形并结出莲子……而万顷荷塘中繁花怒放的景象则是我最为期待的。这是一个随季节流动而变换的过程，也不为不谙农事的我所把握，好在我多的是等候的闲暇，并不需要付出任何的参与，也不必付出过多的探究，对于耕作和生长，我都不过是一个挟带着好事之嫌的旁观者。不得不说，面对这一片走向衰亡的田园，我亦丧失了讴歌农事的冲动，而不过是自作多情地试图唤取一声叹息。

大约过了一个多月，荷塘中的风景彻底更换，无数纤细而挺拔的莲梗托着青翠鲜嫩的叶片，骤然间高出了水面数寸，像是铺开了另一重随风动荡的绿色波光。对于茫然的旁人来说，任何生长都比他的想象和观望要快，我恍惚感觉那些小巧的莲叶前些天还像绿藻一样浮在水面上，并曾经担心它们会不会被风和浪花卷走，事实证明它们并不是无根的浮萍，而确实是维系着纵深根系之生命的使臣，是莲藕擎出水面的旗帜，是荷塘中演示景致的队伍。接下来，随着莲梗的长高长粗，莲叶趋向宽阔茂密，直至莲苞自莲叶间越众而出，莲花犹如蓝色幕布上点亮的灯盏，这一场来自植物的会演就到了绚丽壮观的时刻！尽管莲藕的生长应认为最终是通过寂灭而圆满，但在过程中拥有不可忽略或者可以为之忽略所有的辉煌，我想这并没有多少植物能够具有，即使动物中的王者也未必可以，包括自以为主宰着这世界的人类，也并没有几个人能够预先设定人生的辉煌时段。

　　春季已然过去，田埂上的青草长得稠密野性，但远不如莲叶铺展得狂放自如，作为一块一块荷塘的分界线，田埂或塘基注定要在一年中的大部分时间内被湮没，因为高高擎起的莲叶像无数撑开的绿伞一样碰撞相接，假若不是走到近前，压根就察觉不到田埂的存在，还以为下面就是一个被遮盖的阔大的湖泊。在这样的田野间，杂草的生长根本就不值一提，不像种植水稻那样要在禾苗生长过程中清理田埂边沿或田垄间隙的杂草，除了水面依附的无关紧要的绿藻，莲藕的长势压倒一切。进入夏季，立叶和花蕾共同生长，起初在不经意的注视中，会发现茂盛的叶片缝隙间不知何时挺出了一个或多个尖细的花蕾，后来不必加以留意，便可发觉花蕾越来越多，它们同样由一根根莲梗从水面挺直伸出，逐渐后来居上地如笋尖般高出莲叶，终于开始由下至上地剥开裹紧的花苞，依次绽放出花朵的真容，如同在轻微颤动的水面上举出的灯盏被逐一点燃，经久明亮。

我无法描述荷花全部开放时盛大而壮美的景象，事实上我更不知何时才算是荷花全部开放，印象中从发现第一朵荷花开始，就不断发现又多了一些新的花朵。它们并非一轮一轮地开放，而是数朵数朵、一批一批并且不被察觉地加入开放的队列，逐渐次序莫辨、大小不分，一律踊跃争辉，莲叶波涛般扑面而来的绿色，远不如灯盏般四处摇曳的花朵夺目。我甚至说不出荷花的花期，虽然我从花开一直观看到花败，目睹花朵从近处向远处铺展，眼见开过的花朵长成一个个蜂巢状的莲蓬，又惊奇地发觉莲蓬中长出了青嫩的莲子。听说莲子长成后可以采来当作食物，成熟的莲子撒回田里，来年还可以长出新芽。但我从未尝试过伸手去触碰一片花瓣或者一个莲蓬，更没有产生过品尝一下莲子的念头，我始终是一个信守着"可远观而不可亵玩"告诫的旁观者。

令我有些不解的是，莲花塘方圆数里的莲开出的花朵几乎都是白色的，花身及花叶肥大而圆润，莲株亦高大而苗壮，不像在别处或者某些图片上看到的那样姹紫嫣红、精巧玲珑。我猜想，或许是由于这里种植的是以产藕为终端的藕种吧，它并非作为观赏的花卉，而是实实在在的农作物。在我所巡视过的大大小小的荷塘中，唯有村庄房屋的旁边有一处例外，那里长出的是紫红色和粉红色的荷花，是一个特别的角落。也许，这是村人纯为观赏而在就近之处有意种植的异类。每逢荷花开放时节，平素安静冷清的莲花塘就会出现众多不请自来的游客，其中不乏远道而来的摄影爱好者。在我居住在莲花塘的那个夏天，也是那片辽阔田野最后一个荷花怒放的夏天，就碰到了两个来自广州的摄影师，我主动陪他们在荷塘中转悠了许久。顺带提一下的是，前院唐伯父的女儿是在广州工作的教师，她在那个夏天也回到莲花塘，拍下了许多照片，并与我交流了对村庄消失的遗憾。

荷花持续开过，一个夏天也悄然流逝，实际上荷花的开放一直由夏天延续到了秋天，只是我在沉湎之中忽略了季节的变换，但可以察觉得到的是莲株已停止生长，莲叶不再那么青翠光亮，有些甚至出现了灰白的斑点，部分莲梗也开始变黄。在旁观者看来，荷塘的庆典似乎正在收场，接下来是无人关注的谢幕，但从耕种的角度来说，恰恰是进入了剧情的转换，真正的庆典刚刚开始。按照莲藕的发育规律，一般可分为幼苗期、成苗期、花果期、结藕期、休眠期五个时期，开花结果是同步进行的，繁花开过之后就是结藕期。这是我请教村人得知的简单常识，从莲株枯萎干瘪开始，莲藕就进入了休眠期，但这并不意味着停止生长，而是生长从地上转到了地下。如果说荷花开放也即花果期是莲藕生长过程中一场公开的精彩演出，那么其他的几个时期则是这场演出的排练和总结，休眠期之后还有一个挖藕期，这一时期并不能纳入莲藕的生长，却是所有时期的总和。

　　进入冬季，枯萎的莲叶不断掉落，枯干的莲梗逐渐缩小缩短，荷塘里的水也相继被排空，田野显得分外寂静，有一种被抽空后的寥落。事实上，除去种藕和挖藕的时节，荷塘一直是寂静的，它在夏秋时节引来的喧闹并不属于这片土地的侍弄者。在持续和长久的转悠中，我很少在荷塘中碰到正在耕作的农人，似乎那些荷花是自行长出并开放的，只是旷野中的自然景象，花落之后，便不再有人眷顾。也许只有我一个人并非只在开花时节才热衷走向田野，我一次次漫无目的地行走在无边的荷塘，陪伴我的通常只有花花，就是我初来时在院子里遇到的那只灰黄花白的大狗，接下来它成了我亲密的伙伴。带着花花一起走向田野，成为我在莲花塘居住的一年又一个月中最常见的生活情景，几乎每一个傍晚，当我从屋内走出，守在院里的花花就会兴奋地跳起来，在我打开大门时率先跑到前面。花花比我更熟悉田野中的道路，也比我更为宽广和深入地丈量过这片田野，常常走着走着，抬眼就不见了花花的踪影，不一会它又从其中一处田埂中钻出。有时候，在空寂深沉的田野中，花花也会显得胆怯，好几次被草丛中突然发出的不明响动吓得一下躲开。有一次，经过田间的一条小河，因为那几天连续下雨，河水涨了不少，淹没了河道中用来踩脚的石头，我一下跳了过去，而花花却在对岸犹犹豫豫，我不得不喊着鼓励它，又作势要走，它在情急之下终于纵身跳了过来。

　　花花对村庄和田野面临的消失一无所知，而我最终撤离莲花塘的时候，花花或许也并不明白，还以为是平常那样的又一次出门旅行。后来，我不止一次地想过花花的去向，不知它在村庄拆除之后会遭遇怎样的命运！这不是我所能把握的，就像对于这个我偶然闯入的村庄和这一片田野，我没有任何权利发出一言，只能自作多情地做出一些徒劳的记录与感叹。我在莲花塘村居住了一年又一个月，在第二年的冬季，公历元旦将至时，荷塘中的莲藕不知有没有开始清挖，我在内心空落之中提前收起观察和关注，终于做出了最后的撤离，返回我户籍所在地广州。

日常及访客

~~~~~~

　　我一厢情愿地将莲花塘村当作我的过继的村庄，实际上这一说法不免牵强附会，考究起来甚至显得不伦不类，过继就意味着偏于亲缘的承接和延续，而我不过是一个贸然闯入的身份不明的外乡人，事先并没有携带哪怕是一丁点的适当的来由。说到底，这不过是我后来试图与莲花塘攀上的基于情理的牵扯，不一定非得自圆其说。我注定只能成为一个短暂的驻留者，并非来得不合时宜，相反可以说是适逢其时。我鬼使神差地来到莲花塘，仿佛就是为了见证它的消亡。

　　我在莲花塘村期间，除了几次为期一周或半月左右的旅行，其他时间几乎都深居简出，平常走动之处只有村落周边那总是走不到尽头的荷塘，再有就是偶尔进城会友或者随处闲逛。

　　在到来之前，我在莲花塘村并无一个认识的熟人，将我引向这个村庄并授予房屋暂居权的朋友唐文刚在少年时期就已离开这里，并早已定居北京，他在我驻留于此期间从未返回，或许此后更将变得难以返回甚至不可返回。唐文刚的伯父母，自省城退休回乡颐养天年的一对大学教授，成为我到来之后仅有的可以依赖的朋友和交谈者，我不知道此后他们会留在重新崛起的莲花塘社区还是返回省城，虽然在与他们的交谈中也屡次提及这个村庄的现状及未来，但我个人觉得这是轻易不可触碰的一个话题，他们才是真正的归田园居的实践者，然而这一隐逸的情怀终究不能伴随他们晚年的更多时光。我最终离开时，有意为唐伯父以及这个曾经寓居的院子留下一点信物，于是将悬挂在屋内的那副写着"逐春莲塘外，寄情山水间"的对联送给了他，那是我为在莲花塘度过的唯一一个春节所撰写的一副春联，起先用红纸写上贴在门口，后来请北京宋庄的书画家朋友吴震寰重新书写，装裱成一对挂轴。唐伯父曾对那副对联的内容表示过赞赏，其时我就萌生了离去时转交给他的念头，这应该是我所能赠予的最合适的礼物，剩下的，或许还有这些散漫的写给莲花塘的文字。

假如剔开与田野和自然的交谈，我在莲花塘的日子实在疏于言辞，在写下这些文字之前，无人得知我曾经有过冗长的倾听及言说。后来陆续接触到的算作彼此相识的村里人，大都由于语言和内心的隔阂而限于碰面时的问候和零星的问答。我原本对桂北地区的桂柳话就似懂非懂，加上当地人所说的话又挟带着地方土音，听起来很是艰难，且平常遇到的又大多是妇孺老幼，能够顺畅地用普通话交流的并不多，他们同样由于语言和内心的隔阂而跟我限于礼节性的招呼。我始终是一个少言寡语并且欠缺交往的外乡人，在村人眼中或许还带着一些孤僻或神经质。就此看来，我在莲花塘居住的一年又一个月，不能不说显得短暂而漫长，不但所处的外部环境清寂而单调，屋内也不见得有什么生气，电视于我早成久违的物件，也没有想过要开通网络，每次需要收发邮件，我都必须进城到朋友家里或办公室去完成。按理说，在这样的境况中，难免会陷入不知如何打发的孤独和寂寞，好在我从未感觉过孤单，孤独是出于内心的，从来不是起于现实，而从现实的喧哗中泛起的内心的孤单，才是难以治疗的孤独。

我所理解的日常，就是生活自然而然的常态，更多时候是一种本能的反应，而不是通过安排而展开的生活状态。在莲花塘的日子里，阅读成为我最为持久的日常行为，再有就是在田野中长时间的行走，接着是习字和写作，而后两样不过是履行与精神的契约。原本在如此空荡而富有的时光中，我最应该把写作放在首位，但经历过多年的写作实践，我越来越感受到思想的贫乏和下笔的苍白，设想或许可以从自然和书本中获得启迪。为此，我委托朋友将我以前寓居深圳和北京期间留下的书籍通过物流托运了过来，又陆续到桂林的图书批发市场选购了一批书籍。由于少年时期遭受的闭塞愚冥，青年时期又疲于生计奔波不定，我从未有过机会展开广泛、有效的阅读，而是更多地围于个人的自觉及觉悟。从中学毕业开始，我以谋生的名义游走于珠三角以及西南、西北、东北、北京等地，在每个城市都会增添一些书籍，它们随着我的不断撤离而存放各处，终于几乎全部汇集到了莲花塘。后来，在我返回广州时，这些书籍又跟随我做了一次称得上盛大的搬迁。

与大多数生长于偏远乡村的同时代人一样，我经历过幼年时期巨大的贫穷与饥饿，这两样难以消除的压抑直接导致了我后来在物质上所受的束缚，然而我逐渐发觉精神的饥饿远远甚于物质的饥饿，当精神逐渐趋向丰富，物质也就显得简单了起来，而相反的结论却难以成立。我在莲花塘度过的大部分日子是清静而简单的，在物质上一直靠近贫穷，但在精神上却是我迄今为止的人生中显得较为充实和富足的一段时光，我拥有两种幸福：一种是自然，一种是书本。这两种幸福在接下来的现实中都归于隐没，但已经深深地进驻了我的心灵。

当然，撇开说起来不免让人觉得矫情的自然、田野及书本，在我的日常生活中也并非没有伙伴，至少花花几乎与我形影不离。花花比我更早入住这个院子，它是一条灰黄花白的土狗，听说先是为在我之前的住客所饲养，那家人搬走时因为不便携带将花花留了下来，由前院的唐伯父接替喂养，但它在主人离开接近两年后仍固执地待在后院，我到来之后，实际上就成了它的新主人，虽然依然是唐伯父每天给它送来食物。起先，花花习惯卧在院子里的走廊上，没过多久，只要我一打开屋门就会跑进来，并不打扰我却又亦步亦趋，我喝茶它就卧到茶几旁边，我看书它就在沙发边卧着，我起身去写字或者进房间去打开电脑，它不一会就会跟着过来，悄无声息地卧下。自然，每次我到田野中行走，花花都像是事先洞察一样，跳起来跑在前面，那同样是它最热衷和享受的生活内容。

在我独处的日常中也并非没有访客，自我入住莲花塘的第一天起，城里的朋友们便陆续来访，并协助我把那个空旷的屋院安置起来。最先到来的是供职于《桂林日报》的诗人刘春，他陪我初次进入这个于他同样陌生而新奇的村庄，后来又多次充当向导带着朋友们前来。曾翻译过《魔鬼词典》的翻译家、诗人莫雅平，竟然叫人用三轮车拉了他家里的一套旧沙发和一个电冰箱过来，接着又几次开着摩托车带我到西门旧货市场去淘合适可用的家具。任教于广西师范大学漓江学院的陆汉波，首次来访带来了一套厨具和茶具。漓江出版社的编辑、诗人胡子博，给我送来了他们出版的图书。他平时喜欢骑着自行车到处转悠，有一次，竟然心血来潮地不告而来，恰好我外出，于是他在门口打我的电话，我听到电话中传来了花花的叫声。还有广西师范大学的教授单小曦、《桂林日报》的记者肖潇、广西师大出版社的编辑林东林以及诗人黄芳、丘清泉、黄跃平等，包括刘春和黄芳的女儿刘夏秋冬，都是我在莲花塘期间相继迎来的访客，他们与我共同目睹了那片田野的最后光景，尤其是那个夏天那不会再有的千万荷花竞放的壮美情景。有一次，荷叶已接近全部凋落，瘦干的莲梗密密匝匝地竖起，我有意邀请朋友们前来见证田野的另一番景象，并特意要在荷塘中的农家乐聚餐，同时也想着或许会是大家在这里的最后一次聚会，然而当我们在荷塘中走了一圈，来到那个我之前去过的农家乐时，发现竟然空寂无人，大概是由于荷塘迟暮、无人光顾而停止营业了。

有时候，我会进城奔赴朋友们的邀约，或者在心念一动之下走出村庄，乘坐公交开始毫无预设的漫游。莲花村的村口，就是一个公交站场，那里是 26 路、27 路公交的终点站（或首发站），也是桂林市区开往临桂、机场方向的其他公交车的途经站点。26 路开往桂林市区中心，可以抵达西门市场、桂林日报社、图书馆、王城以及正阳步行街。27 路开往三里店方向，可以抵达桂林火车站、安新洲、七星岩以及广西师范大学。我的朋友莫雅平和陆汉波，就住在漓江大桥其中一端的安新洲，刘春和胡子博就住在三里店附近。这两条以莲花塘村作为落点的公交线路，竟然如此吻合我的出行方向，仿佛就是为了守候像我这样的公交乘客。此外，12 路公交线路似乎也是按照我的喜好而设置，这路公交由距离莲花塘村不远的琴潭汽车站开往桂林大家具批发城，可以抵达黑山植物园、瓦窑口以及瓦窑旅游商品批发城，这三个地方都是我乐于无事逗留的去处。尤其是瓦窑口，那里有一个处在小树林间的三角地，自然形成了似乡村市集的场所，有各色各样的地摊和卖艺者，充满浓郁的民间风情，我常常到那里去观看桂剧发烧友的免费演出。顺便提一下，我熟知桂林几处桂剧发烧友的聚集点，除瓦窑口外，最常见的还有榕湖和杉湖内两个自发形成的场所。

　　进入那一年的冬天，荷塘中的莲藕似乎还没有挖完，而临近村口的一片房屋已经拆除，高高堆起的楼房废墟将整个村庄映衬得一片狼藉。那里即将兴建数幢用以安置拆迁村民的楼房，从村口立起的规划示意图上得知那是一排高层电梯洋房，围绕着安置住宅楼的将是一个以桂北民居作为建造风格的商业城。这些都不是我所能关注和关心的了，经过与这个村庄和田野一年又一个月的相处，目睹了这片乡土与田园向城市街区及社区的最后变迁，我唯一剩下的就是离开。我鬼使神差地来到莲花塘，仿佛就是为了见证它的消亡。